媒體報導
對企業研發投入的影響
理論、機制與經濟效果

夏曉蘭 編著

前　言

　　創新是經濟增長的動力之源，隨著知識經濟時代的到來和全球經濟一體化進程的不斷推進，創新活動的重要地位越發凸顯。作為創新主體，企業創新活動的強度和效率關係到國民經濟能否持續增長，國家綜合國力能否保持競爭優勢。改革開放以來，中國科技創新能力得到飛躍式的發展，但是與發達國家相比，仍存在較大差距。2017年，中國研發經費占國內生產總值（GDP）的比重僅為2.13%，與美國、日本等創新型國家相比，處於較低水準。據2018年10月9日國家統計局、科學技術部和財政部聯合發布的《2017年全國科技經費投入統計公報》披露，規模以上工業企業研發經費支出總額為12,013億元，占主營業務收入的比例為1.06%，研發強度僅能維持生存水準。

　　從財務管理角度來看，研發活動是企業資源配置的方式之一，是企業投資決策的組成部分。「兩權」分離以來，所有者和管理者之間的委託代理問題日益顯現。在信息不對稱情況

下，管理者常常追求自己利益的最大化，偏離以企業價值最大化為原則的最優決策，如削減創造長期價值的研發投入。現有與企業創新驅動因素相關的研究重點討論了管理者研發動機不足問題和公司治理對企業創新的作用，並未考慮到媒體輿論的影響。根據已有研究，媒體既有可能發揮監督作用，如降低了在職消費（翟勝寶等，2015），也有可能帶來市場壓力，誘發管理者的短視行為或決策（於忠泊等，2011）。具體到企業創新行為中媒體報導對企業的影響，目前鮮有文獻涉及。本書旨在探索媒體報導與企業研發投入之間的邏輯關係，以期尋求企業創新不足的深層原因和解決之道，認清媒體發揮作用的機制，豐富媒體治理和企業創新領域的研究。

本書在信息不對稱和委託代理理論框架下，首先系統探討了各類媒體報導對企業研發投入的影響，然後分析了媒體報導影響企業研發投入的中間機制，最後考察了媒體報導對企業研發投入經濟後果的影響。通過理論分析，本書梳理出媒體報導對企業研發活動的影響路徑。隨即筆者又搜集了上市公司的媒體報導數據，逐條閱讀判斷出媒體語氣和報導內容，實證考察了不同性質的媒體報導如何影響企業研發投入，並最終對上市公司的創新績效和市場價值產生了怎樣的影響。結果發現，中國媒體對企業創新沒有產生積極的治理效應，而是通過市場壓

力效應，給管理者帶來短期業績壓力和收購威脅，誘發了管理者短視行為，阻礙了企業研發活動，最終給企業創新績效和研發投入的價值相關性帶來了消極影響。

本書的主要內容安排如下：

第一章為緒論。本章主要介紹了研究背景、理論意義和實踐意義，梳理了研究思路和研究方法，界定並解析了關鍵概念，總結了研究內容和研究結構安排，最後指出研究的創新之處與可能的貢獻。

第二章為文獻回顧。本章系統梳理了相關領域文獻。本章著重總結了媒體報導的後果、企業創新活動的影響因素及經濟後果、管理者投資短視的成因及其治理等方面的文獻，為後續研究提供紮實的文獻基礎。

第三章為制度背景。本章從中國的國情出發，介紹了改革開放以來的創新政策演變以及現狀，探討了企業創新對經濟發展的重要性以及動機不足的現實背景。同時，本章還介紹了中國媒體的發展歷程和現狀。

第四章為理論基礎。本章從委託代理理論視角分析了企業研發活動。本章結合信息不對稱理論和管理者短視理論，從管理者動機入手，分析影響企業創新投入的因素。在此基礎上，本章提出了媒體報導影響企業研發活動的兩種理論路徑，即媒

體信息仲介效應和市場壓力效應。進一步地，本章分析了媒體報導如何影響公司創新績效及研發投入的價值相關性。

第五章為媒體報導對企業研發投入的影響。本章以2007—2013年滬、深兩地上市公司為研究樣本，檢驗了媒體報導對企業研發投入的實證影響。結果發現，媒體對上市公司的關注報導越多，企業研發投入強度越低；負面報導對企業研發活動的抑製作用更顯著；媒體對企業業績的報導顯著抑制了企業研發投入，而關於創新的報導並未抑制企業研發投入。實證結果支持媒體報導的市場壓力效應假設：媒體報導誘發了管理者的投資短視行為，對企業研發活動產生了消極的影響。

第六章為媒體報導影響企業研發投入的機制分析。本章將上市公司按照產權屬性、高管是否持股以及是否存在管理防禦進行分組，考察不同情形下媒體報導對企業研發投入的影響差異，辨析出媒體報導影響企業研發投入的中間機制。實證研究發現，媒體報導給管理者帶來了短期業績壓力和收購威脅，迫使其削減研發投入。

第七章為媒體報導對企業研發投入經濟後果的影響。本章實證檢驗了媒體報導如何影響企業創新績效及研發投入的價值相關性。結果發現，媒體報導在阻礙企業研發活動後，進一步對創新績效產生了消極的影響。也就是說，媒體報導越多，企

業的創新產出越少，表現為發明專利申請數越少。不僅如此，媒體報導還顯著降低了研發投入的價值相關性。實證結論從經濟後果角度再次驗證了媒體對企業研發活動的影響路徑：通過給管理者帶來市場壓力，誘發管理者短視傾向，削減研發投入。

第八章為研究結論與啟示。本章歸納總結了本書研究結論，提出啟示和建議，指出本書的研究局限及未來的研究方向。

本書的創新和貢獻主要體現在以下幾個方面：

第一，本書將企業創新問題置於委託代理框架下，按照媒體報導→管理者策略→企業研發投入的邏輯路線，梳理出媒體報導影響研發投入的理論路徑：信息仲介效應和市場壓力效應。通過人工搜集、整理上市公司的媒體報導數據，並區分報導語氣和報導內容後，本書發現媒體報導通過市場壓力效應對企業研發投入產生了消極的影響。

第二，本書考察了媒體報導對不同類型企業研發投入的影響，打開了媒體報導影響企業研發活動的「黑箱」。研究發現，媒體報導對研發活動的抑製作用在代理問題更嚴重的國有上市公司和高管沒有持股的公司以及沒有管理防禦的公司中更顯著。本書的研究結果表明，媒體報導通過給管理者帶來短期業

績壓力和收購威脅，迫使其削減了研發投入。

第三，本書進一步考察了媒體報導影響企業研發投入後的經濟後果，發現媒體報導不僅不利於企業創新績效的提高，還會對研發投入與企業價值的相關性產生負向調節效應。本書從企業創新這一獨特而重要的視角，發現了媒體報導給管理者帶來的短期業績壓力損害了企業的長期價值。本書拓展了已有文獻對創新影響因素的研究，豐富了中國制度背景下媒體報導的相關研究。

夏曉蘭

目　錄

1　緒論／001

　1.1　研究背景和研究意義／003

　　　1.1.1　研究背景／003

　　　1.1.2　研究意義／005

　1.2　研究思路與研究方法／008

　1.3　概念的界定／009

　　　1.3.1　媒體報導／009

　　　1.3.2　企業研發投入／010

　　　1.3.3　管理者短視／011

　　　1.3.4　創新績效／012

　　　1.3.5　企業價值／013

　1.4　研究內容及結構安排／014

　1.5　研究創新與貢獻／017

2 文獻回顧 / 019

2.1 媒體報導的後果 / 021

2.1.1 媒體報導與政治活動 / 021

2.1.2 媒體報導與資本市場 / 021

2.1.3 媒體報導與公司治理 / 025

2.2 企業創新活動的影響因素及經濟後果 / 031

2.2.1 企業創新活動的影響因素 / 031

2.2.2 企業創新活動的經濟後果 / 034

2.3 管理者投資短視的成因及其治理 / 039

2.3.1 管理者投資短視的成因 / 039

2.3.2 管理者投資短視的治理 / 042

2.4 本章小結 / 043

3 制度背景 / 045

3.1 中國創新政策的演變與創新現狀 / 047

3.1.1 中國創新政策的演變 / 047

3.1.2 中國創新的現狀 / 050

3.2 中國媒體的發展歷程與現狀 / 060

3.2.1 中國媒體的發展歷程 / 060

3.2.2 中國媒體的現狀 / 063

4 理論基礎 / 065

4.1 信息不對稱和委託代理理論視角下的企業研發 / 067

4.1.1 信息不對稱理論和委託代理理論 / 067

4.1.2 逆向選擇 / 068

4.1.3 道德風險 / 069

4.1.4 管理者短視的成因 / 070

4.2 媒體報導對企業研發投入的作用機制 / 073

4.2.1 信息仲介效應 / 073

4.2.2 市場壓力效應 / 075

4.3 媒體報導、企業創新績效與企業價值 / 078

4.4 理論框架 / 080

5 媒體報導對企業研發投入的影響 / 081

5.1 引言 / 083

5.2 研究假設 / 084

5.2.1 媒體報導與企業研發投入：基於整體視角 / 084

5.2.2 媒體報導語氣與企業研發投入 / 088

5.2.3 媒體報導內容與企業研發投入 / 089

5.3 研究設計 / 091

5.3.1 主要變量的衡量 / 091

5.3.2　樣本選擇與數據來源 / 093

　　　5.3.3　模型設定與變量選擇 / 094

　5.4　實證結果 / 097

　　　5.4.1　描述性統計分析 / 097

　　　5.4.2　相關係數分析 / 103

　　　5.4.3　迴歸結果分析 / 103

　　　5.4.4　穩健性測試 / 111

　5.5　本章小結 / 123

6　媒體報導影響企業研發投入的機制分析 / 125

　6.1　引言 / 127

　6.2　研究假設 / 127

　　　6.2.1　基於產權屬性的視角 / 128

　　　6.2.2　基於高管持股的視角 / 129

　　　6.2.3　基於管理防禦的視角 / 130

　6.3　研究設計 / 131

　　　6.3.1　主要變量的衡量 / 131

　　　6.3.2　樣本選擇與數據來源 / 131

　　　6.3.3　模型設定與變量選擇 / 132

6.4 實證結果 / 133

  6.4.1 描述性統計分析 / 133

  6.4.2 迴歸結果分析 / 134

  6.4.3 穩健性測試 / 136

6.5 本章小結 / 139

7 媒體報導對企業研發投入經濟後果的影響 / 141

7.1 引言 / 143

7.2 研究假設 / 144

7.3 研究設計 / 147

  7.3.1 主要變量的衡量 / 147

  7.3.2 樣本選擇與數據來源 / 148

  7.3.3 模型設定與變量選擇 / 148

7.4 實證結果 / 152

  7.4.1 描述性統計分析 / 152

  7.4.2 相關係數分析 / 157

  7.4.3 迴歸結果分析 / 159

  7.4.4 穩健性測試 / 166

7.5 本章小結 / 170

8 研究結論與啟示 / 173

8.1 研究結論 / 175

8.2 研究啟示 / 176

8.3 研究局限及未來的研究方向 / 178

8.3.1 研究局限與不足 / 178

8.3.2 未來研究的方向 / 179

參考文獻 / 181

1
緒論

1.1 研究背景和研究意義

1.1.1 研究背景

　　新經濟增長理論認為經濟增長不單純以物質為基礎，更依賴於知識的增長。知識作為重要的生產要素，對價值創造的貢獻遠遠超過勞動力、資本和物質等傳統要素。實現經濟的可持續發展，必須在創新性知識主導下，科學、合理、高效地整合、利用現有資源，創造性地發掘、利用新資源。因此，知識、智力、無形資產的投入對經濟持續穩定發展至關重要。當今社會已進入知識經濟時代和信息社會，伴隨著全球經濟一體化進程的推進，知識技術的重要性日益凸顯，儼然已是國家提升綜合國力的重要戰略資源。

　　企業創新對國民經濟發展發揮了舉足輕重的作用。鄧小平在1978年全國科學大會上已明確提出「四個現代化，關鍵是科學技術的現代化」，重申「科學技術是生產力」這一重要觀點。自改革開放以來，國家經濟體制逐漸從計劃經濟向市場經濟轉型，中國政府為適應經濟發展的要求，先後對國家創新政策進行了多次調整和改進，技術創新作為經濟增長的動力源泉越來越受到重視。尤其是1996年《「九五」全國技術創新綱要》的發布，將科技創新的主體確立為企業，此後的幾次政策調整都是圍繞強化企業在技術創新中的主體地位，提高企業自主創新能力和建設創新型國家進行的。國家一方面加強了技術引進力度，另一方面制定了一系列促進企業技術創新的財政、稅收、金融等政策。企業自主創新對國民經濟健康、穩步增長至關重要，是綜合國力競爭在微觀層面的具體表現。由此可見，對企業創新現狀及其驅動因素的研究顯然非常重要。

　　改革開放以來，中國科技創新能力雖然得到了飛躍式的發展，但是與發達國家相比還存在較大的差距。例如，2013年中國研發經費占國內生產總值（GDP）的比重僅為2.08%，與美國、日本等創新型國家相比，還處

於較低水準①。據國家統計局、科學技術部和財政部聯合發布的《2013年全國科技經費投入統計公報》披露，規模以上工業企業研發經費支出總額為8,318.4億元，占主營業務收入的比例僅為0.8%，研發強度低。根據國際上的經驗判斷，企業研發強度小於1%將難以生存，研發強度達到2%才可以維持，研發強度超過5%才具有競爭力。從中國近40年企業發展速度和國民經濟增長勢頭來看，國家政策、政府扶持對激勵企業快速發展發揮了較大作用，但粗放型增長模式暴露了經濟高速增長難以長久持續的危機。從企業內部探尋自主創新動機是解決問題的關鍵，這也是本書研究的出發點和目的。

從企業財務管理的角度來看，研發活動是企業資源配置的一種方式，是企業投資決策的一部分。在總資源既定的條件下，企業應該在確保日常經營所需基礎上進行最優研發投資，以期達到企業價值最大化的目的。然而現實情況往往並非如此。由於「兩權」分離，所有者和管理者之間的委託代理問題顯現。在信息不對稱情況下，管理者可能會出於最大化自己收益的目的產生短視動機，偏離企業價值最大化的最優決策，表現為減少長期價值創造的研發投入。學術界已廣泛探討了企業創新的驅動因素，一系列研究著眼於創新動機不足的原因，從委託代理理論出發，探索了公司治理對企業創新的影響，成果頗豐。例如，從所有權結構視角探索如何解決委託代理衝突（Bushee，1998；Samuel，2000；範海峰和胡玉明，2013；Chen等，2015）；從契約理論的視角研究最優監督激勵機制，對制定最優薪酬契約進行了有益的探索（Cheng，2004；周杰和薛有志，2008；唐清泉和甄麗明，2009；Fong，2010）；從董事會治理結構視角進行研究（Osma，2008；周杰和薛有志，2008；胡元木，2012）；等等。學術研究的成果為實務界解決企業創新不足問題提供了可行的方向。例如，早期的研究指出研發支出作為創新投入的核心部分，在會計處理時採用費用化處理容易引起管理者迫於短期業績壓力而削減研發投入（Baber等，1991；Porter，1992；Perry & Grinaker，1994），這就引起了人們對會計準則的思考。

---

① 數據來源於《中國科技統計年鑒》。

一些國家（法國、英國等）採用研發支出部分資本化的方式，中國也於2007年起實施新的企業會計準則，對研發支出採取有條件資本化處理方式，同時規範了研發信息披露。這便為中國企業研發問題的研究提供了更詳實的微觀數據，豐富了企業層面的研究，而不再局限於國家、產業等宏觀層面。

隨著媒體力量的不斷崛起，其對政治活動、資本市場以及公司治理的影響受到廣泛關注。例如，《華爾街日報》1992年刊登了一則羅伯特·芒克斯（Robert Monks）批評希爾斯（Sear）公司業績糟糕的廣告，結果通過公眾輿論壓力成功迫使希爾斯公司積極改正（Monks & Minnow, 1995）。安然事件和美國世界通訊公司的財務醜聞曝光後，引起美國政府當局高度重視，加速了《薩班斯·奧克斯利法案》（Sarbanes-Oxley Act）的通過，有利於公司治理機制的改善。媒體輿論作用的顯現引起了學術界對媒體治理的探討，由於研究的領域不同，研究結論也存在分歧（Joe, 2003；Miller, 2006；Dyck 等，2008；Core 等，2008；賀建剛等，2008；李培功和沈藝峰，2010；熊豔等，2011；金智和賴黎，2014）。那麼，媒體報導如何影響管理者的研發策略，能否在管理者短視、創新投入不足方面發揮積極的治理作用呢？本書引入媒體視角研究中國企業研發問題，一方面期望全面認清媒體的作用機制，另一方面希望對緩解創新不足進行有益的嘗試，為中國創新驅動發展戰略的順利實施提供思路。

1.1.2　研究意義

隨著近年來各種新聞媒體的出現和迅速發展，媒體報導在中國市場經濟中的「信息仲介」作用逐漸顯現（賴黎等，2016）。然而，媒體作為市場競爭、行政管制之外的重要外部治理機制，如何影響企業研發行為，卻一直沒有定論。企業的短期業績和長期價值是新聞媒體報導的重要內容。隨著媒體對上市公司的報導增加，一方面，媒體給企業帶來了更大的短期業績壓力，管理者為了使短期業績更「好看」，有動機減少研發投入（陽丹和夏曉蘭，2015）；另一方面，媒體又可能通過聲譽機制約束管理者，

使其遵循企業價值最大化的目標進行決策，緩解管理者短視傾向。媒體對企業創新活動的報導，向市場傳遞了企業長期價值創造的重要信息，有利於利益相關者識別研發活動高投入、高風險背後的重要價值，激勵管理者加大研發投入強度。厘清這兩股相反的力量如何在中國市場經濟中博弈，有利於分離出媒體報導對企業研發投入的影響機制，也為政府推動媒體力量對企業自主創新的正面效應提供了建議。

本書按照新聞媒體報導→管理者策略→公司研發投入→經濟後果這一基本邏輯鏈條，試圖回答以下幾個方面的問題：媒體關注報導如何影響企業的研發投入強度？正面報導、負面報導、媒體對企業業績的報導以及媒體對企業創新的報導對研發投入強度的影響有何差異？媒體報導作用於研發投入的中間機制是什麼？媒體報導對創新績效產生了怎樣的影響，又對研發投入與企業價值之間的關係產生了怎樣的調節效應？解決以上問題具有重要的理論和實踐意義。

1.1.2.1 理論意義

從理論意義上看，首先，本書將媒體因素引入企業創新領域的研究中，有利於深化和拓展對企業具體經濟行為與新聞媒體互動過程的研究。已有研究發現，政府補貼、融資渠道和機構投資者等外部治理機制是影響企業自主創新的重要因素（安同良等，2009；李匯東，2013；成力為和戴小勇，2012）。隨著新聞媒體的迅速發展，媒體報導已經成為影響企業經營活動的重要外部治理機制之一（Dyck & Zingales，2004；Miller，2006）。也有研究發現在中國情境下，媒體更可能帶來市場壓力，進而影響管理者的決策（於忠泊等，2011；於忠泊等，2012；莫冬燕，2015）。然而，媒體報導如何影響企業研發活動？對於這一問題學界一直沒有給出答案。本書旨在厘清媒體報導對企業研發投入的影響，結果發現媒體報導通過市場壓力效應，阻礙了企業研發，豐富了媒體治理領域和企業創新領域的研究。其次，本書將企業研發置於代理理論視角下，視企業研發投入動機不足是管理者投資短視行為的具體表現，通過理論分析和實證檢驗尋求媒體報導對管理者短視投資決策的影響機制，進而厘清媒體報導影響企業研發

投入的內在機理，有利於豐富管理者短視領域的研究文獻。再次，本書區分了媒體報導語氣與內容，多維度、全方位分析了媒體報導對企業研發投入的影響，發現媒體負面報導以及對企業業績的報導阻礙了企業研發投入。最後，本書從創新績效和企業價值的視角考察了媒體報導作用於企業研發投入的經濟後果，發現媒體報導在阻礙企業研發活動後，進一步降低了創新績效和研發投入的價值相關性。

1.1.2.2 實踐意義

從實踐意義上看，企業自主創新是國家經濟增長的動力之源。為保持經濟持續穩定增長，中國各級政府加強了對企業創新的政策扶持，大力推動企業全面產業升級，把中國建設為創新型國家。企業研發活動是推動技術創新和經濟增長的主導力量，研究影響企業研發投入的因素顯得尤為重要。由於中國產權保護制度薄弱、薪酬激勵機制有待優化、企業家精神缺乏等原因，企業普遍存在創新動機不足的問題。外部治理因素是驅動企業創新投入的關鍵動因，媒體報導作為企業重要的外部治理機制，對管理者在諸多方面的機會主義行為或者產生了積極的監督治理作用（Miller，2006；Dyck 等，2008；李培功和沈藝峰，2010；戴亦一等，2011），或者沒有作用（Core 等，2008；賀建剛等，2008；熊艷等，2011；金智和賴黎，2014）。媒體報導和企業自主創新都是理論界和實務界共同關注的問題，但兩者之間存在怎樣的聯繫卻一直沒有答案。本書試圖探討中國情境下，媒體報導能否驅動企業的研發活動。結果發現，媒體報導不僅沒能促進企業研發，反而通過市場壓力效應引發了管理者追求短期業績、減少研發投入的短視行為。

本書對尋求企業創新驅動因素進行了有益的嘗試，發現可能帶來管理者投資短視的動機來源，提出促進企業自主創新亟須解決的問題所在。本書的研究結論厘清了媒體報導對企業研發投入的作用機制，尤其是媒體通過資本市場發揮的作用，為政府不斷規範資本市場，引導資本市場健康有序發展提供思路和方向。

1.2 研究思路與研究方法

本書採用理論分析和大樣本數據實證檢驗相結合的研究範式，首先考察了媒體報導與企業研發投入的關係，並區分媒體語氣和報導內容，考察了不同語氣的媒體報導、關於企業業績的報導以及關於企業創新的報導對企業研發投入的影響有何差異；其次考察了媒體報導對不同類型企業的研發投入的影響，驗證了媒體報導影響研發投入的中間機制；最後進一步探討了媒體報導如何影響企業創新績效以及研發投入的價值相關性，試圖厘清媒體報導、研發投入、創新績效和企業價值的邏輯鏈條，從創新產出和企業價值視角考察媒體報導影響企業研發投入的經濟後果。

本書通過制度背景分析和文獻梳理，將企業研發活動置於委託代理理論框架下，分析了企業研發投入動機不足、管理者投資短視行為的理論根源，梳理出媒體報導如何影響企業研發的理論路徑。為進行大樣本實證檢驗，本書搜集了上市公司的媒體報導數據，並逐條閱讀判斷出媒體語氣和報導內容。利用大數據分析的優勢，本書運用中國上市公司詳盡的財務數據，在理論分析的基礎上漸進深入地檢驗了研究的主要問題。實證部分具體分為三個步驟：首先，本書對媒體報導與企業研發投入的關係進行單變量和多變量迴歸分析，並區分媒體語氣與報導內容，實證檢驗了正面、負面和中性報導，媒體報導企業業績和媒體報導企業創新對研發投入的影響差異，試圖全面考察媒體報導對企業研發投入的影響。其次，本書考察了媒體報導對不同類型企業研發投入的影響差異。一方面，本書通過考察媒體報導對企業研發投入的抑制作用是否在代理問題更嚴重的國有上市公司以及高管沒有持股的公司中更顯著，辨析出媒體報導是否給管理者帶來短期業績壓力；另一方面，本書通過考察媒體報導對企業研發投入的抑制作用是否在沒有管理防禦的企業中更顯著，辨析出媒體報導是否給管理者帶來收購威脅壓力。最後，本書進一步考察了媒體報導對上市公司創新績效和研發投入的價值相關性產生了怎樣的影響。本書通過層層深入、縱向拓

展的方式清晰呈現了媒體報導影響企業研發投入的機制和後果。

本書的研究方法主要有文獻總結、制度背景分析、理論分析和實證檢驗等方法。本書研究數據主要來源於國泰安（CSMAR）數據庫、萬得（WIND）數據庫和中國知網（CNKI）《中國重要報紙全文數據庫》中通過手工搜集的媒體報導數據。在實證分析過程中，本書運用了均值、中值、標準差等描述性統計分析、相關性分析、單變量線性迴歸分析和多變量線性迴歸分析。

1.3 概念的界定

1.3.1 媒體報導

廣義的媒體是指交流、傳播信息的媒介或載體，如電視、廣播、報紙、雜誌、互聯網等。媒體報導指媒體的轉載和報導。本書所提及的媒體報導實際上是指新聞媒體對上市公司及其股票相關信息的轉載和報導。媒體關注度與媒體報導的含義基本相同，都是指新聞媒體對上市公司的報導，但更側重於曝光的頻次，表現為媒體報導的次數。有的研究者（Fang & Peress，2009；Gaa，2013）使用「media coverage」表示報導上市公司的新聞的數量，有的研究者（Bushee等，2010）提到的「press coverage」也表示上市公司的新聞數量，與本書所提及的媒體報導的含義相同。國內學者在媒體領域的研究也常採用新聞媒體對企業的報導數量來表示媒體的關注度。傳統媒體中廣播、雜誌的覆蓋面比較有限，電視雖然覆蓋面廣但數據不易獲得，報紙媒體由於受眾廣且數據便於搜集，因此成為國內外學者常用的方式（Fang & Peress，2009；Peress，2014；李培功和沈藝峰，2010；徐莉萍等，2011；金智和賴黎，2014；賴黎等，2016）。隨著網絡科技和信息技術的日益進步，互聯網、手機等新媒體得以迅速普及並成為媒體發展的方向，國內學者也開始使用網絡媒體來度量。例如，羅進輝（2012）通過百度新聞搜索引擎搜集整理得到上市公司媒體報導數據來實證分析媒體對企業代理成本的影響。鄭志剛等（2011）則通過谷歌（Google）搜索

引擎採集上市公司的網絡報導數量來對報紙媒體的研究結論進行穩健性測試。由此可見，採用有影響力的報紙新聞媒體對企業的報導來衡量媒體報導是國內外研究中比較成熟和常用的方式。中國知網的重要報紙全文數據庫包含了國內重要報紙的歷史新聞報導全文，擁有良好的數據基礎。本書借鑑徐莉萍等（2011）的做法，搜集重要報紙對上市公司的報導，採用新聞數量來衡量媒體報導。同時，考慮到網絡媒體的不斷興起和日益增強的輿論影響力，本書採用國泰安（CSMAR）市場資訊系列新聞數據庫裡上市公司的網絡新聞數量來衡量網絡媒體報導，對本書紙上媒體報導的研究結果進行穩健性檢驗。此外，本書還區分了媒體報導的語氣和內容，具體包括正面、負面和中性報導，媒體對企業業績的報導和媒體對企業創新的報導。詳細變量的衡量參見本書5.3.1和6.3.1的內容。

1.3.2　企業研發投入

創新活動可以定義為以現有的知識和物質，在特定的環境中，改進或創造新的事物，並能獲得一定有益效果的行為。經濟學意義上的創新的概念起源於經濟學家熊彼特的定義，他認為創新是把一種生產要素和生產條件進行新的結合，是建立新的生產函數的過程。創新包括五種形式：引入一種新產品、採用一種新生產方法、開闢一個新市場、獲得原料或半成品的新供給來源和建立一種新的企業組織形式。隨著社會不斷發展，科技不斷進步，創新的含義也逐漸發展和豐富。廣義的創新包括科技創新、文化創新、商業創新等，其中科技創新在現代經濟中的地位越來越重要，是經濟增長的動力源泉。企業是創新活動的主體同時也是創新成果應用的重要載體。廣義的企業創新包括產品的創新、生產工藝的創新、組織形式的創新、文化的創新等。然而最能提升企業核心競爭力，實現企業自主創新的還是企業的研發活動。鑑於研發活動是企業後續價值創造的基礎且易於觀測，因此研發活動投入常常被視為企業創新活動投入的很好表徵。

企業研發投入包含資金和人員等方面，現有文獻常採用公司年報披露的企業研發支出（R&D支出）作為企業研發投入的代理變量。R&D支出

反應了企業針對研發的資金投入，是企業投資決策的具體體現。考慮到本書探討媒體報導對企業研發投入的影響時，將企業研發置於委託代理理論視角下，側重於管理者短視引起的研發投資不足問題，本書選用 R&D 支出計算研發投入強度。具體計算方法詳見本書 5.3.1 的內容。

1.3.3　管理者短視

管理者短視行為的發生通常依託委託代理問題和信息不對稱情況的存在。在所有權和經營控制權「兩權」分離背景下，企業所有者作為投資人，享有資產的所有權和剩餘價值索取權，卻局限於有限的時間、精力和知識能力等，通常委任具有專業知識和管理能力的職業經理人進行經營管理。經理人按照薪酬契約履行自己的職責，獲取相應的報酬。由於代理人和委託人的風險偏好不同，效用函數不一致，經理人有動機為了實現自己短期利益最大化而損害所有者和公司的長遠利益。委託人和代理人之間的信息常常不對稱，與所有者相比，管理者直接參與經營，對企業自身的營運情況和外部經營環境具有信息優勢，對可選決策的優次性更具判斷力。在這種信息不對稱情況下，管理者做出的不利於企業價值最大化的短視行為能夠很好地隱藏而不被識破。

管理者短視（managerial myopia）行為通常指管理者為滿足自身利益最大化的目的，在決策時做出犧牲公司長遠利益的次優選擇。管理者短視的表現形式多種多樣。例如，在項目投資選擇時，按照淨現值決策方法，有意削減最優的長期投資項目，反而選擇次優的短期項目的投資短視行為（Lundstrum，2002）。又如，只注重企業現有產品的生產、改進和銷售，而忽視產品創新和企業變革的營銷短視行為等（Levitt，1960）。本書探討的管理者短視問題主要參考波特（Porter，1992）提出的為了滿足短期經營目標，對研究與開發、廣告、員工培訓等長期的無形資產項目的投資不足。

造成管理者投資短視行為最直接的原因是管理者對短期業績目標的過度追求。然而究其根源，我們可以發現深層次的原因可能來自薪酬體制及

市場的壓力等。由於管理者的努力程度無法觀測，對管理者的考核激勵機制常常偏好採用能夠量化確認的短期業績指標。在任期有限這一約束條件下，管理者做出的最優策略就是選擇收益確定的短期次優項目，盡早實現自己的薪酬收益，而削減風險較大且對價值貢獻具有時滯性的長期投資項目。市場壓力方面主要表現在三個方面：第一，由於公司與外部投資者之間的信息不對稱，其研發活動等長期投資的價值易被市場低估，導致公司被敵意收購的風險增大（Stein，1988），管理者為避免職位丟失常常傾向於減少這類容易被低估價值的長期投資；第二，經理人市場對管理者的評價往往也依靠短期業績指標，致使管理者有壓力通過保證短期業績來增強自己的價值認同度，提升自己的聲譽；第三，來自追求短期收益且缺乏監督動機的短視投資者的壓力也迫使管理者採取短視行為。

基於對管理者投資短視行為的分析可以看出，管理者投資短視行為很難識別，因此已有文獻關於管理者投資短視行為的衡量常常採用一些量化的代理變量，用公司已經發生的具體投資行為來判斷。例如，以公司短期證券投資等短期投資項目的增加或以公司研發支出等長期投資的減少來代理管理者的短視行為。鑒於現有文獻常採用研發支出作為長期投資代理變量研究管理者短視行為（Stein，1988；Bushee，1998；Wahal & McConnell，2000；Lundstrum，2002；Holden & Lundstrum，2009；Chen 等，2015；等等），本書也將企業研發支出的減少視為管理者短視的具體表現。

1.3.4 創新績效

隨著創新概念的不斷成熟及其重要性得到廣泛認可，學者們開始將績效的概念與創新相結合，引入「創新績效」這一指標來衡量企業績效。由於研究問題和研究側重點的差異，學術界對於創新績效並沒有形成統一的概念定義，採用的衡量方式也存在較大差異。除了用量表打分的方式外，還有用專利產出和新產品信息來衡量創新績效的。新產品信息主要體現企業的產品創新，通常用來表徵企業的經濟創新績效，具體包括新產品數量、產值等。儘管並不是所有的創新活動都以申請專利為目的，但企業的

專利作為企業無形資產的核心，集中體現了企業的新技術、新工藝流程以及新產品，從結果上反應了企業的創新活動產出。因此，專利數量和質量常常被認為能夠較合理地表徵創新績效。考慮到能否成功獲取專利授權還要受非企業能控制的諸多因素的影響，本書參照哈格多恩和克洛特（Hagedoorn & Cloodt，2003）、陳勁等（2007）的做法，選用專利申請數來衡量企業的創新績效，具體變量定義詳見本書 7.3.1 的內容。

1.3.5 企業價值

企業管理已步入以價值最大化為目標的價值管理階段，現代財務管理的最優目標是企業價值最大化。相較於其他價值最大化目標，這一目標強調企業的主體地位，在企業長期穩定發展的前提下，尋求企業價值增長的同時綜合考慮股東、債權人、管理者等各相關者的利益。那麼企業價值的含義是什麼，又是如何衡量的呢？企業價值的內涵應是在永續經營假設下企業未來預期的現金流量收益的現值，是一個以時點值表述的時期值，是對企業盈利能力、投資機會和成長性的認定。由於未來現金流量較難預計，折算成現值的折現率也較難確定，很難直接計算內涵價值，因此通常用帳面價值和市場價值來衡量企業價值。帳面價值是資產負債表中各項目的淨值之和，具有可獲取性、計算簡單和客觀性強等特徵，但由於財務報表反應的是歷史成本，因此與企業價值體現企業未來收益能力的內涵不符。市場價值是指由市場價格表現出的企業價值，市場價格是由企業的內涵價值決定的，反應了市場對企業未來盈利的預期。雖然由於價格受市場供求關係、交易者特徵、信息不完全等眾多因素的影響，往往會偏離內涵價值，但是相對於帳面價值來說，企業的市場價值更能體現其內涵價值。

已有文獻對企業價值的衡量通常分為兩類，一類採用會計指標［如總資產利潤率（ROA）、淨資產利潤率（ROE）、營業收入增長率等］來衡量企業的盈利能力和發展能力，另一類採用市場指標（Tobin's Q 值、股票價格等）來衡量企業投資機會和成長性，兩類指標各有利弊。會計指標容易獲得但也容易被操縱，雖然在一定程度上反應了企業的盈利能力和發展能

力，但始終還是基於歷史數據的分析，無法囊括未來價值信息。市場指標不易測度但是不容易被操縱，而且能夠捕捉貨幣的時間價值，包含對未來盈利的預期等信息。相對於會計指標，市場指標更能夠反應企業價值的內涵。從研究目的來看，本書關注企業未來收益的增長，關注微觀企業主體對經濟增長的貢獻和企業內涵價值增長，因此本書所指的企業價值更適宜採用市場價值指標。本書在實證檢驗媒體報導對研發投入與企業價值相關性的調節效應時，參照國內外文獻（Connolly & Mark, 2005；夏立軍和方軼強，2005；李詩等，2012；王鳳彬和楊陽，2013；任海雲，2014；等等）的常用衡量方式，選取了市場指標 Tobin's Q 值作為企業價值的代理變量。

1.4 研究內容及結構安排

本書通過理論探討和文獻梳理，力圖發現管理者短視行為的深層次動機，並指出媒體報導對企業研發投入的影響路徑及其經濟後果。本書將企業研發活動置於委託代理理論框架下，從理論和實證層面深入探討媒體報導對研發投入的作用機理。本書不僅探討了媒體報導如何影響管理者策略進而作用於企業研發投入，還進一步考察了媒體報導對企業創新績效以及研發投入價值相關性的影響。本書的實證部分主要從媒體報導如何影響企業研發投入、媒體報導影響研發投入的機制以及媒體報導影響研發投入後的經濟後果三個方面進行檢驗。結果發現，媒體報導通過市場壓力效應誘發了管理者的短視行為，進而減少了企業研發投入；媒體報導是通過加大管理者的短期業績壓力和收購威脅引發管理者削減研發投資的；媒體報導不僅對企業創新績效產生了消極影響，還對研發投入的價值相關性產生負向調節效應。本書共分為八章，各章的具體內容如下：

第一章為緒論。本章主要介紹了研究背景、理論意義和實踐意義，梳理了研究思路和研究方法，界定並解析了關鍵概念，總結了研究內容和研究結構安排，最後指出研究的創新之處與可能的貢獻。

第二章為文獻回顧。本章詳盡地梳理了本書研究涉及的相關領域的已

有文獻。媒體領域的文獻從媒體如何發揮作用和影響媒體發揮作用的因素兩個方面來呈現，創新領域的文獻按照公司創新的影響因素及其經濟後果這一邏輯來梳理，並且結合管理者短視的相關研究文獻，為後續研究提供紮實的文獻基礎。

第三章為制度背景。本章主要從中國的國情出發，介紹了中國改革開放以來的創新政策演變以及創新現狀，探討了企業創新對經濟發展的重要性以及企業創新動機不足的現實背景。同時，本章還介紹了中國媒體的發展歷程和現狀。

第四章為理論基礎。本章在信息不對稱和委託代理理論框架下，系統探討了媒體報導如何通過影響管理者策略，作用於企業研發活動。在此基礎上，本章提出了媒體報導影響研發投入的兩種理論路徑，即媒體信息仲介效應和市場壓力效應，並進一步從創新績效和企業價值視角分析了媒體報導影響研發投入的經濟後果。

第五章為媒體報導對企業研發投入的影響。本章以2007—2013年滬深兩地上市公司為研究樣本，檢驗了媒體報導對企業研發投入的實證影響。結果發現，媒體對上市公司的關注報導越多，公司研發投入強度越低。以上結論在採用工具變量法排除內生性問題後仍然成立。區分媒體語氣和報導內容後，本書發現負面報導對企業研發投入的抑製作用更顯著；媒體對企業業績的報導顯著抑制了研發投入，而關於企業創新的報導對研發投入的促進作用不顯著。實證結果支持了媒體報導的市場壓力效應假設：媒體報道給管理者帶來的壓力誘發了管理者投資短視行為，削減企業研發投入。

第六章為媒體報導影響企業研發投入的傳導機制分析。若媒體報導對企業研發投入的阻礙作用通過短期業績壓力傳導，那麼這種阻礙作用在代理問題相對嚴重的企業中應更顯著。若媒體報導對企業研發投入的阻礙作用通過收購威脅壓力傳導，那麼這種阻礙作用在存在管理防禦的企業中應得以緩解。因此，本章將上市公司按照產權屬性、高管是否持股以及是否存在管理防禦進行分組，考察不同情形下媒體報導對研發投入的影響差異，辨析出媒體報導影響研發投入的中間機制。實證研究發現，媒體報導對企業研發投入

的抑製作用在代理問題相對嚴重的國有上市公司和高管沒有持股的企業中更顯著，而在具有管理防禦的企業中不顯著。結果表明，媒體報導給管理者帶來短期業績壓力和收購威脅，削減了長期價值投資的研發投入。

第七章為媒體報導對企業研發投入經濟後果的影響。本章實證檢驗了媒體報導對企業研發投入經濟後果的影響。本章不僅考察了媒體報導對企業創新績效的影響，還考察了媒體報導如何調節研發投入與企業價值之間的關係。結果發現，媒體報導在抑制企業研發投入後，對創新績效產生了消極的影響，表現為媒體報導越多，企業的專利申請總數和發明專利申請數越少。不僅如此，媒體報導還顯著降低了研發投入的價值相關性。本章從經濟後果的視角再次驗證了媒體報導影響研發投入的邏輯路徑是市場壓力機制。

第八章為研究結論與啟示。本章歸納總結了研究結論，提出啟示和建議，指出本書的研究局限及未來的研究方向。

本書的章節結構和研究框架如圖 1-1 和圖 1-2 所示。

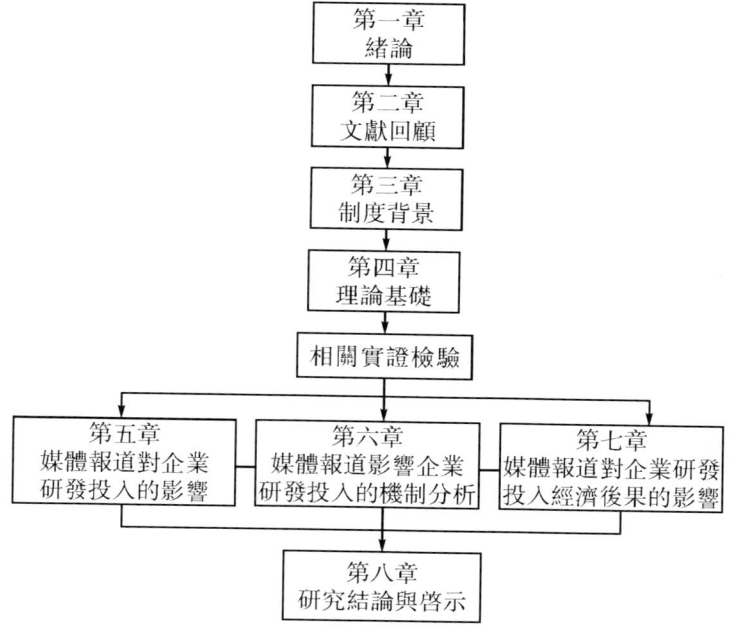

圖 1-1　**本書章節結構**

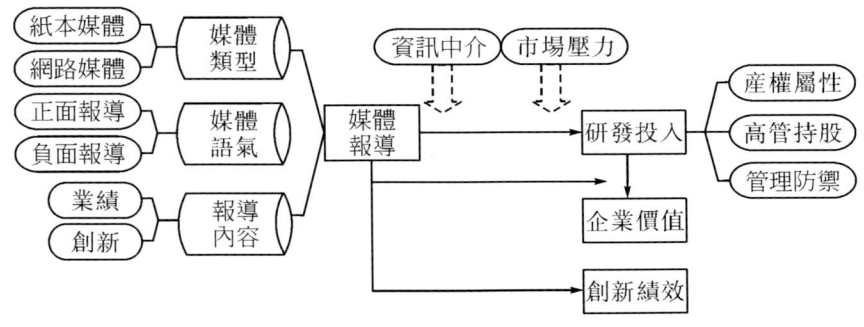

圖 1-2　本書研究框架

1.5　研究創新與貢獻

　　本書對媒體報導、管理者短視、企業創新等重要研究領域的文獻進行梳理，在委託代理理論、信息不對稱理論框架下，系統深入地分析了媒體報導如何影響管理者的策略進而影響企業研發活動。此外，本書還從創新績效和企業價值的視角分析了媒體報導影響企業研發投入後的經濟後果。在克服數據搜集等困難後，本書實證檢驗了理論假設。雖然本書的研究還存在一定的局限，但是仍具有以下幾點可能的創新和貢獻：

　　第一，本書按照媒體報導→管理者策略→企業研發投入的邏輯路線，梳理出媒體報導影響企業研發投入的理論路徑：信息仲介效應和市場壓力效應。通過搜集、整理上市公司的媒體報導數據，並區分報導語氣和報導內容後，本書發現媒體報導主要通過市場壓力效應作用於企業研發投入。其具體表現在媒體報導越多，企業研發投入強度越低；媒體負面報導越多，企業研發投入強度越低；關於企業業績的媒體報導越多，企業研發投入強度越低；關於企業創新的媒體報導對企業研發投入沒有顯著的影響。

　　第二，本書考察了媒體報導對不同類型企業研發投入的影響，打開了媒體報導影響企業研發這一具體經濟活動的「黑箱」。研究發現，相對於非國有上市公司和高管持股的公司，媒體報導對企業研發的抑製作用在代理問題更嚴重的國有上市公司和沒有高管持股的公司中更顯著；相對於存

在管理防禦的公司，媒體報導對企業研發的抑製作用在沒有管理防禦的公司中更顯著。本書的研究結果表明，媒體報導通過給管理者帶來短期業績壓力和收購威脅，迫使其削減研發投資。

第三，本書進一步考察了媒體報導對企業研發投入經濟後果的影響，發現媒體報導不僅對企業創新績效產生了消極影響，還對研發投入的價值相關性產生了負向調節效應。本書從企業創新這一重要視角，發現了媒體報導給管理者帶來的短期業績壓力損害了企業的長期價值。本書拓展了已有文獻對企業創新影響因素的研究，豐富了中國制度背景下媒體報導的相關研究。

2
文獻回顧

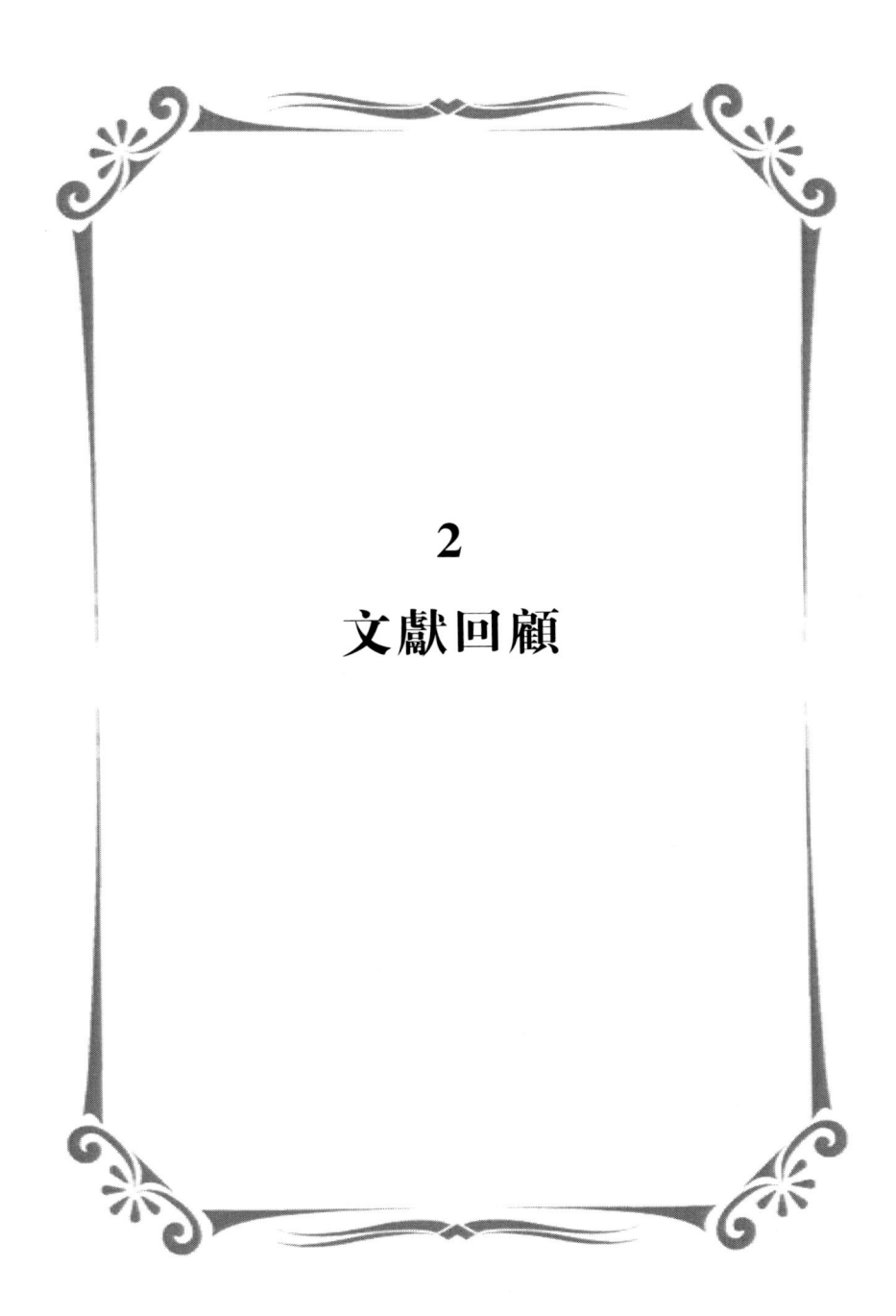

2.1 媒體報導的後果

隨著媒體力量的崛起，媒體的輿論導向和監督功能逐漸顯現，其對政治活動、資本市場以及公司治理的影響已被廣泛關注，國內外公司治理和公司財務領域關於媒體的研究文獻也逐漸增多。

2.1.1 媒體報導與政治活動

已有文獻發現媒體報導能夠對選舉等政治活動產生影響。德拉·維格納和卡普蘭（DellaVigna & Kaplan，2007）利用一個外生事件，即福克斯新聞頻道進入美國20%的城鎮作為自然實驗環境，考察媒體報導對美國選舉的影響，發現福克斯新聞的進入顯著影響了2000年的總統選舉，為共和黨增加了大約0.7%的選舉份額。此外，他們還發現，福克斯新聞顯著影響了參議院投票份額和投票率。這意味著福克斯新聞說服了大約8%的受眾支持共和黨。耶貝爾等（Gerber等，2009）構造田野試驗來檢驗媒體對政治活動和政治觀點的影響，他們將個人隨機劃分為免費獲取《華盛頓郵報》訂閱的試驗組和對照組、免費獲取《華盛頓時報》訂閱的試驗組和對照組，然後在2005年的弗吉尼亞州州長選舉後進行民意調查，結果發現獲取任一種報紙都會增加民主黨候選人的支持率，同時增加了2006年的投票率，說明媒體曝光度的影響勝過媒體偏見的影響。

2.1.2 媒體報導與資本市場

西方已有一系列文獻探討了媒體報導在資本市場上發揮的作用。一類研究認為媒體通過披露、傳播上市企業信息，能夠改善企業的信息環境，降低市場摩擦，緩解信息不對稱程度，進而影響了投資者決策、資本配置、資本市場定價、股票收益和交易量等。泰洛克等（Tetlock等，2008）研究認為媒體報導時提供的高質量信息有利於提高股價的有效性。布希等（Bushee等，2010）研究認為媒體通過發掘新信息或者整理、傳播已有信

息來改變一個企業的信息環境，作為信息仲介能夠降低資本市場的信息不對稱程度。他們檢驗了媒體對企業盈餘公告期間的信息環境的影響，發現媒體報導緩解了企業與投資者之間的信息不對稱程度，表現為較低的買賣價差，而且在盈餘公告期間，媒體報導越多則不論小額交易還是大額交易的數量都越多。所羅門等（Soloman 等，2014）考察了媒體對共有基金持股的報導如何影響投資者在基金間的資本配置，結果發現基金過去所持的高回報股票如果被媒體報導，則會吸引超額現金流。恩格爾貝格和帕森斯（Engelberg & Parsons，2011）考察了同樣信息的不同獲取渠道如何影響投資者行為，試圖找到媒體渠道本身而非媒體報導內容對投資者的影響。具體來講，他們按照郵政編碼劃分了 19 個交易區域，針對標準普爾 500 指數公司的盈餘公告這一相同事件，發現不同地區的交易與當地報紙對盈餘公告是否進行報導存在緊密聯繫，結果顯示本地報紙的報導提高了本地投資者的交易量。方和佩雷斯（Fang & Peress，2009）認為，大眾媒體即使不提供真正的新聞也能夠改善市場信息環境，降低市場摩擦，進而提升金融資產的定價效率。他們發現沒有媒體報導的股票比媒體報導多的股票回報率高，說明信息傳播的廣度能夠影響股票回報。佩雷斯（Peress，2014）進一步利用多個國家的媒體罷工事件作為自然試驗環境，研究媒體對金融市場交易與價格的因果影響，發現媒體報導通過促進信息在投資者之間的傳播，提升了股票市場的效率。有文獻考察了公司首次公開募股（IPO）情境下媒體在公司金融中的作用。庫克等（Cook 等，2006）探討了包括媒體報導在內的營銷與成功 IPO 之間的關係，發現媒體報導顯著影響了公司成功 IPO。類似地，有研究者（Liu & Zhang，2014）同樣檢驗了媒體在公司 IPO 時發揮的作用，結果發現，公司在申請 IPO 期間的媒體報導越多，則初始收益率和長期價值均越高。

　　另一類研究則從媒體報導吸引投資者注意力這一視角，探討媒體對投資者以及資本市場的影響。默頓（Merton，1987）分析了不完全信息下的資本市場均衡，認為媒體關注影響了公司的曝光度，進而影響了公司投資者的參與基數，因此媒體對公司股票價格的影響是持久性的。休伯曼和雷

格夫（Huberman & Regev，2001）通過分析 EntreMed 公司的股票價格因《紐約時報》的一則並不包含新信息的新聞而飆升這一事件，表明即使沒有提供真正的新信息，媒體報導仍會引起公眾的持續關注從而使得股票價格與實際偏離。此後，一系列文獻發現，由於投資者持續關注，結果媒體的關注報導改變了投資者的行為和情緒，進而引起了股價和收益率的變化（Chan，2003；Vega，2006；Barber & Odean，2008；Gaa，2009）。行為金融學理論認為投資者具有有限的注意力，沒有足夠的時間和精力來瞭解所有股票。而媒體對企業的報導引起了投資者的持續關注，因此投資者傾向於購買媒體關注的股票，使企業股價存在向上的壓力。凱姆和梅施克（Kim & Meschke，2013）為了考察媒體對企業股價的影響，巧妙地研究了美國全國廣播公司財經頻道（CNBC）1997—2006 年對 6,937 家企業首席執行官（CEO）進行採訪後的市場反應。由於採訪事件並未包含新的信息，因此這些採訪樣本提供了檢驗媒體對陳舊信息的報導是否影響以及如何影響企業股價的契機。研究結果表明，對首席執行官的採訪報導引起了投資者對企業的關注和投資熱情，造成了顯著的買入壓力，在採訪日前兩天及當天均有顯著為正的超額收益，而採訪日之後則出現了反轉，說明這種影響並非對企業基本面的持續影響。同樣地，有研究者（Nguyen，2015）認為新聞媒體對首席執行官的報導可以使投資者更瞭解企業，如果首席執行官聲譽較好，則投資者會對企業持有較好的預期，因此媒體對首席執行官的報導會影響投資者行為，進而影響企業股價。

還有一類研究則認為媒體報導偏差（media bias）會對資本市場甚至整個經濟社會造成不良影響。一方面，由於媒體報導可能存在偏差，信息受眾對其真實性存疑就會影響媒體信息仲介作用的發揮，降低受眾對媒體信息的需求（Baron，2006），導致社會福利損失（Anderson & McLaren，2012）；另一方面，媒體報導的有偏內容會影響投資者的信息結構和情緒，進而影響投資者的決策行為，扭曲資本市場的資源配置效率。里納洛和博索尼（Rinallo & Basuroy，2009）認為媒體報導可能並不是對產品進行的如實報導，而是為迎合廣告客戶進行的有偏報導。埃亨和索休拉（Ahern &

Sosyura，2014）發現企業在經歷重大事件時期甚至會策略性地利用媒體報導這一渠道影響自身的股價。與之前的研究不同，他們將企業而非媒體視為主體，研究企業在併購談判期間如何通過媒體報導的時機和內容來操縱自己的收益。

　　國內研究方面，楊繼東（2007）通過梳理媒體影響投資者行為和資產價格的文獻，探討媒體影響投資者行為的機制以及如何影響資產價格。他總結出可能影響投資者行為的兩種媒體效應：「理性投資者的媒體效應」和「有限理性投資者的媒體效應」。「理性投資者的媒體效應」是用傳統理性人的金融理論來解釋，媒體改變了投資者的信息結構，從而影響了投資者的行為。「有限理性投資者的媒體效應」是從行為金融學的視角來解釋，媒體能夠吸引投資者的注意力或改變投資者情緒，進而影響投資者行為。如果前一種假說成立，那麼媒體改變了投資者對資產基本面價值的預期，導致的價格變動應該反應基本面的價格變動，因而價格變動可能是持久性的。反之，如果後一種假說成立，則表明投資者是受注意力或情緒的影響，價格的變動是由非理性的行為驅動的，因而並非持久性的，價格會出現反轉。在此理論探討基礎上，張雅慧等（2011）以「富豪上榜」事件為研究對象，實證檢驗了媒體報導對股票價格的影響，探討了媒體關注度高的股票收益反而低於關注度低的股票收益這一「媒體效應」的產生原因。研究結果顯示，被關注股票在事件期內的交易量顯著放大，股票收益在事件日前顯著為正，事件日後則顯著為負，基本符合行為金融理論的「過度關注弱勢假說」。餘峰燕等（2012）利用IPO靜默期的制度安排，考察了793家IPO企業在靜默期內的新聞報導，檢驗媒體重複信息對資產價格的影響。研究結果顯示，好消息重複程度越高，涉及股票的收益越低，但這種影響是暫時性的，投資者對舊信息的過度反應在短期內會得到修正。這一結論主要集中在股價較低、規模較小、個人投資者參與程度較高的資產上。因此，媒體重複舊信息行為對資產價格的影響符合投資者有限理性假說。徐莉萍和辛宇（2011）則利用股權分置改革的研究契機，研究媒體關注程度和股權分置改革對價之間的關係，發現媒體關注度越高，治理環境

越好,「公司治理溢價」越高,非流通股股東的私有收益越小,中小流通股股東面臨的信息風險越低,因此其要求的實際對價較低。

2.1.3 媒體報導與公司治理

2.1.3.1 監督機制

以戴克(Dyck)、津加萊斯(Zingales)為代表的學者將媒體視為市場競爭、行政管制之外的治理機制,探討媒體是否發揮及怎樣發揮公司治理作用。作為肯定媒體公司治理功效的代表性研究,戴克和津加萊斯(Dyck & Zingales,2002)提出歐美市場中媒體治理的兩種傳導機制:一種是媒體關注會引起企業法律的變革,或者加大法律的執行力度,因為媒體的關注報導迫使政客基於他們的政治生涯和公眾輿論的考量而採取行動,表現出有所作為(Besley & Prat,2006);另一種是通過聲譽機制的約束作用,媒體關注報導能夠通過影響經理人在股東、社會公眾或未來雇主心中的形象和聲譽,從而影響其在職業經理人市場中的地位和薪酬。正是這種聲譽成本改變了經理人的行為決策,發揮積極的公司治理作用。隨著國內改革環境的逐步寬鬆和市場競爭的加劇,為了贏得社會聲譽和獲得商業利益,媒體有動力去監督企業中存在的治理問題(醋衛華和李培功,2012)。針對媒體發揮監督治理功效的途徑,現有研究成果認為主要有以下兩種:媒體的聲譽約束機制和引發監管機構介入。

第一,媒體的聲譽約束機制。戴克和津加萊斯(Dyck & Zingales,2004)通過比較國際範圍的控制權私有收益,結果發現公眾輿論壓力等司法體制外因素也會抑制控制權私有收益。有損聲譽的報導尤其當媒體覆蓋面廣時,會產生非常強的威懾力,有效遏制了控制權私有收益。例如,羅伯特·芒克斯(Robert Monks)就曾在《華爾街日報》上刊登了一則批評希爾斯(Sear)公司業績糟糕的廣告,利用公眾輿論壓力成功迫使希爾斯公司積極改正(Monks & Minnow,1995)。戴克等(Dyck 等,2008)進一步考察俄羅斯 1999—2002 年的媒體報導對公司治理的影響,發現媒體報導的確是通過聲譽機制約束經理人並發揮治理作用的。他們提出,媒體發揮

治理作用是需要一定前提條件的，即媒體報導導致經理人聲譽受損的成本加上法律處罰之和大於經理人從不正當行為中獲得的收益。有研究者（Liu & McConnell, 2013）從價值損失型收購的視角發現了媒體的聲譽約束作用，媒體報導強度和報導語氣加大了價值損失型收購傾向對管理者聲譽資本造成的損失，進而增加了管理者放棄此類收購傾向的概率。然而，中國情境的研究很少發現媒體的聲譽約束作用，僅在企業業績改善方面，媒體負面報導發揮的積極治理作用很大程度上來自於聲譽機制的約束，鄭志剛等（2011）將其歸因為媒體負面報導引起民眾的關注使得注重聲譽的經理人進行業績改善。

　　第二，引發監管機構介入。媒體作為信息仲介，本身具有揭露信息的功能。媒體報導在揭露公司治理的問題後，往往能夠引起監管部門的介入，從而間接地對企業產生影響。從李培功和沈藝峰（2010）、醋衛華和李培功（2012）、紐茵（Nguyen, 2015）等的研究來看，媒體關注的最大功能是揭露功能，通過媒體披露能夠增加公司治理問題的暴露程度，進而能夠引起監管部門的介入。監管部門的介入調查有兩種情況，一是司法部門的介入，二是行政部門的介入。從司法部門的介入來看，媒體關注會引起企業法律的變革，或者加大法律的執行力度，因為媒體的關注報導迫使政客基於他們的政治生涯和公眾輿論的考量而採取行動，表現出有所作為（Besley & Prat, 2006）。安然事件和美國世界通訊公司的財務醜聞曝光後，美國政治當局的態度以及《薩班斯·奧克斯利法案》（Sarbanes-Oxley Act）的加速通過就是典型的佐證。在轉型經濟國家中，法律並不能充分保障投資者的權益，行政介入將成為一種必要的替代機制（陳冬華等，2008），因而媒體的公司治理作用主要是通過引發行政機構的介入實現的。對於國有企業而言，其高管往往由政府組織任命，一旦媒體曝光引起行政機構介入，會影響其政治前途，因而媒體曝光能夠促使國有企業改正違規行為（李培功和沈藝峰，2010）。對於民營企業而言，其存在和發展往往依賴於政府的支持，與當地政府的關係成為民營企業的重要資源（張建君和張志學，2005）。一旦媒體曝光引發行政機構介入，民營企業與政府的關係無

疑會遭受損害，其發展所需的政策支持將難以為繼，因而媒體曝光也能促使民營企業改正違規行為。

2.1.3.2 治理功效

不論通過何種機制，媒體報導確實在監督公司治理方面發揮了積極的作用。現有研究從公司治理各方面對媒體報導的事前、事中和事後監督治理功效給予肯定。

第一，在對公司治理缺陷的事前監督方面，媒體報導在提升企業信息質量和內部控制質量、監督審計契約、監督企業高管在職消費、內部人交易等違規行為方面發揮了積極的治理效應。媒體對重污染行業上市公司有關環境表現的報導能顯著促進企業環境信息披露水準，並且地方政府的監管能顯著提高企業的環境信息披露水準和增強輿論監督的作用（沈洪濤和馮杰，2012）。媒體報導能夠有效提高以可操控性應計利潤和會計穩健性衡量的審計質量（周蘭和耀友福，2015），實質上也是對公司信息質量的改進。在政府主導內部控制建設的發展模式下，網絡和政策導向媒體關注能提高上市公司內部控制質量（逯東等，2015）。媒體負面報導能有效監督公司的審計契約，促使上市公司尋找高質量的審計師（戴亦一等，2013）。進一步地，劉啟亮等（2013）發現只有在高訴訟風險環境下，媒體負面報導才會顯著地影響審計師變更，表明媒體負面報導只有在法律環境得到改善的情況下才會對審計契約產生明顯的治理作用。喬（Joe，2003）發現上市公司媒體關注度越高，審計師越有可能出具有保留意見的審計報告，表明媒體在提升企業審計質量方面發揮了積極的治理功效。媒體監督能夠約束企業違規行為，而且媒體對企業違規的監督治理效果逐年上升（周開國等，2016）。媒體能夠有效監督國有上市公司高管在職消費問題，而且隨著媒體之間市場競爭的加強，這種監督職能會發揮更加重要的作用（翟勝寶等，2015）。有研究者（Dai 等，2015）發現媒體通過對企業以前內部人交易的報導能夠有效抑制之後的內部人交易，他們認為媒體報導主要通過以下三種機制發揮積極的監督治理作用：緩解信息不對稱、提高訴訟風險和影響內部人聲譽。米勒（Miller，2006）實證檢驗了媒體

對企業財務舞弊行為的監督作用，發現媒體通過傳播分析師、審計師等其他渠道的信息進行一手調查分析，的確履行了「看門狗」的職責，發揮了積極的治理功效。戴克等（Dyck等，2010）以斯坦福集體訴訟中心的數據研究發現了類似的支持證據：對企業財務造假而言，媒體監督是所有外部監督機制中最有效的一種公司治理機制。

第二，在對企業問題的事中監督方面，媒體報導在上市公司重大資產重組過程中發揮了重要的事中監督作用及公司治理作用，扮演了積極的資本市場「守望者」的角色（陳澤藝等，2017）。媒體負面報導顯著提高了企業主動終止重組計劃和重組方案未通過併購重組委員會審核的概率，進而提高了重組失敗的概率；與資產質量相關的負面報導提高了企業主動終止重組的概率；而與資產定價相關的負面報導提高了重組方案審核不通過的概率。

第三，在對企業問題暴露後的事後監督方面，媒體報導也發揮了積極的治理功效。喬等（Joe等，2009）考察了媒體曝光企業董事會缺乏效率後如何影響公司治理、投資者行為以及股價。他們發現，媒體的負面曝光迫使企業採取積極的改進措施來提高董事會效率，進而提升了股東價值。針對經理薪酬的報導中，負面報導能夠鎖定經理薪酬契約中的不合理部分，向讀者提供關於公司治理水準的可靠信息，企業會針對媒體的批評完善企業的薪酬政策。雖然針對國有上市公司薪酬的負面報導更多關注經理薪酬的絕對水準及經理與職工的薪酬差距，提供轟動性報導，但企業也會針對媒體報導對高管薪酬契約進行局部修正，說明媒體在監督高管薪酬合理性方面發揮了積極的治理功效（李培功和沈藝峰，2013）。楊德明和趙璨（2012）同樣發現媒體對企業高管薪酬發揮積極治理作用，但他們指出媒體發揮薪酬治理作用需要政府及行政主管部門的介入作為前提條件。李培功和沈藝峰（2010）以2004年12月《董事會》雜誌聯合新浪財經評選出的50家「最差董事會」企業為樣本，研究媒體對這些企業的報導如何發揮治理功效，發現隨著媒體曝光數量的增加，企業改正違規行為的概率也相應提高。周開國等（2016b）通過考察媒體曝光食品安全事件對涉事

企業的短期超常收益率及長期市場表現的影響，發現媒體報導通過資本市場的激勵機制與政府部門介入形成了共同的監督機制。

2.1.3.3 媒體治理功效的質疑

媒體治理領域的研究結果存在較大爭議，除了以上對媒體報導公司治理作用的肯定之聲外，還有一系列文獻也提出了對媒體治理作用的質疑。這些質疑主要指向媒體的報導偏差。早川（Hayakawa，1940）指出，媒體可能對被報導主體進行選擇性報導，或者僅僅報導新聞事實有利的一方面，或者僅僅報導新聞事實不利的一方面。這種媒體報導偏差既可能源自媒體自身的新聞工作者或媒體機構所有者的個人動機或偏好，也可能源自媒體對新聞消費者、廣告商、政府及其他利益主體偏好的迎合（Mullainathan & Shleifer，2005；李培功和徐淑美，2013）。

無論是在歐美市場經濟發達的成熟市場還是在市場經濟不發達的新興市場，媒體都有其自身特定的利益訴求，傳播的信息並非都是真實客觀的，甚至有的背離事實而去追求「轟動效應」。李普曼（Lippmann，1922）指出，為了追求自身利益，吸引更多的社會關注，媒體傾向於報導或突顯新聞內容的趣味性和轟動性。這些利益訴求影響媒體報導的公正性，甚至會使媒體報導扭曲事實，從而對其新聞關注者產生誤導。詹森（Jense，1979）甚至認為，媒體報導從本質上來說，不過是娛樂的另一種形式。科爾等（Core 等，2008）通過研究 1994—2002 年 1,100 多份關於首席執行官（CEO）薪酬的報導，發現媒體會選擇性地報導 CEO，媒體傾向於對超額薪酬而非薪酬總額進行負面報導，媒體也傾向於對期權行權多的 CEO 進行負面報導，但並未發現媒體的負面報導會引起企業減少 CEO 超額薪酬或增加 CEO 更替。他們認為媒體報導高薪醜聞是為迎合受眾的娛樂心態而製造轟動新聞，並未發現改善上市公司的治理情況。部分國內學者也發現了類似的結論。賀建剛等（2008）以五糧液公司為例，發現在中國證券監督管理委員會（以下簡稱證監會）調查五糧液公司利益輸送問題之前就已經有媒體對其進行了相關報導，雖然這有利於促使其治理缺陷得到正確的市場定價，但並沒有明顯改善或緩解大股東「掏空」的行為，並未從實質上

改善公司治理中存在的問題。熊豔等（2011）通過對「霸王事件」進行案例分析，考察了媒體追逐轟動效應的經濟後果。研究表明，媒體製造轟動效應傳播失實新聞，對上市公司帶來了負面影響，也令資本市場亂象叢生。他們進而提出應該關注媒體「雙刃劍」的功能。孔東民等（2013）通過考察媒體對企業行為的影響，發現媒體監督治理功能的同時，也發現某些特定場景下，當地媒體與當地企業可能存在合謀的證據，造成媒體偏差。戴亦一等（2011）通過研究媒體報導對中國上市公司財務重述行為的影響，發現來自地方政府的媒體管制會大大削弱媒體的監督治理效力，在地方政府干預程度越高的地區，媒體的輿論監督作用越弱。戴亦一等（2013）認為地方政府質量是政府在產權保護、稅收體系、海關效率、行政干預、腐敗程度等方面的綜合體現。他們發現中國地方政府的質量顯著影響了媒體的監督效力，在地方政府質量低的地區，媒體促進上市公司變更高質量審計師的作用被大大削弱。金智和賴黎（2014）通過考察媒體在中國銀行風險治理中的作用，結果發現由於政府對媒體和銀行存在雙重控制，媒體報導的獨立性和公正性被嚴重干預，出現了「銀行風險越大，媒體報導反而越多」這一現象，媒體監督在銀行風險治理中遭遇了嚴重的困境，公司治理角色難以實現。

此外，還有一系列文獻探討媒體報導發揮作用的機制究竟是有效監督還是市場壓力，結果證明媒體報導通過資本市場給管理者帶來了壓力，引起管理者為了滿足市場預期而進行盈餘管理（於忠泊等，2011；於忠泊等，2012；莫冬燕，2015）。於忠泊等（2011）從盈餘管理視角出發，研究發現，媒體關注給管理者帶來了強大的市場壓力，促使其為了滿足市場預期而進行基於應計項目的盈餘管理，即媒體關注反而降低了公司盈餘信息的質量。於忠泊等（2012）在此基礎上，從上市公司盈餘信息市場反應的角度，進一步解釋了市場壓力的來源以及對管理者行為的影響。他們發現，媒體關注增加了短期內盈餘信息的市場反應，降低了長期內的盈餘公告後價格漂移程度。媒體對盈餘信息市場反應的放大效應和盈餘信息傳遞效率的提升作用，正是管理者面臨的市場壓力之一，影響了管理者的決策

行為。以負面報導為典型的媒體壓力給企業管理者帶來了短期業績壓力，使得管理者更短視，削減了創新投資，損害了企業的長期價值。陽丹和夏曉蘭（2015）從企業創新的視角考察媒體報導對企業的影響。結果發現，媒體關注報導給管理者帶來了強大的市場壓力，誘發了管理者更注重短期業績的短視行為，減少了創新投入。進一步地，楊道廣等（2017）以媒體負面報導數量衡量媒體壓力，檢驗媒體壓力對企業創新的影響，研究結果支持媒體的「市場壓力假說」。區分媒體報導內容後發現，與會計相關的負面報導數量更可能與企業創新水準負相關，證實了短期財務業績壓力是抑制創新的主要原因。

2.2 企業創新活動的影響因素及經濟後果

2.2.1 企業創新活動的影響因素

在內生經濟增長理論的影響下，國外學者對企業創新活動非常重視，對企業層面的創新活動的影響因素的研究非常多，歸納起來主要包括資本市場、勞動力市場和公司治理這幾個方面。首先，關於資本市場對企業創新的影響，布朗等（Brown 等，2013）採用 32 個國家的企業數據進行跨國研究，發現投資者保護水準和股票市場融資渠道能夠促進企業層面的研發投入，尤其對小企業作用明顯。然而信貸市場對企業研發投入沒有影響，僅對固定資產投資具有促進作用。方等（Fang 等，2014）利用政策變化這一外生事件衝擊引起的股票流動性上升，採用雙重差分方法研究了股票流動性對企業創新的影響，結果發現股票流動性阻礙了企業創新，原因在於流動性越高的股票被敵意收購的風險越大，而且越吸引短視的機構投資者。貝納和李（Bena & Li，2014）利用 1984—2006 年的專利併購數據，研究發現併購方往往是擁有專利組合多、研發投入少的企業，而目標方則是研發投入多、專利增長較慢的企業。他們進一步發現併購雙方在技術領域的交叉重合不僅提高了併購成功率，而且促進了企業後續的專利產出。有研究者（He & Tian，2013）研究了美國資本市場的財務分析師對企業創

新的影響，結果發現跟蹤企業的分析師越多，該企業的專利數量和引用反而越少。進一步分析表明分析師給管理者帶來了短期業績壓力，進而抑制了企業創新活動。其次，有學者研究了勞動法和工會對公司創新的影響。阿查亞等（Acharya 等，2014）研究了美國《不當解雇法》對雇員進行了更強的保護，激發了雇員的努力程度，進而促進了公司創新活動。巴德里等（Bradley 等，2016）利用由微小的投票差異引起的工會化與否這一外生事件，研究工會對公司創新的影響，結果發現工會化地區的企業顯著降低了研發投入，專利產出也顯著較低。最後，一系列文獻研究了所有權機構、CEO 特徵、董事會特徵等公司治理特徵對企業創新的影響。伯恩斯坦（Bernstein，2015）通過比較成功 IPO 的公司與撤回 IPO 申請繼續保持私有的公司在後續創新活動上的不同表現，研究上市對公司創新的影響。結果發現，公司上市後減少了自主創新，而傾向於從外部購買技術。勒納等（Lerner 等，2011）利用 472 個槓桿收購的樣本考察了槓桿收購之後企業創新活動，發現槓桿收購後企業並未削減研發，反而更集中精力於企業創新的重要領域，表現為更多的專利，進而說明私募能夠促進企業創新活動。有研究者（Chemmanur 等，2013）通過對比企業創業投資家（CVCs）和獨立風險投資家（IVCs）如何作用於創業型企業的創新活動，發現企業創業投資家支持的企業具有更高的創新產出率（以專利來衡量）。他們指出這是由於企業創業投資家具有更高的失敗容忍度以及具有更專業的技術知識。赫什利弗等（Hirshleifer 等，2012）研究了過度自信 CEO 的創新策略，結果發現過度自信 CEO 所在的企業具有更強的研發投入強度、更多的專利產出和引用以及更高的研發效率，然而過度自信 CEO 對企業創新的這種促進作用僅體現在創新型行業。奧斯瑪（Osma，2008）研究發現企業董事會的獨立性越強——表現為獨立董事占比越高和董事會不由內部董事主導，則企業創新活動越多。

　　中國企業的信息披露不斷完善為研究企業創新活動提供了契機。目前國內對企業創新影響因素的研究不再停留在使用國家、省（市、區）、行業等宏觀數據階段，而更多地利用企業的微觀數據。國內文獻主要研究企

業內外部因素對創新投入的影響。企業內部因素主要包括企業規模、產權屬性、高管特徵、公司內部治理等。企業規模與研發投入強度之間呈倒 U 形關係（張杰等，2007；成力為和戴小勇，2012）。李春濤和宋敏（2010）研究發現，國有上市公司更具有創新性，但國有產權降低了 CEO 薪酬激勵對企業創新的促進作用。劉運國和劉雯（2007）發現上市公司高管任期和企業研發支出之間存在著顯著正相關的關係，同時年輕高管和持股的高管有更強的動機增加研發投入。劉鑫和薛有志（2015）研究了企業 CEO 在繼任這一特殊時期的研發投資策略，結果發現 CEO 繼任對企業研發投入產生了負向效應，且企業行業業績偏離度增強了這種負效應，企業歷史業績偏離度則減弱了這種負效應。陳修德等（2015）運用隨機前沿分析模型研究高管薪酬對企業研發效率的影響，結果發現高管貨幣薪酬與企業研發效率具有顯著的正相關關係，但這種關係會受到所有制性質、行業特徵和外部市場環境的影響。陳闖和劉天宇（2012）通過中小板上市公司的數據，分析發現高管團隊中的創始經理人抑制了企業研發投入。馮根福和溫軍（2008）詳細考察了公司治理與企業創新之間的關係後，發現股權集中度與企業創新之間存在倒 U 形關係，經營者持股和董事會中獨立董事佔比高的企業，技術創新投入較高，而國有持股比例較高的企業，技術創新投入較低。

對企業創新投入的外部影響因素主要包括政府支持、市場環境和公司外部治理機制等方面。政府支持方面，政府資助、地區財政的科技支持、銀行信貸資金支持都能激勵企業創新活動（解維敏等，2009；成力為和戴小勇，2012），政府補助還可以刺激上市公司通過債權融資提高企業創新投資（李匯東等，2013）。市場環境方面，張杰等（2011）認為要素市場扭曲帶來的尋租機會抑制了中國企業對研發活動的投入。解維敏和方紅星（2011）從地區金融發展的視角，發現了金融市場的發展能夠有效推動上市公司對研發活動的投入。張杰等（2014）利用國家統計局 1999—2007 年的工業企業調查數據，研究發現中國情境下的市場競爭促進了企業研發活動，但只對民營企業創新活動產生激勵效應。公司外部治理機制方面，

馮根福和溫軍（2008）發現以證券投資基金為主的機構投資者對企業技術創新有顯著的正效應，機構持股比例越高的企業技術創新能力越強。此後，溫軍和馮根福（2012）在進一步區分企業產權屬性後，發現機構持股抑制了國有企業的創新活動，卻促進了民營企業的創新。徐欣和唐清泉（2010）發現分析師為企業研發活動提供深層次信息，並對企業研發活動具有分析甄別能力，有利於資本市場上的投資者對企業創新活動價值的認同。

2.2.2 企業創新活動的經濟後果

國內外學者關於企業創新活動經濟後果的研究主要圍繞企業創新活動與企業生產率和企業價值的相關性方面進行，還有一系列文獻引入了調節變量，研究具體的企業特徵和外部環境如何影響創新投入與企業價值的相關性。已有文獻大多以研發支出作為創新投入的代理變量，專利數量或質量作為企業創新產出的代理變量，企業生產率的衡量多停留在產業層面，少數國外文獻探討了企業層面的生產率，而企業價值的衡量通常有兩種，股價和托賓 Q 值（Tobin's Q 值）為代表的市場指標以及盈利能力、發展能力等會計指標。

2.2.2.1 企業創新對生產率的影響

關於企業創新對生產率的影響，國外學者大多在內生增長理論的指導下，借助柯布-道格拉斯生產函數等模型來檢驗研發投入對企業生產率的影響。格里利茲（Griliches，1979）首先採用柯布-道格拉斯生產函數模型來估計企業層面的研發投入對產出的貢獻，他將技術知識看成重要的生產要素，改進了柯布-道格拉斯生產函數。隨後湧現出一批利用該改進了的模型來檢驗研發投入對企業生產率的貢獻。格里利茲（Griliches，1985）進一步對比了 1973—1980 年美國和日本的製造業企業，發現兩個國家的研發投入強度對企業生產率的貢獻沒有太大差異。格里利茲（Griliches，1986）利用美國 1957—1977 年的大型製造業企業的數據，檢驗了研發投入對生產增長率的貢獻，結果發現與 20 世紀 60 年代相比，20 世紀 70 年代美國企業的研發投入貢獻率並沒有顯著下降，其中基礎研究的貢獻相對較

大，政府資助的研發投入雖然也對生產增長率有正的貢獻，但與私人資助的研發投入相比貢獻較小。韋克林（Wakelin，2001）同樣運用柯布-道格拉斯生產函數模型檢驗了英國1988—1992年的企業層面研發投入對企業生產力增長的影響，結果發現企業的研發投入能夠顯著提高生產力增長率，但是考慮到部門的固定效應後結果不再顯著，並指出這是由於部門內其他企業研發投入的溢出效應所致。

國內研究方面，由於數據可獲得性受限，大多數研究都是探討產業層面的研發投入貢獻率。何瑋（2003）利用柯布-道格拉斯生產函數從產業層面實證分析了中國大中型工業企業的研發投入對產出的影響，結果發現中國大中型工業企業的研發投入大約在三年時間內對生產力增長發揮作用，表現出產出彈性大、波動大的特徵，研發投入具有明顯的短視性，持續性較差。朱有為和徐康寧（2006）利用隨機前沿生產函數來測算中國高技術產業的研發貢獻率，發現中國高技術產業的研發效率整體偏低。吳延兵（2006）用中國製造產業數據實證檢驗了研發投入與生產率之間的關係，發現研發投入對企業生產率確實產生了顯著的促進作用。鄧進（2007）同樣運用中國高新技術產業的數據，利用柯布-道格拉斯生產函數，比較了不同研發要素投入的產出效率，發現研發資本的貢獻高於研發人員投入的貢獻。

2.2.2.2 企業創新的價值相關性

國外學者對企業創新價值相關性的研究，雖然採用不同模型和不同的衡量方式，但是大多得到企業創新活動能夠影響企業價值的結論。格里利茲（Griliches，1981）以美國大型企業為研究樣本，研究了以研發投入和專利數量為代理變量的企業無形資本與Tobin's Q的相關性，發現創新投入和專利數量均具有顯著的正向市場價值相關性。赫斯切（Hirschey，1982）用美國財富500強企業中的390家企業的數據進行研究得到了同樣的結論。佩克斯（Pakes，1985）使用美國1968—1975年的120家企業的面板數據研究了成功申請的專利數（企業研發活動投入的一種度量）與企業股票市場價值之間的動態關係。約翰遜和佩德爾卡（Johnson & Pazderka，1993）

運用加拿大上市公司的數據檢驗了研發投入與市場價值之間的關係，發現了與美國市場相同的結論，企業研發投入與市場價值具有顯著的正相關關係。瑟甘尼斯（Sougiannis，1994）採用剩餘收益模型驗證了研發投入對企業盈餘是有貢獻的。格林（Green，1996）同樣採用剩餘收益模型驗證了英國上市公司的研發投入對企業價值的貢獻。隨著世界各國研發支出的會計處理方式由全部費用化逐漸更改為部分資本化處理，學者們開始研究不同會計處理方式對企業價值的影響。列夫和瑟甘尼斯（Lev & Sougiannis，1996）以美國上市公司中高密度研發的企業為樣本，發現與研發投入中費用化處理部分相比，資本化處理的部分更具有市場價值相關性。哈娜和瑪麗（Hana & Manry，2004）以韓國上市公司為研究樣本，基於奧爾森（Ohlson）模型迴歸，發現研發投入與股票價格具有顯著的正相關關係。有研究者（Chan等，1990）發現企業的增量研發支出的披露整體上會帶來股票價格反應，其中高技術企業的增量研發支出披露帶來正的異常收益，低技術企業的增量研發支出披露帶來負的異常收益。有研究者（Chan等，2001）從研發的角度檢驗了股票價格是否完全反應了企業的無形資產，結果發現，根據美國現行的會計準則，研發支出雖然並沒有在會計報表中報告，但是進行研發的企業的歷史股票收益與沒有進行研發的企業相當，而研發投入強度與股票收益的波動性正相關。

　　國內研究方面，由於企業研發支出數據的披露不規範，因此微觀企業層面的研發價值研究起步較晚。2007年實施的企業會計準則開始要求規範研發費用的披露，關於微觀企業層面的研發價值相關性的研究開始逐漸增多，對企業價值的衡量指標較為多樣化，主要包括盈利能力、發展能力等會計指標和Tobin's Q值等市場指標兩大類。程宏偉等（2006）考察了研發投入與業績相關性，發現中國上市公司由於後續研發投入不足，造成對企業業績的貢獻逐年減弱，無法推動業績的持續增長。文芳（2009）同樣基於企業微觀層面實證檢驗了研發投資對企業盈利能力的影響，發現上市公司研發投資對企業盈利能力的促進作用持久性較差，只能持續三年左右。王君彩和王淑芳（2008）實證考察了電子信息行業的企業研發投入與業績

的相關性，發現研發投入不具有業績相關性。羅婷等（2009）研究了2002—2006年中國上市公司的研發支出與股價之間的關係，發現研發支出與同期股價不相關，而對未來兩年的股價有正向影響。王燁（2009）以2005—2009年中國中小板上市公司為研究樣本，發現研發支出與每股盈餘、淨資產收益率不相關。謝小芳等（2009）分別考察了產品市場和股票市場對企業研發投入價值的認同度，發現在產品市場上，消費者對企業研發投入價值是認同的，且高新技術行業和第一大股東為非國有屬性的企業具有更大的研發價值認同度；而在股票市場上，以市盈率為價值的代理變量，發現企業的研發投入價值並沒能得到投資者的顯著認同。周豔和曾靜（2011）通過實證檢驗上市公司的研發投入與企業經營利潤之間的關係，發現企業的研發投入確實能給企業帶來市場價值，但是具有一定的時滯性。龔志文和陳金龍（2011）以2007—2009年中國生物制藥和電子信息技術行業的上市公司為樣本，研究發現研發投入與主營業務利潤和股價之間沒有顯著相關性，市場並沒有很好地識別企業研發投入的價值。陳海聲和盧丹（2011）採用Tobin's Q值衡量企業價值，並區分了產權屬性後，發現非國有屬性的上市公司研發投入能顯著提升企業價值。杜勇等（2014）以具有高密度研發投入的高新技術產業上市公司為研究樣本，發現企業研發投入與盈利能力顯著正相關，而與成長能力不相關。任海雲（2014）以中國主板市場製造業上市公司為研究樣本，考察了2011年的研發支出和廣告支出的價值相關性，將研發支出分為資本化支出和費用化支出，結果發現在只有在高技術行業的資本化研發支出才具有價值相關性，而廣告支出的價值相關性則在高技術和低技術行業都顯著，說明與技術推動相比，市場拉動對中國製造業上市公司的價值創造具有更明顯的作用。

此外，還有部分學者關注了上市公司專利對企業價值的影響，研究結果存在爭議。陳修德等（2011）同時採用研發支出、無形資產和專利作為企業技術創新的代理變量，發現研發支出、無形資產對上市公司市場價值均有顯著的正向影響，而專利的影響不顯著，存在一定的應用約束。徐欣和唐清泉（2010）發現專利數量能夠提高企業價值。李詩等（2012）用

Tobin's Q 值來衡量企業市場價值，發現市場不僅能夠識別上市公司的專利價值，還可以對發明專利、實用新型專利和外觀專利三類不同科技含量的專利差別定價。李仲飛和楊亭亭（2015）研究了專利質量（以發明專利授權率、發明人數量和技術領域覆蓋範圍來衡量）對企業投資價值（以股票收益率來衡量）的影響，發現專利質量促進了企業投資價值的增加，而且這種促進作用在高科技公司、主板公司、國有企業和專利保護水準較高的省份更顯著。

2.2.2.3 企業創新價值相關性的調節因素

由於企業創新活動是推動經濟增長的重要因素，因此研究影響創新價值相關性的企業內外部特徵也顯得格外重要。國外研究方面，主要引入仲介變量，研究其對企業創新價值相關性的調節作用，具體包括企業規模、公司治理特徵和外部融資環境等。康納利和赫斯切（Connolly & Hirschey, 2005）以美國 1997—2001 年的工業企業為樣本，考察了企業規模的調節效應，發現大企業的研發支出價值效應與小企業相比更大。有研究者（Chung 等，2003）以公司治理結構的三個代理變量——分析師跟蹤、董事會構成和機構持股，以 Tobin's Q 值作為市場價值的代理變量，考察了公司治理機制對企業研發投資價值的市場認可度的影響，結果發現有較多分析師跟蹤的和董事會中外部董事占比大的企業研發支出與市場價值顯著正相關，而機構投資者對研發與市場價值的關係沒有影響。有研究者（Le 等，2006）檢驗了三種外部監督（外部獨立董事、機構投資者和證券分析師）對企業研發支出與企業績效的調節效應，結果發現機構投資者和獨立董事能直接或間接地影響兩者之間的關係，而分析師對其沒有調節效應。有研究者（Yeh 等，2012）探討了投資者對企業研發披露的感知和反應，他們以臺灣上市公司關於研發信息的披露為研究樣本，發現董事會獨立性對企業的研發披露產生的市場超常收益具有正向調節效應，而董事會規模具有負向調節效應。有研究者（Li，2011）發現融資約束對研發支出與股票收益之間關係的調節效應，結果顯示僅在受融資約束的企業，研發支出與股票收益才具有正相關關係。

國內研究方面，陳守明等（2012）考察了公司治理對研發投入與企業價值之間關係的影響，著眼於產權屬性、董事長和總經理兩職設置這兩方面的公司內部治理機制，結果發現國有產權屬性對研發投入和企業價值之間關係產生了負向影響，而兩職合一則發揮了正向調節的作用，驗證了兩職設置的管家理論解釋。孫維峰和黃祖輝（2013）發現企業規模和控股股東對企業研發支出與 Tobin's Q 表示的市場價值之間的關係具有調節作用，在小企業中和沒有控股股東的企業中，企業研發支出與企業價值的正相關關係更顯著。頡茂華等（2015）研究了企業特質對研發投入與企業價值之間關係的影響，結果發現企業規模特質、成長性特質和市場佔有率特質對研發投入的價值相關性起到了正向的調節效應，而企業自由現金流、外部資金依賴、勞動密集度和資本密集度方面的特質則起到了負向的調節效應。何丹（2015）以製造業上市公司為研究樣本，發現融資約束降低了企業的研發強度，但是卻對研發投入與經營績效、企業經濟增加值的關係產生了正向的影響。

2.3　管理者投資短視的成因及其治理

2.3.1　管理者投資短視的成因

鑒於本書探討的管理者短視主要指投資短視行為，本章在梳理文獻時僅涉及投資短視相關的研究文獻。由於資源的有限性，企業的管理者進行投資決策時往往要在長期項目（已有文獻常常以研發投資代表）和短期項目之間進行權衡。由於委託代理問題和信息不對稱問題的存在，管理者可能出於滿足自身利益最大化的目的，而放棄最優策略，做出削減長期投資的短視行為。已有文獻大多認為管理者短視問題的產生源於管理者對短期業績的過度追求，其中基於美國市場的研究頗多。例如，佩里和格里納克爾（Perry & Grinaker，1994）研究了研發支出和盈餘預期之間的關係，發現未預期的研發支出和未預期盈餘之間呈近似線性關係，從而說明當企業

盈餘達不到分析師的預期時，管理者關注短期盈餘，研發支出將減少。德肖和斯隆（Dechow & Sloan，1991）以具有持續研發活動的行業內的企業為樣本，考察了企業CEO在其任期的最後幾年是否會調整研發支出來提高短期業績表現。結果表明，CEO在位的最後幾年的確削減了研發支出，然而CEO持股對研發支出的減少具有緩解作用。除了美國市場的研究，還有學者對日本的情況進行了探討。曼德等（Mande等，2000）檢驗了日本企業管理者的短視行為，發現與美國的情況類似，多個行業的日本企業都採用調整研發預算的方式來平滑利潤。

關於管理者短視的解釋有很多，從理論上來看主要包括收購威脅（takeover threat）理論假說、所有權結構（ownership structure）理論假說、工資扭曲（wage distortion）理論假說和敲竹杠（holdup losses）理論假說等。科內貝爾（Knoeber，1986）和斯特恩（Stein，1988）的收購威脅理論認為，企業面臨被敵意收購和管理者被撤換的威脅導致了短視投資行為。斯特恩（Stein，1988）認為，收購方企業通常尋找那些研發費用高、價值被低估的企業作為收購對象，因此研發支出越大，越有可能成為收購對象，管理者為了避免這種情況發生，出於對職位風險的考慮，會傾向於削減研發支出。科內貝爾（Knoeber，1986）認為，企業的CEO「黃金降落傘」計劃可以讓CEO不用擔心因被收購而丟失職位，進而使CEO能夠做出最優的長期投資決策。實證結果顯示企業研發支出與「黃金降落傘」計劃正相關，支持收購威脅假設。

所有權結構理論假說認為，採取「買下並持有」策略的投資者可以緩解企業短視投資行為。施萊弗和維什尼（Shleifer & Vishny，1990）認為，具有短期投資時限的機構投資者會頻繁改變其股票投資組合來利用所有可能的短期收益。布希（Bushee，1998）研究發現「低週轉率」（定義為投資者在當年具有較低的投資組合週轉率）的機構投資者持股降低了企業面臨盈餘下降時削減研發支出的概率。他基於機構投資者過去的投資行為將其區分為是否具有短期投資視野，發現只有短期投資型（transient）機構

投資者，即投資組合頻繁劇烈變化且基於盈餘消息的好壞來進行買賣的機構投資者，會導致管理者削減研發投資來滿足短期盈餘目標，顯著提高了管理者短視行為的概率。瓦哈爾和麥克康奈爾（Wahal & McConnell，2000）同樣認為，美國20世紀90年代的管理者短視問題是由短視的機構投資者引起的。有研究者（Chen等，2015）考察了臺灣這一新興市場上是否存在管理者研發投資短視問題，結果發現臺灣企業管理者同樣為了短期盈餘目標而削減企業研發支出，短視的內部機構投資者持股會加劇管理者短視行為，與之相反，傾向於持有的外國機構投資者持股會緩解管理者短視行為，進而促進企業研發投資。

　　納拉亞南（Narayanan，1985）認為，勞動力市場上的信息不對稱是導致管理者短視的投資決策的重要原因。由於管理者擁有私人信息，與股東和潛在雇主之間的信息不對稱，股東與經理人市場對管理者的評價只能依靠財務業績，這就導致管理者有動機傾向於投資那些短期能獲利的項目，向經理人市場發送信號，增強勞動力市場對自己價值的認同度，以期盡早提升自己的聲譽和薪酬（「工資扭曲」理論）。通過建立模型分析這類管理者短視問題，他發現這種以犧牲企業長期價值為代價，放棄最優的投資策略而過度追求短期業績目標的動機與管理者的個人經歷、薪酬合同的期限負相關，而與企業風險正相關。

　　諾埃和雷貝洛（Noe & Rebello，1997）提出管理者可能會故意投資長期項目，由於領域專屬性等原因，管理者如果離任將不利於項目未來收益的實現，在薪酬合同的再談判過程中，管理者可以揚言辭職據此對股東構成威脅。股東為防範管理者在項目收益實現之前實施「敲竹杠」的機會主義行為，避免由此帶來的損失，會設計對短期盈餘的激勵考核契約。朗德斯特姆（Lundstrum，2002）通過考察企業CEO的年齡和研發支出之間的關係，檢驗了引起管理者短視的兩種理論假說——「工資扭曲」理論和「敲竹杠」理論，結果發現研發支出與CEO年齡負相關，支持「敲竹杠」理論假說。

2.3.2 管理者投資短視的治理

當然現有文獻在描述了管理者投資短視現象、分析了其形成原因之後，也對如何解決或者緩解這一有損企業長遠價值的問題進行了有益的探索。例如，從所有權結構視角探索如何解決委託代理衝突（Bushee，1998；範海峰和胡玉明，2013；魯桐和黨印，2014；Chen 等，2015）；從契約理論的視角研究最優監督激勵機制，對制定最優薪酬契約進行了有益的探索（Dechow & Sloan，1991；Cheng，2004；周杰和薛有志，2008；Manso，2011）；從董事會治理結構視角解決問題（Osma，2008；胡元木，2012；魯桐和黨印，2014）等。

從所有權結構的視角，布希（Bushee，1998）研究發現，「低週轉率」（定義為投資者在當年具有較低的投資組合週轉率）的機構投資者持股降低了企業面臨盈餘下降時削減研發支出的概率。範海峰和胡玉明（2013）研究了機構投資者持股對企業通過削減研發支出進行的盈餘管理行為的影響，發現機構持股能夠有效減少企業的這種短視行為，且在機構持股比例較高時這種治理作用明顯。有研究者（Chen 等，2015）研究了臺灣上市公司的管理者研發投資短視行為，發現外國的機構投資者持股能夠抑制這種短視行為，促進企業研發投資。

從契約理論的視角，德肖和斯隆（Dechow & Sloan，1991）研究發現企業 CEO 在其任期的最後幾年會削減研發支出來提高企業短期業績表現，然而 CEO 持股對研發支出的減少具有緩解作用。周杰和薛有志（2008）同樣發現了總經理持股比例越高，企業研發投入越大。有研究者（Cheng，2004）研究了薪酬委員會是否尋求防止管理者減少研發支出的短視行為。如果薪酬委員會有作為，則在以下兩種情況下 CEO 薪酬的變動將與研發支出的變動顯著正相關：一是當企業 CEO 臨近退休時，二是當企業遇到小幅盈餘下降或虧損時。結果表明在這兩種情況下，企業研發支出變化和 CEO 年度期權價值變化顯著正相關，在採用 CEO 年度總薪酬變化作為 CEO 薪

酬變動的代理變量時得到了類似的結論。這說明薪酬委員會有效緩解了管理者削減研發支出的機會主義行為。曼索（Manso，2011）認為，促進創新的最優薪酬契約應該多容忍短期的失敗並鼓勵長期的成功，實行等待期較長的股票期權計劃、允許期權再定價、「黃金降落傘」計劃和管理防禦都能激勵創新活動。有研究者（Zhao等，2012）基於「收購」理論假設思索收購保護是否可以緩解管理者短視問題，結果發現收購保護較弱的企業進行了更嚴重的真實盈餘管理，說明收購保護能夠有效降低管理者採用真實盈餘管理的動機。

從董事會治理結構視角，奧斯馬（Osma，2008）研究了英國企業的獨立董事對企業投資短視的治理情況，發現企業的董事會獨立性越強，表現為獨立董事占比越高和董事會不是由內部董事主導的，管理者越不可能通過削減研發支出來達到業績目標。胡元木（2012）認為，具有專業技術背景的獨立董事對企業創新策略更具有監督優勢，研究發現設有技術獨立董事的上市公司確實具有較高的研發產出效率，肯定了獨立董事的治理作用。魯桐和黨印（2014）將企業劃分為勞動密集型、資本密集型和技術密集型三個行業，全面考察公司治理的三個層面——所有權結構、管理者激勵和董事會結構對研發投入的影響，結果發現三個行業中所有權機構、管理者激勵都具有促進研發投入的作用，而董事會結構的治理效應不顯著。

2.4　本章小結

媒體報導和企業創新是眾多學者關注的重要研究領域。已有研究往往關注了媒體報導和創新活動各自的影響因素與經濟後果，沒有把兩者相聯繫，深入考察媒體報導對企業創新活動的影響。隨著媒體輿論力量的不斷崛起，媒體報導已逐漸成為市場競爭、行政管制之外的重要企業外部治理機制，對管理者行為和企業經營決策產生了廣泛影響。然而，現有文獻大多關注媒體報導對企業違規行為、薪酬問題和公司治理結構等方面的影

響，極少探討媒體報導對企業具體財務決策的影響。媒體報導究竟怎樣影響企業創新活動，這一問題一直沒有答案。鑒於此，本書結合管理者短視理論的研究結果，探討了媒體報導對企業研發投入的作用路徑，並實證考察了媒體報導對企業研發投入的影響及其經濟後果，試圖厘清媒體報導如何作用於企業創新決策，豐富了現有研究文獻。

3
制度背景

3.1 中國創新政策的演變與創新現狀

改革開放40多年來，中國的創新得到了大力的發展，在計劃經濟體制的長期影響下，中國的創新活動並不是市場主導，而是政府主導的。每一階段的創新發展背後都有一定的政策驅動，因此要考察中國的科技創新活動，必然要瞭解中國的創新政策。

3.1.1 中國創新政策的演變

與國家漸進式改革進程一致，中國創新政策也適時調整，經歷了階段式發展，創新目標從改革開放初期的解放生產力、恢復科技體系、創造科技成果逐步調整至今的提高自主創新能力、建設創新型國家，創新主體從科研機構逐漸轉向企業。本書綜合創新目標、創新主體以及創新形式把40多年的創新政策分為以下三個階段：

第一階段為改革開放初期至1995年。這段時期科技創新政策具有明顯的計劃體制特徵，主要依據科學技術是生產力的理論，將目標定位為恢復和完善國家科技體系，依靠科研機構充當創新主力，開發出技術成果以供企業應用。

1975年，第四屆全國人民代表大會召開，周恩來總理提出在20世紀內全面實現農業、工業、國防和科學技術現代化，使國民經濟走在世界前列的宏偉目標。隨後鄧小平同志領導起草了《關於科技工作的幾個問題》等重要文件，提出「科學技術是生產力」「科研要走在前面，推動生產向前發展」等重要觀點和一系列推動科技發展的措施。1978年3月，全國科學大會召開，鄧小平同志提出「四個現代化，關鍵是科學技術的現代化」，重申「科學技術是生產力」這一重要觀點，中國迎來了「科學的春天」。該次大會通過了《1978—1985年全國科學技術發展規劃綱要》（簡稱「八年科技規劃」）。「八年科技規劃」明確規定了科技工作的奮鬥目標，要求在農業、能源、材料、電子計算機、激光、空間、高能物理、遺傳工程等

八個影響全局的綜合性科學技術領域、重大新興技術領域和帶頭學科，做出突出成績，並確定了自然資源、農業、工業、國防、交通運輸、海洋、環境保護、醫藥、財貿、文教等各方面的 108 個全國科學技術研究的重點項目。隨後經過幾次調整，但基本還是沿襲計劃經濟模式，政府主導國家創新活動，配置科技資源，因此出現了科技創新與經濟脫節的「兩張皮」問題。為解決科學研究成果無法推廣應用等問題，中國在改革開放後第一次實行科技體制改革，於 1985 年發布《中共中央關於科學技術體制改革的決定》，並在隨後幾年出抬和實施了一系列配套措施。同時，這一階段國家還發布了兩個科學技術發展長遠規劃：《1986—2000 年全國科學技術發展規劃綱要》和《1991—2000 年科學技術發展十年規劃和「八五」計劃綱要》。

第二階段為 1995 年科教興國戰略的提出至 2006 年。這段時期中國的科技創新政策做出了重大調整，在市場經濟體制改革驅動下，以熊彼特創新理論為依據，將目標設定為建立以企業為創新主體的科技體制，通過技術引進促進技術創新。

這一階段，中國經濟經過改革開放以來近 20 年的高速發展，實力得到了大大提升，然而這種粗放式的增長存在諸多弊端，面對世界科技革命浪潮的衝擊和激烈的國際競爭形勢，原有科技體制難以適應科技進步和技術創新的要求。同時，在市場經濟體制改革的驅動下，1995 年 5 月中共中央、國務院做出《關於加速科學技術進步的決定》，提出科教興國的國家發展戰略。江澤民同志在 1995 年 5 月召開的全國科學技術大會上重申了「科學技術是第一生產力」的重要思想，並對科技工作做了相關要求。1996 年發布《「九五」全國技術創新綱要》將科技創新的主體確立為企業，改變了計劃經濟體制下以科研機構為創新主體的格局。1999 年，中共中央、國務院召開全國技術創新大會，做出《關於加強技術創新，發展高科技，實現產業化的決定》，全面實施科教興國戰略，建設國家知識創新體系，大力推動科技進步，加強科技創新，加速科技成果向現實生產力轉化。企業創新在這一階段得到了大力發展，國家除加強技術引進力度外，

還制定了一些針對企業技術創新的財政、稅收、金融政策。企業的技術創新主體意識增強，創新實踐得到快速發展。

第三階段為 2006 年全國科學技術大會召開至今。原有的低成本、高污染、高消耗的經濟發展模式難以為繼，單靠需求拉動的技術引進方式無法滿足經濟增長的要求，這一時期中國的創新政策目標向提高企業自主創新能力、建設創新型國家轉移。

進入 21 世紀後，國際科技競爭越發激烈，科技實力和創新能力是決定國家綜合國力的重要因素。中國科技創新能力雖然在自身基礎上得到了飛躍式的發展，但是與發達國家相比還存在較大的差距，創新活動作為經濟增長的動力顯得非常不足。2006 年 1 月，中共中央、國務院適時召開了全國科學技術大會，通過了《國家中長期科學和技術發展規劃綱要（2006—2020 年）》，做出加強中國特色自主創新，建設創新型國家的決策，提出「自主創新、重點跨越、支撐發展、引領未來」的指導方針。為全面落實該規劃綱要的實施，營造激勵自主創新的環境，推動企業成為技術創新的主體，建設創新型國家。同年 2 月，國務院出抬了《實施〈國家中長期科學和技術發展規劃綱要（2006—2020 年）〉的若干配套政策》，在科技投入、稅收激勵、金融支持、政府採購、引進消化吸收再創新、創造和保護知識產權、科技人才隊伍建設、教育與科普、科技創新基地與平臺、加強統籌協調等十個方面提出了具體的政策配套。2012 年 7 月召開的全國科技創新大會在深化改革開放、加快經濟發展方式轉變的背景下，提出了深化科技體制改革，加快建設創新型國家的步伐。同年 9 月，中共中央、國務院印發了《關於深化科技體制改革加快國家創新體系建設的意見》，對建設國家創新體系奠定了堅實的基礎。其中非常重要的一點是強化了企業在技術創新、研發投入、科研組織和成果轉化中的主體地位，提倡建立企業為主體、市場為導向、產學研用緊密結合的科學技術創新機制，並落實了多項具體政策措施加大了對企業自主創新的支持力度。

從中國國家創新政策的演變歷程可以看出，隨著改革開放的推進，國家經濟體制從計劃經濟向市場經濟的轉型，技術創新作為經濟增長的動力

源泉越來越受到重視，甚至提到了穩定國家安全的高度，成為重要的國家戰略。隨著國民經濟的不斷增長，中國政府適時地對各階段的創新政策進行了調整，主要從政府主導計劃分配資源、科研機構承擔主體責任向市場需求主導、政府引導扶持、企業發揮主體作用轉變，而創新形式也從簡單粗獷的技術引進向複雜深刻的自主創新體系轉變。可見，企業自主創新關係著國民經濟的健康穩步持續增長，是綜合國力競爭在微觀層面的具體表現，因此對企業創新現狀及其驅動因素的研究顯得尤為重要。

3.1.2　中國創新的現狀

經歷改革開放 40 多年的發展，中國的創新實踐取得了有目共睹的進展，借鑑國際上通用的衡量科技實力的量化指標，以下從宏觀數據分析中國創新活動的現狀。

3.1.2.1　創新投入

從創新投入方面來看，中國投入了大量的人力資源開展創新活動，研究與試驗發展（R&D）[①] 經費支出及占國內生產總值（GDP）的比重呈逐年增長趨勢。

通過整理 1996—2014 年的中國科技統計年鑑，本書搜集到 1995—2013 年各年全國研究與試驗發展（R&D）人員全時當量[②]，並區分了不同執行部門，分別列示了企業、研究與開發機構、高等學校和其他部門的 R&D 人員投入情況，詳見表 3-1。從全國 R&D 人員投入總量來看，2013 年的 R&D 人員全時當量已增長至 353.28 萬人年，是 1995 年 75.17 萬人年的 4.7 倍。由於統計口徑的變化，我們只能比較 2000—2013 年企業 R&D 人力投入的變化，增長了近 5 倍，大大超過同期全國 R&D 人力投入增長速

---

① 研究與試驗發展（R&D）指在科學技術領域，為增加知識總量，以及運用這些知識去創造新的應用進行的系統的創造性的活動，包括基礎研究、應用研究、試驗發展三類活動。國際上通常採用 R&D 活動的規模（包括 R&D 經費支出總額等）和強度指標（R&D 經費支出占 GDP 的比值等）反應一國的科技實力和核心競爭力。

② 研究與試驗發展（R&D）人員全時當量指全時人員數加非全時人員按工作量折算為全時人員數的總和。例如，有兩個全時人員和三個非全時人員（工作時間分別為 20%、30% 和 70%），則全時當量為 2+0.2+0.3+0.7=3.2 人年。該指標為國際上比較科技人力投入而制定的可比指標。

度。企業 R&D 人員占全國 R&D 人員的比重也逐年遞增，2000 年企業 R&D 人員占全國的比重為 49.99%，而到 2013 年這一比重已達到 77.58%。從人力投入的分佈情況來看，逐漸形成了以企業為主體的創新格局。

表 3-1　全國研究與試驗發展（R&D）人員全時當量

單位：萬人年

年份	R&D 人員全時當量	企業	規模以上工業企業	大中型工業企業	研究與開發機構	高等學校	其他
1995	75.17			28.18	24.46	14.42	
1996	80.40			33.84	23.04	14.81	
1997	83.12			32.17	25.37	16.58	
1998	75.52			27.03	22.66	16.88	
1999	82.17			30.30	23.33	17.60	
2000	92.21	46.10		32.88	22.72	16.30	7.09
2001	95.65	53.21		37.93	20.50	17.11	4.83
2002	103.51	60.13		42.43	20.59	18.15	4.63
2003	109.48	65.61		47.81	20.39	18.93	4.56
2004	115.26	69.68		43.82	20.33	21.21	4.04
2005	136.48	88.31		60.64	21.53	22.72	3.92
2006	150.25	98.78		69.57	23.19	24.25	4.02
2007	173.62	118.68		85.77	25.55	25.39	4.00
2008	196.54	139.59		101.42	26.01	26.68	4.25
2009	229.13	164.75		115.88	27.72	27.52	9.14
2010	255.38	187.39		136.99	29.35	28.97	9.68
2011	288.29	216.93	193.91		31.57	29.93	9.86
2012	324.68	248.64	224.62		34.35	31.35	10.34
2013	353.28	274.06	249.40		36.37	32.49	10.36

數據來源：中國科技統計年鑒

表 3-2 列出了 1995—2013 年中國研究與試驗發展（R&D）經費內部支出各年的總額及其占國內生產總值（GDP）的比重，並按照執行部門進

行了分組，分別列出了企業、研究與開發機構、高等學校和其他部門的研究與試驗發展（R&D）經費支出。從全國研究與試驗發展（R&D）經費內部支出總額來看，2013年全國R&D經費支出總額已達1.18萬億元，是1995年348.7億元的近34倍。21世紀以來，中國研究與試驗發展（R&D）經費支出實現了跨越式的增長，按執行部門分組來看，其中企業R&D經費支出增速最快。企業R&D經費支出占全國的比重也逐年上升，從2000年的59.95%上升至2013年的76.61%。從研究與試驗發展（R&D）經費投入強度來看，中國研究與試驗發展經費支出占國內生產總值的比重（R&D/GDP）逐年遞增，2013年首次突破2%大關。表3-3按照資金來源分組，從2003—2013年的數據來看，中國的研究與試驗發展（R&D）經費中政府資金和企業資金占了95%左右。按資金構成的變化趨勢來看，其中政府資金的比例逐漸減少，從2003年29.92%降至2013年的21.11%；而企業資金的占比則呈現逐年遞增趨勢，從2003年60.11%增至2013年的74.60%。為適應經濟發展的需要，在國家宏觀政策的引導下，中國企業在R&D經費支出和自身投入R&D的資金方面發揮了主力軍的作用，逐漸確立了企業的創新主體地位。

表3-2 研究與試驗發展（R&D）經費內部支出占國內生產總值（GDP）的比重

年份	R&D經費內部支出（億元）	企業（億元）	規模以上工業企業（億元）	大中型工業企業（億元）	研究與開發機構（億元）	高等學校（億元）	其他（億元）	R&D/GDP（%）
1995	348.7			141.7	146.4	42.3		0.57
1996	404.5			160.5	172.9	47.8		0.57
1997	509.2			188.3	206.4	57.7		0.64
1998	551.1			197.1	234.3	57.3		0.65
1999	678.9			249.9	260.5	63.5		0.76
2000	895.7	537.0		353.4	258.0	76.7	24.0	0.90
2001	1,042.5	630.0		442.3	288.5	102.4	21.6	0.95
2002	1,287.6	787.8		560.2	351.3	130.5	18.0	1.07
2003	1,539.6	960.2		720.8	399.0	162.3	18.1	1.13

表3-2(續)

年份	R&D經費內部支出（億元）	企業（億元）	規模以上工業企業（億元）	大中型工業企業（億元）	研究與開發機構（億元）	高等學校（億元）	其他（億元）	R&D/GDP（%）
2004	1,966.3	1,314.0	1,104.5	954.4	431.7	200.9	19.7	1.23
2005	2,450.0	1,673.8		1,250.3	513.1	242.3	20.8	1.32
2006	3,003.1	2,134.5		1,630.2	567.3	276.8	24.5	1.39
2007	3,710.2	2,681.9		2,112.5	687.9	314.7	25.7	1.40
2008	4,616.0	3,381.7	3,073.1	2,681.3	811.3	390.2	32.9	1.47
2009	5,802.1	4,248.6	3,775.7	3,210.2	995.9	468.2	89.4	1.70
2010	7,062.6	5,185.5		4,015.4	1,186.4	597.3	93.4	1.76
2011	8,687.0	6,579.3	5,993.8	5,030.7	1,306.7	688.9	112.1	1.84
2012	10,298.4	7,842.2	7,200.6	5,992.3	1,548.9	780.6	126.7	1.98
2013	11,846.6	9,075.8	8,318.4	6,744.1	1,781.4	856.7	132.6	2.08

數據來源：中國科技統計年鑒

表3-3 按資金來源分組研究與試驗發展（R&D）經費內部支出

單位：億元

年份	R&D經費內部支出	政府資金	企業資金	國外資金	其他資金
2003	1,539.6	460.6	925.4	30.0	123.8
2004	1,966.3	523.6	1,291.3	25.2	126.2
2005	2,450.0	645.4	1,642.5	22.7	139.4
2006	3,003.1	742.1	2,073.7	48.4	138.9
2007	3,710.2	913.5	2,611.0	50.0	135.8
2008	4,616.0	1,088.9	3,311.5	57.2	158.4
2009	5,802.1	1,358.3	4,162.7	78.1	203.0
2010	7,062.6	1,696.3	5,063.1	92.1	211.0
2011	8,687.0	1,883.0	6,420.6	116.2	267.2
2012	10,298.4	2,221.4	7,625.0	100.4	351.6
2013	11,846.6	2,500.6	8,837.7	105.9	402.5

數據來源：中國科技統計年鑒

3.1.2.2 創新產出

從創新產出方面來看，圖3-1直觀顯示出2000—2013年中國每年的專利申請受理數量、授權數量以及有效專利數量都保持快速增長。

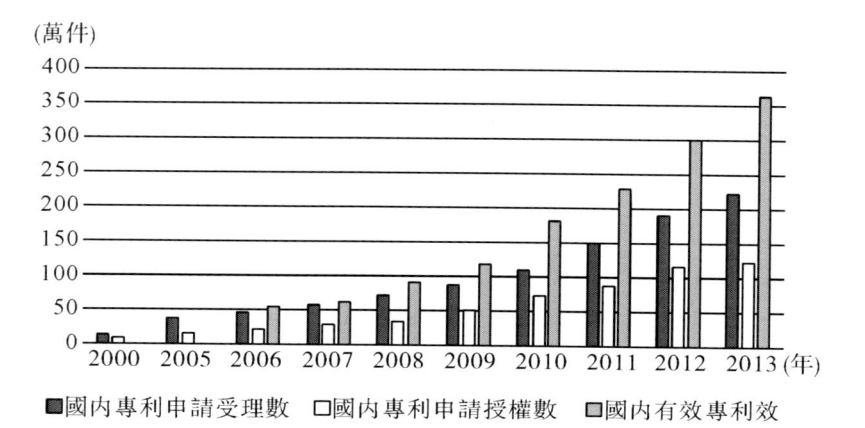

圖 3-1 中國國內專利數量

數據來源：中國科技統計年鑒

表3-4和表3-5列出了中國2000—2013年國內專利申請受理數和授權數，表3-6列出了中國2006—2013年國內有效專利數，並按照申請單位類型進行分組。整體來說，各項專利數量均保持快速增長，中國取得了不錯的科技活動成果。以專利申請受理數為例，2013年全國專利申請受理數是2000年的近16倍，超過200萬件，與國家創新投入的大幅增加相匹配。其中企業申請的專利受理數量增幅最大，從2000年的4萬多件增加到2013年的130多萬件，增長了27.57倍。企業占全國專利申請受理數的比重也逐年上升，從2000年的32.68%上升到2013年的58.63%。截至2013年年底，中國企業的國內專利申請授權數和有效專利數量均占全國總量的60%以上，占據了絕對主體地位。

表 3-4　國內專利申請受理數　　　　　　　　　單位：件

年份	全國	企業	發明	實用新型	外觀設計	科研	機關	大專	其他
2000	140,339	45,862	8,316	14,912	22,634	4,122	467	2,924	86,964
2005	383,157	127,397	40,196	39,649	47,552	9,746	1,818	19,921	224,275
2006	470,342	166,874	56,455	50,350	60,069	9,878	3,864	22,950	266,776
2007	586,498	223,472	73,893	63,371	86,208	14,119	5,830	32,680	310,397
2008	717,144	295,510	95,619	91,374	108,517	18,612	5,119	45,145	352,758
2009	877,611	394,299	118,257	147,618	128,424	21,271	5,902	61,579	394,560
2010	1,109,428	540,000	154,581	212,081	173,338	26,962	12,276	79,332	450,858
2011	1,504,670	799,435	231,551	336,298	231,586	37,910	14,863	110,136	542,326
2012	1,912,151	1,097,220	316,414	450,002	330,804	45,119	18,329	132,648	618,835
2013	2,234,560	1,310,058	426,544	551,056	332,458	53,032	24,324	167,656	679,490

數據來源：中國科技統計年鑒

表 3-5　國內專利申請授權數　　　　　　　　　單位：件

年份	全國	企業	科研	機關	大專	其他
2000	95,236	31,319	2,687	578	1,548	59,104
2005	171,619	59,113	4,192	814	7,399	100,101
2006	223,860	76,379	5,313	982	10,457	130,729
2007	301,632	108,817	6,558	3,665	14,773	167,819
2008	352,406	138,537	8,344	3,204	19,159	183,162
2009	501,786	218,321	10,269	5,685	27,947	239,564
2010	740,620	359,018	14,268	5,392	43,153	318,789
2011	883,861	474,787	17,777	10,324	56,484	324,489
2012	1,163,226	685,520	19,852	16,279	77,283	364,292
2013	1,228,413	752,676	24,878	10,005	85,038	355,816

數據來源：中國科技統計年鑒

表 3-6　國內有效專利數　　　　　　　　　　　　　　　單位：件

年份	全國	企業	科研	機關	大專	其他
2006	548,758	205,677	17,118	2,756	22,328	300,879
2007	622,409	260,291	20,578	4,282	25,752	311,506
2008	923,797	398,763	26,643	5,525	41,318	451,548
2009	1,193,110	555,157	31,712	9,530	57,502	539,209
2010	1,825,403	884,480	45,262	13,106	96,182	786,373
2011	2,303,015	1,229,058	58,331	20,093	129,311	866,222
2012	3,005,023	1,811,876	67,149	18,859	177,518	929,621
2013	3,635,929	2,327,657	83,529	21,719	220,610	982,414

數據來源：中國科技統計年鑒

3.1.2.3　創新的貢獻

改革開放以來，中國經濟一直奇跡般地保持著高速增長，1978—2013年，國內生產總值（GDP）年均增長速度為9.8%，人均GDP實際增長17倍多。中國經濟以如此快的速度持續增長這麼多年，是人類經濟史上前所未有的。其中資源驅動的主導因素不可否認，以創新為核心的科技活動為經濟發展所做的貢獻也不可忽視。表3-7列示了中國的GDP增長速度和科技進步貢獻率，縱觀科技進步對中國GDP的貢獻率，尤其20世紀以來，呈現直線上升的趨勢，到2013年已達到53.1%。

表 3-7　科技進步貢獻率　　　　　　　　　　　　　　　單位:%

項目	1998—2003年	1999—2004年	2000—2005年	2001—2006年	2002—2007年	2003—2008年	2004—2009年	2005—2010年	2006—2011年	2007—2012年
GDP年均增速	8.7	9.2	9.6	10.0	10.4	10.8	10.6	10.3	11.1	9.3
科技進步貢獻率	39.7	42.2	43.2	44.3	46.0	48.8	48.4	50.9	51.7	52.2

數據來源：中國科技統計年鑒

3.1.2.4 國際比較

為保證中國創新驅動發展戰略的順利實施，切實提升自主創新能力和科技競爭力，中國科學技術發展戰略研究院從 2006 年開始研究國家創新指數，以期客觀監測和評價國家創新能力，發布了《國家創新指數報告》。《國家創新指數報告》借鑑和參考了國際上權威機構的評價標準，構建了「創新資源」「知識創造」「企業創新」「創新績效」和「創新環境」5 項一級指標，30 項二級指標，選取了世界上 40 個主要國家進行評價。該報告指出，2013 年中國的創新指數排名升至第 19 位，與創新型國家的差距進一步縮小。部分指標中國已處於領先地位，研究與試驗發展經費世界第三，占全球的份額達到 11.7%；R&D 人員全時當量世界第一，占全球總量的 29.2%；國內發明專利申請量和授權量分別居世界第一位和第二位，占全球總量的 37.9% 和 22.3%。2015 年發布的《國家創新指數報告》中，中國的排名仍保持在第 19 位，創新能力大大超越了處於同一經濟發展水準的國家，創新指數接近人均 GDP 5 萬美元左右的發達國家（見圖 3-2）。

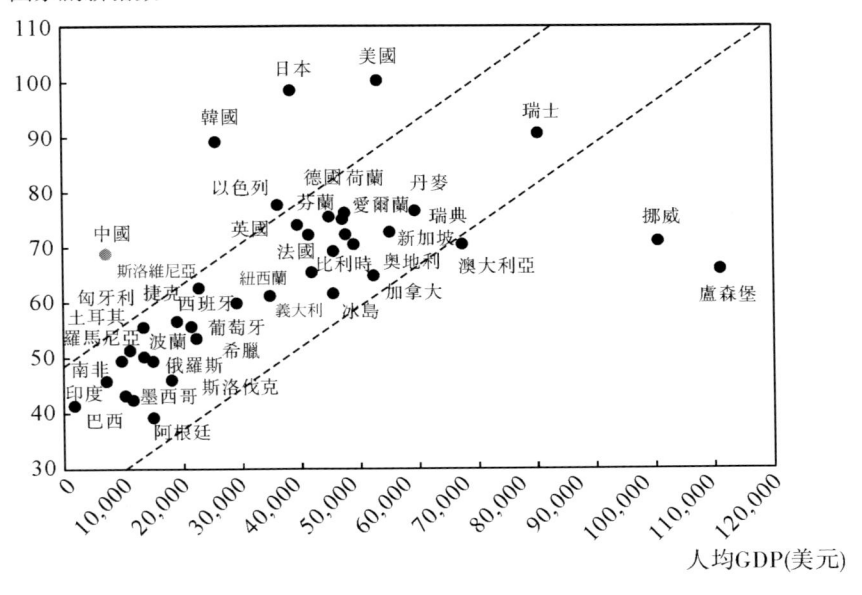

圖 3-2　國家創新指數與人均 GDP 關係分佈圖

雖然中國投入創新的人力資源和資金總量排名靠前，但相對投入量與創新型國家還有相當大的差距。如表 3-8 所示，2013 年中國每萬人就業人員中從事 R&D 的人員僅為 65 人，還不及國家創新指數排名靠前的日本和韓國在 2012 年、瑞士在 2008 年的一半。R&D 經費占 GDP 的比重也僅為 2.08%，與創新型國家相比，還處於較低水準。中國創新基礎仍比較薄弱，20 年的科研經費累計投入量不及美國兩年的累計投入量，也少於日本 4 年的累計投入量。這表明，提升國家創新能力，中國仍需持續加大投入，並付出長期努力。

表 3-8 研究與試驗發展（R&D）活動的國際比較

項目	中國 2013	美國 2012	日本 2012	瑞士 2008	韓國 2012
一、R&D 人員					
1. 人力資源					
從事 R&D 活動人員(千人)	5,018.2		851.1	62.1	396.0
#研究人員	2,198.9	1,252.9	646.3	25.1	315.6
每萬人就業人員中從事 R&D 活動人員（人）	65		133	136	160
#研究人員	29	88	101	55	128
2. 從事 R&D 活動人員按執行部門分（%）					
企業部門	74.0		69.2	64.2	70.4
政府部門	8.2		7.2	1.3	7.8
高等教育部門	14.3		22.1	34.5	20.3
其他部門	3.5		1.4		1.5
二、R&D 經費					
1. 按經費來源分（%）					
來源於企業資金	74.6	59.1	76.1	68.2	74.7
來源於政府資金	21.1	30.8	16.8	22.8	23.8
來源於其他資金	4.3	10.1	7.0	9.0	1.4
2. 按執行部門分（%）					
企業部門	76.6	69.8	76.6	73.5	77.9
政府部門	15.0	12.3	8.6	0.7	11.3
高等教育部門	7.2	13.8	13.4	24.2	9.5
其他部門	1.1	4.0	1.4	1.6	1.3

表3-8(續)

項目	中國 2013	美國 2012	日本 2012	瑞士 2008	韓國 2012
3. 按研究類型分（%）			2011年		2011年
基礎研究	4.7	16.5	12.9		18.1
應用研究	10.7	19.2	22.0		20.3
試驗發展	84.6	64.3	65.1		61.7
4. R&D/GDP（%）	2.08	2.79	3.35	2.99	4.36

數據來源：中國科技統計年鑒

隨著人力、財力等創新資源投入的不斷增加，中國的企業創新能力穩步提高，創新環境日益改善，科技為經濟發展服務的能力得到提高，保證了「十二五」科技發展規劃關鍵指標的順利進展。中國科學技術發展戰略研究院發布的《國家創新指數報告2014》顯示，國家「十二五」科學和技術發展規劃主要指標中，「國際科學論文被引用次數世界排名」「研發人員的發明專利申請量」「每萬人發明專利擁有量」「每萬名就業人員的研發人力投入」「全國技術市場成交合同金額」五項已提前完成（詳見表3-9），而尚未實現的五項指標也保持著穩步增長。

表3-9 國家「十二五」科學和技術發展規劃主要指標

主要指標	2010年	2015年發展目標	2014年
國家創新指數世界排名（位）	21	18	19*
科技進步貢獻率（%）	50.9	55	53.1*
R&D/GDP（%）	1.73	2.2	2.09
每萬名就業人員的研發人力投入（人年）	33	43	49
國際科學論文被引用次數世界排名（位次）	8	5	4
每萬人發明專利擁有量（件）	1.7	3.3	4.9
研發人員的發明專利申請量（件/百人年）	10	12	21
全國技術市場成交合同金額（億元）	3,907	8,000	8,577
高技術產業增加值占製造業增加值比重（%）	13	18	16.7*
公民具備基本科學素質的比例（%）	3.27	5	4.48*

註：* 為2013年數據。

企業作為國家創新的主體，在創新投入方面，無論是 R&D 經費支出構成，還是資金來源構成，企業所占的比重均已超過 70%。創新產出方面，企業的專利申請量、授權量和有效專利數量占全國總量的比重保持逐年增長，到目前已占絕對多數，達到 60%以上。這些數據表明，就中國創新活動的現狀而言，企業創新活動對創新型國家發展戰略及科技發展規劃的順利實施具有舉足輕重的作用，因此研究企業創新動機及影響因素具有重要的現實意義。

3.2　中國媒體的發展歷程與現狀

廣義的媒體包括電視、廣播、報紙、雜誌、圖書、電影、音像製品以及互聯網絡等。其中，電視、廣播、報紙與互聯網是四種主要的新聞信息傳播媒介。媒體作為信息的載體和傳播者，兼具信息仲介和輿論監督功能。隨著新聞媒體在西方經濟社會中曝光公司醜聞、揭露公司違規行為等方面的輿論作用不斷顯現，學術界掀起了媒體治理研究的浪潮。以戴克（Dyck）、津加萊斯（Zingales）為代表的學者對媒體治理理論構建做出了突出的貢獻。自賀建剛等（2008）開始對五糧液公司的案例研究後，國內也湧現出一大批關於媒體治理有效性的探討。在中國情境下研究媒體治理功效，就必須瞭解中國媒體的制度背景，以期正確認識媒體發揮的作用。

3.2.1　中國媒體的發展歷程

3.2.1.1　傳統媒體的發展歷程

中華人民共和國成立後，黨和國家對新聞媒體進行調整，採用公私合營手段對私營新聞媒體進行社會主義改造，著手建設社會主義性質的新聞事業體系，包括以中央黨報《人民日報》為中心、各級黨報為主體的公營報刊體系；由新華通訊社和中國新聞社組成國家通訊社體系；以中央人民廣播電臺為中心的廣播電臺體系。在長達 20 多年的黨報時期，新聞媒體主要承擔著黨和國家的宣傳職能。直至十一屆三中全會以後，中國媒體業迎

來了新的發展契機。為順應歷史潮流，財政部於1978年批准了人民日報社等八家新聞單位試行企業化管理的報告。1979年，財政部轉批《關於報社試行企業基金的管理辦法》，新聞媒體開始了「事業單位企業化管理」的市場化改革。在《天津日報》率先恢復商業廣告後，新聞媒體上的商業廣告逐漸增多，並嘗試開展多種經營活動。1988年，新聞出版署和國家工商行政管理局聯合發布《關於報社、期刊社、出版社開展有償服務和經營活動的暫行辦法》，首次以行政規章的形式允許媒體從事多種經營活動。1979年全國廣告營業總額約1,000萬元，到1981年就已突破1億元，1987年突破10億元，1993年超過100億元，到2003年全國廣告營業總額已突破1,000億元。商業廣告收入已成為報紙媒體主要的收入來源，1983—1990年，報紙行業的廣告收入一直遠超電視和廣播，穩居傳統媒體首位。1991年，電視廣告的市場份額首次超過報紙並於1995年開始逐漸拉開與報紙的差距，穩占傳統媒體第一的位置。

隨著新聞媒體體制的改革，新聞媒體行業的發展取得了一定的成效，新聞價值和新聞自由開始引起關注。新聞媒體加大了信息含量並以「新」為主，提高了新聞的時效性。1992年召開的黨的十四大明確了經濟體制的改革目標是建立社會主義市場經濟體制。隨後新聞體制改革繼續深入，媒體行業得到空前的發展。以報紙行業為例，不僅報紙總數不斷增多，還出現報紙擴版、增刊的熱潮。1995年1月，《華西都市報》在成都誕生，作為中國第一張都市報，開啓了中國報紙行業「都市報時代」。繼1996年廣州日報報業集團成立後，廣州《南方日報》和《羊城晚報》、北京《光明日報》和《經濟日報》、上海文匯新民聯合報業集團先後成立，集團化經營趨勢形成。全國報紙出版總印數1995年為263.27億份，2014年為463.90億份；全國報紙出版總印張數1995年為359.62億印張，2013年為2,097.84億印張①。2002年召開的黨的十六大開啓了文化體制改革進程，新聞媒體步入產業化發展的道路，並開始採用資本營運的方式。

---

① 數據來源：中國國家統計局。

3.2.1.2 新媒體的發展歷程

中國網絡新聞的發展史最早可以追溯到1993年12月6日的《杭州日報》電子版。中國於1994年正式加入國際互聯網，1995年正式向社會大眾開通計算機因特網，拉開了網絡媒體的序幕，傳統新聞媒體也逐漸向互聯網領域進軍。1995年年底，《中國貿易報》《中國計算機報》等幾家媒體首批開通了網絡版。1996年，《廣州日報》《中國證券報》《人民日報》等30多家報紙、20多家雜誌相繼推出網絡電子版，廣東人民廣播電臺和中央電視臺也陸續建立自己的網站。1997年，中國第一家提供諮詢和新聞服務的門戶網站——網易成立，隨後搜狐、新浪網陸續成立，形成中國三大門戶網站局面。2000年年底至2001年年初，三大門戶網站相繼取得新聞登載資格，開闢了中國政府授予民營商業網站新聞登載資格的先河。2000年，新浪、網易和搜狐先後在美國納斯達克股票市場上市。短短幾年的時間，網絡媒體在中國初具規模。進入21世紀之後，網絡媒體更得到快速發展，其輿論作用也引起廣泛關注。

在計算機信息技術和通信技術的推動下，以微博、微信等社交網絡平臺為代表的自媒體發展迅猛。自媒體的一大特點就是信息的傳播是雙向的，用戶不僅能夠閱讀、接收信息，而且同時也是信息的發布者，可以通過在自己的微博或微信上發布內容，或者直接回復、評價別人的信息來發表自己的言論。手機等通信技術的不斷進步，使得自媒體發布信息和傳播信息變得更方便快捷。因此，自媒體還有一個重要特性，即即時性。由於自媒體自身的隨意性使得其內容的真實性存疑，現實中也確實存在各種各樣的謠言、嘩眾取寵的言論，甚至對對手的蓄意中傷等。

3.2.1.3 財經媒體的發展歷程

在媒體發展歷程中有一股力量不得不提，那就是財經媒體。隨著改革開放的不斷推進，為適應經濟建設的時代需求，經濟報導開始成為新聞宣傳報導的核心。在以證券市場為代表的資本市場的帶動下，財經媒體迎來了發展的契機，逐漸湧現。中國資本市場的建立和發展具有政府主導的特色，為了規範上市公司的信息披露，保護投資者利益，中國證券監管機構

專門指定上市公司信息披露的權威媒體，即「七報一刊」①，要求上市公司定期報告、臨時報告以及其他重要的信息公告，必須至少選擇一家官方指定的媒體進行刊登披露。同時，這些權威媒體還是證監會、上海證券交易所、深圳證券交易所以及各類基金公司、證券公司披露重大消息的媒介。此外，順應日益增長的投資者需求，商業化的財經媒體也得到了大力發展。《經濟觀察報》《21世紀經濟報導》《第一財經日報》等商業化報紙雜誌的創立為財經媒體的發展增添了力量，同時加劇了媒體行業的競爭。各類媒體為了爭取更多的讀者，獲得經營收益，開始競相報導社會熱點問題，其輿論監督功能逐漸顯現。例如，資本市場上一些公司違規案件的發現大多源自財經媒體對其專業深入的分析。

3.2.2 中國媒體的現狀

在中國社會環境下發展起來的媒體同樣具有典型的中國特色。中國仍處在向市場經濟體制轉軌時期，作為新興市場上的媒體行業與西方成熟市場經濟中的媒體不同。

政府通過法律管制和所有權干預等方式能夠對媒體的行為產生影響。中國政府通過法律條例的約束，設立了媒體行業的進入壁壘並限制了媒體報導的內容。1990年，中國新聞出版署發布了《報紙管理暫行規定》，加強了政府在報紙行業的行政管理職能。中國新聞媒體行業實行批准登記制度，由新聞出版總署（或省、自治區、直轄市的新聞出版局）行使審批權。1993年，國家新聞出版署又發布了《關於出版單位的主辦單位和主管單位職責的暫行規定》。批准登記制度、主辦單位和主管單位是中國政府對傳統媒體干預的主要形式。針對網絡媒體，國務院新聞辦公室還成立了網絡新聞管理局對網絡媒體進行管理。2000年以來，國家出抬了《互聯網信息服務管理辦法》和《互聯網電子公告服務管理辦法》。2000年11月，國務院新聞辦公室和信息產業部聯合發布了《互聯網站從事登載新聞業務

---

① 《中國證券報》《上海證券報》《證券時報》《金融時報》《經濟日報》《中國改革報》《中國日報》和《證券市場周刊》。

管理暫行規定》，規定互聯網站登載新聞資格的許可制度，規範了對網絡媒體的管理。

政府還通過所有權形式對媒體實施控制。中國傳媒業上市公司中大多數為國有控股或國有股占主導，其實際控制人為中央或各級地方政府。以證監會行業分類中的「新聞和出版業」上市公司為例，表3-10統計了截至2014年年底，中國新聞和出版業上市公司的實際控制人情況[①]。從表中數據可以看到，16家新聞出版業上市公司中，1家由中央政府控制，14家由地方政府控制，僅有1家為民營性質。從實際控制人情況來看，國有屬性占比93.8%，其中絕大多數為地方國企，說明政府尤其是地方政府對新聞出版業的控制現狀。

表3-10　2014年中國新聞和出版業上市公司的實際控制人情況

上市公司簡稱	中央國企	地方國企	民營企業
南華生物	0	1	0
華媒控股	0	1	0
大地傳媒	0	1	0
華聞傳媒	1	0	0
天舟文化	0	0	1
城市傳媒	0	1	0
中文傳媒	0	1	0
時代出版	0	1	0
浙報傳媒	0	1	0
長江傳媒	0	1	0
新華傳媒	0	1	0
博瑞傳播	0	1	0
中南傳媒	0	1	0
皖新傳媒	0	1	0
鳳凰傳媒	0	1	0
出版傳媒	0	1	0

---

① 行業分類按照證監會2012年行業分類標準劃分。上市公司實際控制人情況系通過手工收集並分析上市公司年報中披露的實際控制人信息得到。

4
理論基礎

4.1 信息不對稱和委託代理理論視角下的企業研發

隨著企業所有權和經營權的分離,股東和經理人之間的委託代理問題逐漸顯現。股東和經理人擁有各自的效用函數和風險偏好,在對研發投資的安排上存在衝突。在完全信息情況下,這種代理衝突可以通過設計合理的契約來激勵和約束代理人,使其按照最大化委託人收益的方式來進行研發投資。然而根據信息不對稱理論(information asymmetry theory),現實情況往往是股東和經理人之間的信息並不對稱,且存在難以觀測和監督的行動,於是通過契約仍無法解決代理衝突。基於信息不完全,本書從委託代理理論(principal-agent theory)視角分析企業的研發策略。

4.1.1 信息不對稱理論和委託代理理論

傳統經濟學理論建立在理性經濟人假設的基礎之上,認為市場經濟中的所有個體都是利己的,都是以利益最大化為目的進行決策的,並且具有進行決策的完全信息。市場價格包含了個體之間的相互作用,反應了全部的市場信息且所有參與者不需花費成本就能獲得,因此傳統的經濟分析並不考慮私人信息的存在,即不考慮非對稱信息的情況。由於每個個體都能完全理性地運用信息參數進行利益最大化的決策,因此個體理性能夠自發達到集體理性,最終市場會達到帕雷托最優狀態,市場價格機制等同於激勵約束的全部內容和手段。然而,現實情況並不符合傳統經濟學分析的假設,往往存在很多摩擦,如個體並非都是完全理性的經濟人、個體通常不具有進行最優決策必需的全部信息。於是信息經濟學和行為經濟學的研究逐漸興起,為分析現實經濟提供了理論依據。

信息經濟學理論認為,市場中的信息並不完全,個體之間的相互作用和影響會對價格機制造成衝擊,私人信息發揮著重要作用。在信息不完全和非對稱情況下,個體的完全理性轉化為有限理性,最終反應到價格的就並非是全部的市場經濟關係,市場價格機制也並非激勵約束的全部內容和

手段。現實經濟活動中，幾乎不存在市場交易雙方信息完全對稱的情況，而且各經濟主體獲取信息的能力有限，因此其決策行為具有很大的不確定性。信息不對稱理論彌補了傳統經濟學理論的漏洞，揭示了市場體系的缺陷，指出信息在市場經濟中發揮的重要作用。在市場經濟活動中，各經濟主體對相關信息的瞭解存在差異，信息在締約雙方之間的分佈不均衡，往往使得一方處於優勢地位，而另一方處於相對不利的地位。例如，企業管理者對自身的經營狀況和未來預期就會比外部投資者更具有信息優勢。

隨著股份公司的產生，資本所有權和資本運作權逐漸分離，擁有投入資產權的投資者通常不是自己經營運作，而是委託他人即企業的經理人管理運作。在股權結構高度分散的條件下，所有權和控制權的分離便引起股東與管理者之間的委託代理問題。信息不對稱理論推進了企業理論中委託代理問題的發展。在不完全信息和信息不對稱的條件下，代理人的私人信息或行動是委託人無從觀測的，基於最大化自己利益的理性經紀人假設，委託人和代理人之間的利益會產生衝突，即委託代理衝突。按照信息不對稱發生的時間，即締約前後，委託代理衝突可以分為逆向選擇（adverse selection）和道德風險（moral hazard）。

4.1.2 逆向選擇

逆向選擇通常指由於信息不對稱的存在，具有信息優勢的一方在締約過程中故意隱瞞自身的信息從而獲得利益，造成市場資源配置扭曲的現象。現實經濟生活中常存在一些異常現象，如二手車市場中的「檸檬市場」① 現象。阿克洛夫（Akerlof, 1970）最早提出了逆向選擇的概念。他發現，在二手車交易市場中，賣方相對於買方擁有更多的信息，買方由於不知道二手車的質量和真正價值，為了降低風險，便以二手車的平均質量判斷平均價格進行報價，高質量的二手車由於真實價值高於平均價值最終

---

① 檸檬市場又稱次品市場，指在信息不對稱情況下逆向選擇導致了市場的低效率。檸檬在美國俚語中表示殘次品或不中用的東西。阿克洛夫於1970年發表了論文《檸檬市場：質量的不確定性和市場機制》，故檸檬市場也稱阿克洛夫模型。

會逐步退出市場，從而導致了二手車市場中「劣幣驅逐良幣」的現象。

解決逆向選擇問題的一個有效途徑就是發送信號，即將自身好的信息傳遞給締約對方，然而信號的發送是需要成本的，在決策中就會綜合考慮成本和收益的權衡問題。企業研發活動有利於長期價值的增長，屬於內部好的信息，通常並未對外界完全披露，由於信息不對稱的存在導致進行研發創新的企業價值被市場低估。直觀上看通過信息披露可以緩解信息不對稱狀況，這一問題就能得以解決。事實並非如此，研發活動具有投入時間長、收益不確定性高等特徵，尤其研發信息的披露可能被競爭對手利用，損害企業利益，披露信息向市場發送信號的成本往往高於市場收益。因此，企業研發投入強度越大，反而具有越強的產權保護動機，對研發信息披露越會有所保留，進而加深了企業與外界的信息不對稱程度。

4.1.3 道德風險

道德風險通常指從事經濟活動的人在最大限度地增進自身效用的同時做出不利於他人的行動，或者當簽約一方不完全承擔風險後果時採取的使自身效用最大化的自私行為。阿羅（Arrow，1963）最早提出道德風險的概念。他發現在醫療服務市場，醫生相對於患者具有專業的醫學知識，對患者的真實病情具有信息優勢，並可以利用這種信息優勢對患者進行過度醫療，從而獲取更多的收益。道德風險在當今經濟社會的各個領域均普遍存在。從信息不對稱引起的委託代理問題視角出發，道德風險表現為代理人利用自身擁有的信息優勢採取委託人無法觀測和監督的隱藏行動或不行動，從而導致委託人受損或代理人獲利的可能性。由於所有權與經營權的分離以及企業所有者（委託人）與經營者（代理人）之間的信息不對稱，經營者（代理人）在進行決策時傾向於選擇最大化自己的利益，從而背離了企業所有者（委託人）的意願，這便是經典的第一類委託代理問題。

防範道德風險的有效途徑之一便是在事前制定合理的契約，激勵具有信息優勢的一方與利益相對方的利益保持一致，或者按照利益相對方的意願行事。在第一類委託代理問題中，人們可以通過設計合理的薪酬契約，

激勵或約束代理人採取最大化委託人利益的行動。具體到企業的研發決策問題上，企業所有者（委託人）希望按照企業價值最大化目標來合理安排研發投入，而經營者（代理人）則會從自己的私人收益最大化來考慮。由於種種原因，企業研發價值往往被市場低估，導致企業被敵意收購的風險增大（Stein，1988）。企業的經營管理者為避免出現這種情況，傾向於減少研發投入，轉而把更多精力投入期限較短、收益穩定的短期業務，偏離企業價值最大化的目標。理論上，解決這一問題可以通過事前與代理人簽訂薪酬契約，將關係企業長遠價值的創新投入指標納入考核範圍，針對研發失敗設定更高的容忍度等。然而，由於相關信息的獲取成本高，人們很難擁有完全的信息並設計出能夠解決代理衝突的薪酬契約。

4.1.4　管理者短視的成因

管理者短視（managerial myopia）行為通常指管理者為滿足自身利益最大化的目的，在決策時做出犧牲企業長遠利益的次優選擇，包括為了滿足短期經營目標，對研究與開發、廣告、員工培訓等長期的無形資產項目的投資不足（Porter，1992）。管理者短視現象的存在離不開委託代理問題和信息不對稱。

委託代理理論為管理者短視行為的動機提供了理論解釋，在兩權分離背景下，企業所有者作為投資人，享有資產的所有權和剩餘價值索取權，卻局限於有限的時間、精力和知識能力等，通常委任具有專業知識和管理能力的職業經理人進行經營管理。經理人按照薪酬契約履行自己的職責，獲取相應的報酬。由於代理人和委託人的效用函數並不一致，在實現各自利益最大化的目的時難免存在衝突。管理者作為代理人，擁有資產的使用支配權，在進行決策時往往基於提升自己薪酬、增加在職消費或者降低自己風險的考量而選擇背離股東價值最大化的方案。

信息不對稱理論提供了管理者短視行為能夠得以實現的理論解釋。管理者作為代理人負責日常經營運作，相對於股東而言，他們更瞭解企業的真實內部情況，對外部環境現狀的掌握和變化趨勢的預測也更加準確，加

之他們自己私人信息和私人行動的不可觀測性，因此管理者更具有信息優勢。由於管理者和股東之間的信息不對稱，管理者在做出犧牲企業長遠利益的次優決策時不易被識別。在委託代理問題和信息不對稱普遍存在的現實下，管理者發生短視行為得以實現。

企業自主創新是企業核心競爭力的源泉，是保證長期價值增長的戰略基礎，關係到企業長遠利益的持續性。然而由於需要投入大量資源，且具有投資週期長、收益不確定等風險特徵，企業管理者在決策時往往出於自利的目的削減企業研發投入，背離了股東價值最大化和企業價值最大化的目標。管理者的這種抑制企業研發的短視行為是追求短期業績目標的結果，而導致管理者過度關注短期業績目標的原因至少有以下四個方面：

第一，管理者的薪酬契約。最佳的薪酬契約應是根據代理人的努力程度給予相應的報酬，但由於管理者的努力程度無法直接觀測衡量，因此通常取而代之以財務績效為主要考核指標。以財務績效為基礎的考核方式往往只能對管理者在短期內的經營成果進行評價，研發活動這類投資的成果具有很高的不確定性，且需要長期才能顯現出來，結果將使管理者在考核壓力之下過度關注短期業績。企業的資源總量是有限的，如果管理者過度追求短期業績目標，將資源投入到短期收益項目上，必然會減少針對長期價值投資的研發投入。另外，同樣是由於信息的不對稱，委託人擔心代理人會出現「敲竹槓」問題（hold-up problem），也會設計對短期盈餘的考核來降低自己的損失。「敲竹槓」假設認為，管理者可能會故意投資長期項目，由於領域專屬性等原因，管理者如果離任將不利於項目未來收益的實現，在薪酬合同的再談判過程中，管理者可以揚言辭職據此對股東構成威脅。股東為防範管理者在項目收益實現之前實施「敲竹槓」的機會主義行為，避免由此帶來的損失，會設計對短期盈餘的激勵考核契約。這同樣會引起管理者更加關注短期業績，削減研發投資。

第二，管理者對就職風險的顧慮。由於信息不對稱，企業的長期投資項目容易被市場低估。而企業基於產權保護動機，往往對研發信息的披露有所保留，導致企業與外界的信息不對稱程度加深（Bhattacharya & Ritter,

1983）。因此，研發創新的價值往往更易被市場低估，導致企業被敵意收購（hostile takeover）的風險增大（Stein，1988）。管理層為了避免出現這種情況而使自己陷入被撤換的危機中，傾向於減少容易被價值低估的研發活動，轉而把更多精力投入到期限較短、收益穩定的短期業務，導致管理層短視問題。

第三，管理者在經理人市場的聲譽。由於管理者擁有私人信息，與股東和潛在雇主之間的信息不對稱，股東與經理人市場對管理者的評價只能依靠財務業績，這就導致管理者有動機傾向於投資那些短期能獲利的項目，向經理人市場發送信號，增強勞動力市場對自己價值的認同度，以期盡早提升自己的聲譽和薪酬［「工資扭曲」（wage distortion）理論］。納拉亞南（Narayanan，1985）認為，勞動力市場上的信息不對稱是導致管理者短視的投資決策的重要原因。通過建立模型分析這類管理者短視問題，他發現這種以犧牲企業長期價值為代價，放棄最優的投資策略而過度追求短期業績目標的動機與管理者的個人經歷、薪酬合同的期限負相關，而與企業風險正相關。

第四，來自短視股東的壓力。機構投資者的分散投資和對企業股票的頻繁買賣，使得他們更像是「交易者」而非「所有者」。從機構投資者的構成來看，主要是一些代別人來管理運作資金的金融機構，包括銀行、信託、保險公司、共同基金和養老基金等。機構投資者常被假設為具有短期投資目的，過度關注企業的短期表現，如果企業的盈餘業績不及預期則會引起短視機構投資者的大量拋售，最終導致企業股票價格被低估。管理者為避免由此給自己帶來的損失，迫於機構投資者的壓力，也會產生過度關注短期業績表現的動機（Graves & Waddock，1990；Jacobs，1991；Porter，1992）。布希（Bushee，1998）基於機構投資者過去的投資行為將其區分為是否具有短期投資視野，發現只有短期投資型（transient）機構投資者，即投資組合頻繁劇烈變化且基於盈餘消息的好壞來進行買賣的機構投資者，會導致管理者削減研發投資來滿足短期盈餘目標，顯著提高了管理者短視行為的概率。

4.2 媒體報導對企業研發投入的作用機制

隨著媒體力量興起，媒體報導的輿論導向和監督功能逐漸顯現，其對政治活動、資本市場和公司治理的影響被廣泛關注（Della Vigna & Kaplan, 2007；Dyck 等，2008）。媒體報導同樣會影響企業管理者的決策過程：一方面，媒體作為信息仲介，通過披露、傳播企業信息，能夠改變受眾的信息結構，影響利益相關方的信息不對稱程度，進而影響管理者決策；另一方面，媒體對企業的新聞報導提高了企業的曝光度，引起投資者的廣泛關注，改變了管理者的收益函數參數，進而影響管理者決策。針對企業內部的研發活動，媒體報導究竟發揮了何種作用？中間的機制又是什麼呢？以下本書將從理論上分析媒體報導對企業研發投入的兩種影響途徑。

4.2.1 信息仲介效應

媒體報導在資本市場發揮的作用受到實務界和學術界的廣泛關注。傳統的資本資產定價相關理論是建立在有效市場假說基礎上的。法瑪（Fama，1965）首次提出有效市場的概念，有效市場是指在市場中存在著大量完全理性的、追求自己利益最大化的投資者，他們都能獲得決策所需的所有信息，並且積極參與競爭、預測單個股票的未來市場價格，於是這種完全競爭的結果導致單個股票的市場價格在任何時候都反應了過去發生的歷史事件和市場預期會發生的所有事情。這一假說包含著兩個非常重要的前提，即交易主體都是完全理性的經濟人，且都擁有完全的信息。現實往往並非如此，交易主體通常並不是完全理性的，信息不完全且不對稱現象普遍存在。從經驗上來看，不論信息的真偽、內容如何，甚至陳舊信息，一旦散布到資本市場都會引起市場的波動。這種媒體效應給傳統的經濟理論帶來衝擊，也引發了學術界對傳統理論的補充修正和對媒體效應的解釋爭論。

媒體對上市公司的報導，或者直接轉載傳播已有信息，或者通過收集

整理已有信息並進行深度的分析報導，或者通過特有渠道挖掘報導提供一手新聞。一手的新聞報導無疑為外部利益相關者提供了最有信息含量的資訊，而分析報導也能透過不同的視角和深刻的剖析傳遞增量信息，甚至簡單的轉載都能增加信息的受眾人群和信息滲透度。因此，無論哪種新聞報導都可以改善企業的外部信息環境，為市場交易主體提供決策所需信息，降低市場摩擦，緩解企業與外界的信息不對稱程度。管理層的短視問題很大程度上是由信息不對稱引起的定價無效率導致的，如果能夠使市場定價更合理反應出企業的真實價值，將創新活動的未來預期折現反應到市值中，那麼管理層的短視問題就可以得到有效地緩解，進而激勵管理層進行更多增加企業長期價值的創新活動。媒體作為信息仲介，通過披露和傳播企業信息，增加了企業的信息透明度，可以緩解企業與外界的信息不對稱程度，使市場能夠甄別出企業研發的真正價值，促進市場定價效率提高，進而有效緩解管理層短視問題。由此可見，媒體作為信息仲介可以通過緩解信息不對稱程度這一渠道促進企業的研發活動。

　　正如前面所分析的，將企業研發活動置於委託代理理論視角之下，本書認為由於委託代理問題的存在，股東與經理人之間的利益衝突將導致企業經理人在決策時最大化自己的收益，將有限的資源投入到風險較小、收益確定的短期經營活動，從而減少了長期價值創造的研發活動。媒體作為正式治理機制的補充，在公司治理領域發揮了積極的作用，因此會降低企業的代理成本，提高代理效率，使股東與經理人之間的衝突得到緩解，從而減輕管理層短視傾向，對企業研發活動產生積極的影響。

　　媒體作為獨立於立法、行政和司法之外的「第四權」，由於其在實務中揭露企業舞弊行為，促使企業改正違規行為方面所發揮的重要作用，引起了學術界對媒體治理理論的廣泛探討。其中作為肯定媒體公司治理功效的研究代表，戴克和津加萊斯（Dyck & Zingales，2002）提出歐美市場中媒體治理的兩種傳導路徑：一種是媒體的關注報導會引起企業法律的變革或加大法律的執行力度，進而促進公司治理機制的完善；另一種是通過聲譽機制的約束作用，媒體關注報導能夠通過影響經理人在股東、社會公眾

或未來雇主心中的形象和聲譽，從而影響其在職業經理人市場中的地位和薪酬，正是這種聲譽成本改變了經理人的行為決策，發揮積極的公司治理作用。針對中國問題的研究還表明，媒體的公司治理作用還可以通過引發相關行政機構的介入這一路徑來實現（李培功和沈藝峰，2010；楊德明和趙璨，2012）。不論通過何種渠道，媒體都能改善公司的治理環境，使企業的代理問題得到緩解，降低管理層短視傾向，對企業研發活動產生積極的影響。

4.2.2 市場壓力效應

媒體對企業的關注報導會給管理者造成短期業績壓力，在中國制度背景下媒體更可能是通過市場壓力效應作用於企業管理者（於忠泊等，2011）。企業研發項目中僅開發階段的支出在滿足一定的條件下可以做資本化處理，其他支出均做費用化處理，因此企業研發投資往往會導致短期業績下滑。在企業總資源既定的情況下，管理者迫於短期業績壓力，自然會減少研發投入，而嚴重的委託代理問題加重了管理者的短視傾向。本書在總結現有文獻研究成果和相關理論的基礎上，提出媒體報導通過以下邏輯途徑能夠給管理者帶來市場壓力，進而阻礙企業研發。

第一，來自股市波動和短視投資者的壓力。媒體報導能夠吸引投資者和分析師的注意力，媒體帶來的股市波動和流動性的增強，會吸引更多以短期投資為目的的個人投資者和短視機構投資者，其更關注短期業績同時缺乏有力監督的動機。迫於這些短視投資者的壓力，管理者也會過度關注短期業績，將有限的資源投入到收益確定、見效快和識別度高的項目，從而減少研發投資。

行為金融學理論的發展為研究媒體對資本市場的影響提供了新的思路，從媒體吸引投資者注意力、影響投資者情緒的視角，探討了媒體報導通過影響投資者行為進而影響資本市場的路徑（Huberman & Regev, 2001; Meschke, 2004; Nguyen, 2015）。無論是基於理性投資者的假設，還是基於有限理性投資者的假設，媒體都能夠引起股票價格和收益率的變化

（Chan，2003；Vega，2006；Barber & Odean，2008；Gaa，2009）。媒體報導引起的股市的波動使得管理者的個人收益受到威脅，形成強烈的市場壓力。波特（Porter，1992）指出，由於在美國公認會計準則下，研發支出通常做費用化處理，巨額的初始投資費用使得長期無形資產投資往往會導致短期業績的下滑。他指出，大多數的機構投資者都是短視的，其追求短期的價格上漲，可能會因為企業的季度業績不佳就拋售，缺乏監督的動機。如果管理者迫於壓力而力求保持企業的股價水準，則必然會減少長期項目的投資轉而進行更多見效快的短期投資。媒體的關注報導不僅通過引起投資者關注和股市波動吸引更多以短期投資為目的的機構投資者，而且媒體報導使得股票流動性增強也便利了這些機構投資者在不滿時拋售股票（Bhide，1993）。短視的機構投資者對管理者的壓力在媒體關注度高時尤為突出。管理者很可能通過減少研發支出來扭轉盈餘下降的趨勢，尤其是當企業的短視的機構投資者持股比例較高時（Bushee，1998）。松本（Matsumoto，2002）研究發現短視機構投資者持股比例越高越可能在季度盈餘公告時達到或超過分析師的預期，同時也越可能通過向上的盈餘管理來達到盈利目標。中國股市起步晚，市場尚不成熟，投資者專業化水準不高。個人投資者往往並不符合理性經濟人假設，機構投資者也往往追求短期利益而缺乏監督的動機。股票交易存在很濃的投機因素，往往更易受輿論引導，表現出更加明顯的「羊群」效應，媒體的市場壓力更突出。為了維持股價水準，滿足分析師、短視投資者的預期，管理者傾向於進行更多收益確定、見效快且識別度高的投資組合，從而擠占了研發活動的資源。

　　第二，媒體對企業的關注報導使企業和管理者更多地曝光在公眾面前，形成了強大的媒體壓力，放大了管理者基於經理人市場聲譽所致的業績壓力。

　　管理者在經理人市場的聲譽壓力是造成短視的一個重要原因。勞動力市場的信息不對稱，使得股東與經理人市場對管理者的評價只能依靠財務業績。管理者掌握著對投資評估的信息優勢，因此對投資策略具有自由裁量權。面對短期業績壓力時，管理者的最優策略是將資源配置調整成為有利於自己收益最大化的組合，即增加收益確定、見效快且識別度高的項目，而減少風險大、收益滯後的研發投資。媒體對企業的關注報導強化了

這種經理人市場的聲譽壓力，因此企業的媒體關注度越高，則管理者越有動機追求短期業績目標，向股東及經理人市場發送自己勝任能力的信號，實現自己的薪酬保障和聲譽價值。

第三，控制權市場的「收購威脅」是管理者面臨的市場壓力之一。媒體報導通過信息仲介和議程設置功能，有助於股票流動性的提高，但這也會增大企業成為收購對象的概率（Fang 等，2014）。企業出於產權保護和商業保密的動機，對其研發活動常常有所保留，市場對企業研發活動的價值沒有甄別能力。這就使得企業管理者基於自身職位風險的擔憂，傾向於減少價值被低估的研發活動，轉而進行更多能快速且確定實現回報的短期項目（Stein，1988）。

企業與外界的信息不對稱使得收購方不能準確判斷被收購對象的實際價值，因此如果企業的信息環境越不透明，收購方面臨的逆向選擇風險就越高。有研究者（Amel-Zadeh & Zhang，2015）研究發現企業的信息質量越差，則越不可能成為被收購的對象。基於媒體信息仲介假設，媒體通過報導內容和傳播廣度緩解了企業與外界的信息不對稱程度，改善了企業的信息環境，因此越受媒體關注的企業越有可能成為被收購的對象。傳播學的議程設置[①]（agenda-setting）理論認為，新聞媒體雖不能決定人們對某一事件的具體看法，但能夠通過提供相關信息和設置議題，在一定程度上左右人們關注哪些事件以及談論議題的先後順序。傳媒的議程設置功能著眼於日常新聞報導和信息傳播對受眾認知層面產生的中長期的整體效果，將媒體視作從事「環境再構成作業」的機構。針對媒體報導對股票市場的影響，已有研究從媒體報導內容、報導數量等對股票收益、交易量和股價的影響進行檢驗，結果發現媒體報導確實能影響資本市場定價、股票收益和交易量等（Tetlock 等，2008；Fang & Peress，2009；Engelberg &

[①] 議程設置是大眾傳播媒介影響社會的重要方式，其基本思想來源於美國新聞工作者和社會評論家沃特·李普曼（Walter Lippmann）在 1922 年的著作《輿論學》（*Public Opinion*）中提到的觀點「新聞媒介影響我們頭腦中的圖像」。議程設置的概念最早由馬爾科姆·麥肯姆斯（Maxwell McCombs）和唐納德·肖（Donald Shaw）提出，他們對李普曼的思想進行了實證性研究，對 1968 年美國總統選舉期間傳播媒介的選舉報導對選民的影響進行了調查分析，並於 1972 年在《輿論季刊》上發表了論文——《大眾傳播的議程設置功能》。

Parsons，2011；Bushee 等，2010；劉鋒等，2014），進而緩解了股票流動性不足。另外，已有研究發現跟蹤一只股票的分析師越多，這只股票的知情交易者就越多，則股票價格的信息含量就越高（Brennan & Subrahmanyam，1995；Brennan & Tamarowski，2000）。隨著股價信息含量的提升，不知情的交易者在交易時將面臨較小的期望損失，從而降低了買賣價差，股票流動性不足得以緩解。歐文（Irvine，2003）、凱利和永奎斯特（Kelly & Ljungqvist，2011）實證發現分析師關注度的提高（或降低）降低（或提高）了股票流動性不足。媒體對企業的關注報導與分析師跟蹤具有類似的作用，同樣可以緩解股票流動性不足。凱爾和維拉（Kyle & Vila，1991）進一步發現股票的流動性越大，則企業暴露的被收購的風險越大。有研究者（Fang 等，2014）研究發現股票的流動性阻礙了企業創新，原因就是流動性越高的股票被敵意收購的風險越大。基於以上分析，本書可以推斷越受媒體關注的企業暴露的被敵意收購的風險就越大。由於投資者不能正確識別管理者長期無形資產投資的價值，更高的敵意收購風險誘發管理者為避免職位丟失而進行更多的短視行為，減少期限較長的研發活動項目（Stein，1988）。

4.3 媒體報導、企業創新績效與企業價值

前面已梳理出媒體報導在理論上對企業研發活動的兩種影響路徑。媒體作為信息仲介，可以緩解企業與外界的信息不對稱程度，使市場能夠甄別出企業研發活動的真正價值，促進市場定價效率，進而有效緩解管理者短視傾向。媒體通過改變管理者的聲譽成本和引起行政介入可以發揮積極的公司治理功效，有效約束管理者並緩解代理衝突，能夠降低管理者短視傾向。總之，媒體通過信息仲介效應能夠有效約束管理者的短視行為，進而促進企業研發活動。與之相反，媒體對企業的關注通過影響股票價格造成股市波動、改善企業信息環境增強股票流動性從而加大企業被敵意收購的風險、增加短視投資者的持股、強化經理人的市場聲譽壓力等途徑對管理者施加短期業績壓力，使管理者進行更多的短視行為，進而對企業研發活動產生消極的影響。

根據熊彼特技術創新理論，創新作為新工具或新方法的應用，在經濟發展中起到了重要作用，能夠創造出新的價值。在此基礎上，眾多學者對創新與企業價值的相關性進行研究。實證研究中，學者大多選用研發投入作為創新的替代變量，實際上是檢驗狹義的創新對價值的影響，基本得出研發投入與企業價值具有正相關關係的結論（Hershey & Weygand，1955；Chauvin Hirschey，1993；Lev & Chung，2001）。已有研究關於公司治理對研發價值相關性的調節效應進行了豐富的探討，發現有效的公司治理機制能夠正向調節或增強研發的價值相關性（Chung 等，2003；Le 等，2006；Yeh 等，2012）。媒體報導通過發揮信息仲介作用或施加市場壓力都會對研發的預期效率或者市場對研發的反應產生影響。

從媒體信息仲介效應來看，媒體報導會對企業創新績效和研發投入的價值相關性產生積極的影響。首先，媒體作為信息的提供者和傳播者，通過對上市公司的關注報導，可以降低企業與外界之間的信息不對稱程度。如果企業的信息環境通過媒體的信息仲介效應得到了很好的改善，則企業透明度也會相應提高，市場將更容易甄別企業的創新活動價值。其次，如果媒體是有效的企業外部治理機制，則能夠對企業管理者形成有效的監督，緩解管理者與股東之間的委託代理衝突，通過監督機制迫使管理者按照企業價值最大化目標進行研發投資，在研發活動的執行過程中付出足夠的努力。因此，如果信息仲介和監督機制有效，則企業管理者進行的研發投資效率更高，企業創新績效更高，研發投入更具價值創造性。一方面，從信息接收者的角度，市場及市場中的投資者會更容易甄別企業的創新價值；另一方面，從信息主體的角度，被報導企業內部管理者迫於輿論壓力和聲譽損失風險將進行更有利於企業價值的研發投資。因此，媒體報導有利於企業創新績效的提升，並會對研發投入和企業價值之間的關係產生正向調節效應。

從媒體的市場壓力效應來看，媒體報導會對企業創新績效和研發投入的價值相關性產生消極的影響。如果媒體對企業研發投入的影響是通過市場壓力效應傳導的，則表現為媒體報導引發管理者過度關注短期業績，削減長期價值創造的研發活動。管理者如果以犧牲企業價值最大化為代價來滿足自己的私利，在決策時傾向於減少研發投資，則企業創新投資不足不

僅會引起增量研發的價值損失，而且還會致使前期的創新投入造成效率損失。因為研發創新活動具有相對高昂的調整成本，需要資金的持續平穩投入（楊興權和曾義，2014），後續投入不足是造成企業創新持續性差、創新效率低下的重要原因。管理者通過調節研發投入來操縱利潤，必然會影響研發投入的持續性，沒有經濟資源上的有力支撐，企業創新活動難以發揮最大潛能，產出績效和創造的價值將大打折扣。因此，媒體報導不利於企業創新績效的提升，並會對研發投入與企業價值之間的關係產生負向的調節效應。

4.4 理論框架

圖 4-1 為本書的邏輯路線圖。整體來講，本書考察了媒體報導與企業研發投入的關係，著重分析媒體報導作用於企業研發投入的傳導機制，並進一步探討了媒體報導影響研發投入後對創新績效和企業價值產生的經濟後果，試圖厘清媒體報導作用於企業研發投入、創新績效以及企業價值的邏輯鏈條。具體來講，本書將企業研發行為置於委託代理理論框架下，分析了導致企業自主創新動機不足的管理者短視行為的理論根源，梳理出媒體報導影響企業研發投入的理論路徑：通過信息仲介效應緩解短視傾向並約束管理者行為進而促進企業研發，抑或通過市場壓力效應誘發管理者短視行為進而阻礙企業研發。最後，本書探討了媒體報導對企業研發投入經濟後果的影響，即媒體報導對企業創新績效及研發投入價值相關性的影響。

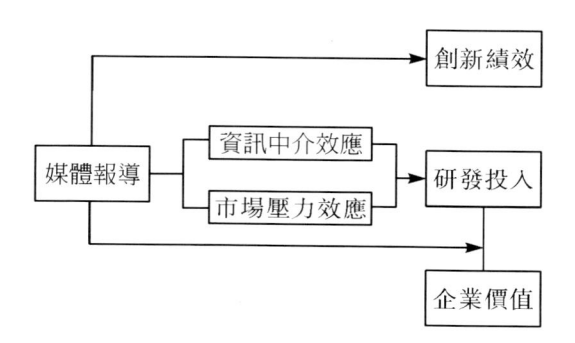

圖 4-1　本書邏輯路線圖

5
媒體報導對企業研發投入的影響

5.1 引言

创新是经济增长的内在动力（Schumpeter, 1934; Solow, 1957; Porter, 1990; Levine, 1997）。微观企业作为创新活动的主导力量，其创新水准的提高对推动技术革新和国民经济发展起著重要作用，是综合国力竞争的具体表现。为维持国民经济的稳步增长，中国政府制定了一系列政策扶持企业创新活动，以创新驱动产业转型升级。然而，中国创新的现状并不乐观，与发达国家相比还存在较大差距。因此，研究如何提升企业研发投入及促进企业创新显得格外重要。由于创新活动自身具有收益滞后、风险大、不确定性高等特征（Holmstrom, 1989），管理者与外部投资者之间的信息不对称使得企业创新活动的价值不易被识别。企业研发投入强度越大，产权保护动机越强，对研发信息披露便会越有所保留，进而导致企业与外界的信息不对称程度加深（Bhattacharya & Ritter, 1983）。企业研发活动的价值往往被市场低估，导致企业被敌意收购的风险增大（Stein, 1988）。管理层为了避免上述情况，倾向于减少研发投入，转而把更多精力投入到期限短、收益稳定的短期业务，导致管理层短视问题。针对如何解决管理者创新动机不足问题，学者主要围绕所有者结构（Bushee, 1998; 范海峰和胡玉明, 2013; Chen 等, 2015）、薪酬激励（Dechow & Sloan, 1991; Cheng, 2004; Manso, 2011;）和董事会治理（Osma, 2008; 胡元木, 2012; 鲁桐和党印, 2014）几个方面进行探讨，对促进企业研发投入进行了有益的尝试。

随着媒体力量的不断崛起，其对资本市场的影响以及在公司治理领域发挥的作用备受关注（DellaVigna & Kaplan, 2007; Dyck 等, 2008）。媒体报导能够引起行政监管机构的介入，迫使企业改正违规行为，产生事后的监督作用（李培功和沈艺峰, 2010; 杨德明和赵璨, 2012）；可以通过声誉约束机制改变经理人的收益函数，进而对经理人的行为决策产生影响，形成事前监督（Dyck & Zingales, 2002; Dyck 等, 2008; 郑志刚等, 2011;

戴亦一等，2011）；可能帶來市場壓力，誘發管理者短視動機，迫使其為滿足市場預期進行盈餘管理（於忠泊等，2011；於忠泊等，2012；莫冬燕，2015）。以上研究雖然結論並不一致，但都表明媒體能夠影響管理者決策。那麼媒體關注及報導如何影響管理者的研發策略呢？在中國背景下，媒體能否對管理者投資短視行為形成有效監督，發揮積極的公司治理功效呢？這些都是亟待回答的重要問題。本章旨在回答上述問題，厘清媒體報導與企業研發活動之間的關係。

本書第四章通過將企業研發活動置於委託代理理論框架下，已經探討了管理者投資短視的動機來源，並進一步梳理了媒體通過資本市場和經理人聲譽市場對企業研發活動產生影響的兩種理論路徑——信息仲介效應和市場壓力效應。本章將具體考察在中國背景下，媒體報導的以上兩種效應究竟如何博弈，最終對企業研發活動產生怎樣的影響。

本章以 2007—2013 年中國上海、深圳兩地 A 股上市公司為研究樣本，通過人工搜集國內紙質媒體對上市公司的新聞報導，實證檢驗了媒體關注及報導對企業研發投入的具體影響，並區分了媒體語氣和報導內容，以期找到媒體如何影響企業研發投入的經驗證據。

5.2 研究假設

5.2.1 媒體報導與企業研發投入：基於整體視角

媒體通過緩解企業與外部投資者之間的信息不對稱程度，能夠有效減輕管理者短視動機，促進企業研發活動。媒體對上市公司的報導，或者直接轉載傳播已有信息，或者通過收集整理已有信息並進行深度的分析報導，或者通過特有渠道挖掘報導提供一手新聞。一手的新聞報導無疑為外部利益相關者提供了最有信息含量的資訊，而分析報導也能透過不同的視角和深刻的剖析傳遞增量信息，甚至簡單的轉載都能增加信息的受眾和信息滲透度。因此，無論哪種新聞報導都可以改善企業的外部信息環境，為市場交易主體提供決策所需信息，降低市場摩擦，緩解企業與外界的信息

不對稱程度。特勞克等（Tetlock 等，2008）研究顯示媒體報導時提供的高質量信息有利於提高股價的有效性。布希等（Bushee 等，2010）檢驗了媒體對企業盈餘公告期間的信息環境的影響，發現媒體報導緩解了企業與投資者之間的信息不對稱程度，表現為較低的買賣價差，而且在盈餘公告期間，媒體報導越多則不論小額交易還是大額交易的數量都越多。管理層的短視問題很大程度上是由信息不對稱引起的定價無效率導致的，如果能夠使市場定價更合理反應出企業的真實價值，將研發活動的未來預期折現反應到市值中，那麼管理層的短視問題就可以得到有效緩解，進而激勵管理層開展更多增加企業長期價值的研發活動。媒體作為信息仲介，通過披露和傳播企業信息，增加了企業的信息透明度，可以緩解企業與外界的信息不對稱程度，使市場能夠甄別出企業創新的真正價值，促進市場定價效率提高，進而有效緩解管理層短視問題。由此可見，媒體作為信息仲介可以通過緩解信息不對稱程度這一渠道促進企業研發活動的開展。

媒體通過發揮緩解代理衝突的公司治理功效，能夠有效減輕管理者短視動機，從而有利於加大企業研發投入。由於委託代理問題的存在，股東與經理人之間的信息不對稱和利益衝突將導致經理人在決策時出於自身利益的考慮產生短視傾向，將有限的資源投入到能夠快速並確定得到收益的短期經營活動，從而減少了長期價值創造的創新活動投入。媒體通過傳播信息、擴大受眾面，充當正式治理機制的補充，在公司治理領域發揮了積極的作用。戴克和津加萊斯（Dyck & Zingales，2002）提出媒體一方面通過引起公司法律的變革，或者加大法律的執行力度，進而促進公司治理機制的完善；另一方面通過影響經理人在股東、社會公眾或未來雇主心中的形象和聲譽，從而影響其在職業經理人市場中的地位和薪酬，這種聲譽成本改變了經理人的行為決策，發揮積極的公司治理作用。李培功和沈藝峰（2010）的研究則表明媒體聲譽機制在約束中國企業管理者行為方面的作用十分有限。他們認為，媒體只有通過引起相關行政機構的介入才能實現其公司治理作用。不論通過何種渠道，媒體作為信息仲介，能夠改善企業的治理環境，使企業的代理問題得到緩解。在代理問題得以緩解的情況

下，管理者的風險偏好更接近所有者，更傾向於選擇企業價值最大化的投資組合，短視問題得以緩解。據此，我們認為媒體報導通過緩解代理衝突，降低了管理者短視傾向，對企業研發投入產生積極的影響。

基於以上分析，本章提出以下假設：

假設5-1a：媒體對企業的報導越多，企業研發投入越多（信息仲介效應假設）。

媒體對企業的關注及報導還會通過資本市場給管理者帶來短期業績壓力，使管理者過度關注短期業績。其一，來自股市波動的壓力。從媒體吸引投資者注意力、影響投資者情緒的視角，媒體都能夠引起股票價格、股票收益和交易量的變化（Tetlock等，2008；Fang & Peress，2009；Engelberg & Parsons，2011；Bushee等，2010）。股市波動使管理者的收益預期發生變化，利己的管理者出於最大化自己私人收益考慮，為了維持股價水準，滿足分析師的預期等，容易產生過度關注短期業績的動機。其二，來自短視投資者的壓力。短視機構投資者的分散投資和對企業股票的頻繁買賣，使得其更像是「交易者」而非「所有者」，其更關注企業短期業績同時缺乏有力監督的動機。媒體報導帶來了更多短視的機構投資者，而且媒體報導使得股票流動性增強也便利了這些機構投資者在不滿時拋售股票（Bhide，1993）。當企業的短視機構投資者持股比例較高時，管理者會通過減少研發支出來扭轉盈餘下降的趨勢（Bushee，1998）。松本（Matsumoto，2002）研究發現短視機構投資者持股比例越高越可能在季度盈餘公告時達到或超過分析師的預期，同時也越可能通過向上的盈餘管理來達到盈利目標。中國股市起步晚，市場尚不成熟，投資者專業化水準較低，往往更易受輿論引導，表現出更加明顯的「羊群」效應。個人投資者往往並不符合理性經濟人假設，機構投資者也往往追求短期利益而缺乏監督的動機，股票交易存在很濃的投機因素。因此，追求短期利益的投資者帶來的短期業績壓力，會使管理者產生短視動機，過度關注短期業績。其三，勞動力市場的信息不對稱，使得股東與經理人市場對管理者的評價只能依靠財務業績，這就導致管理者有動機傾向於投資那些能快速且確定帶來收益的項

目。媒體對企業的關注報導強化了這種經理人市場的聲譽壓力，因此企業的媒體關注度越高，則管理者越有動機追求短期業績目標，盡早表現出自己的能力，實現較高薪酬和聲譽價值。

作為直接考察媒體市場壓力的代表，於忠泊等（2011）從盈餘管理視角出發，發現媒體通過作用於資本市場，給管理者帶來了巨大壓力，使企業管理者為了滿足市場預期而進行了應計盈餘管理。於忠泊等（2012）在此基礎上，從上市公司盈餘信息市場反應的角度，進一步解釋了市場壓力的來源以及對管理者行為的影響。他們發現，媒體對企業的關注報導增加了短期內盈餘信息的市場反應，降低了長期內的盈餘公告後漂移程度。媒體對盈餘信息市場反應的放大效應和盈餘信息傳遞效率的提升作用，正是管理者面臨的市場壓力之一，影響了管理者的決策行為。

市場很大程度上是通過評估一個企業的過去來預測它的將來的。然而在這個過程中，企業並非完全被動的角色。管理者可以通過決策行為來影響市場對企業潛能的感知。管理者通過選擇短期收益快的項目，早期的回報普遍提高，進而提高了市場對管理和企業潛能的期望。由於受到市場的持續監督，上市公司的短視問題更嚴重（Holmstrom，1989）。隨著媒體對企業的關注度增加，市場給管理者帶來的短期業績壓力被放大，誘發了管理者的短視行為。研發活動需要持續投入，而回報期更長、風險更大，其收益滯後性和不確定性使管理者必須在當期投入和未來收益之間進行權衡（Sougiannis，1994）。由於研發支出通常做費用化處理，巨額的初始投資費用使得長期無形資產投資往往會導致短期業績下滑（Porter，1992）。企業所有者和管理者之間的信息不對稱導致研發活動成為管理者的常用盈餘管理手段（Aboody & Lev，2000）。新會計準則雖規定研發支出可以有條件資本化，但研發支出資本化的條件是比較嚴格的。在可投入資源總量不變的情況下，管理者對短期業績的過度追求，必然導致企業減少期限長、風險大、見效慢的研發活動。例如，格拉漢姆等（Graham 等，2005）對 401 位首席財務官（CFO）進行問卷調查，結果發現大多數的 CFO 都表示迫於達到短期盈利目標的壓力，他們會選擇犧牲企業長期價值來滿足短期業績。

由此可見，媒體報導通過加大短期業績壓力，誘發了管理者的投資短視傾向，削減了企業研發投入。

此外，媒體報導通過緩解信息不對稱和提高股票流動性，增大了管理者面臨的控制權市場「收購威脅」。企業與外界的信息不對稱使得收購方不能準確判斷被收購對象的實際價值，因此如果企業的信息環境越不透明，收購方面臨的逆向選擇風險就越高。有研究者（Amel-Zadeh & Zhang, 2015）研究發現企業的信息質量越差，則越不可能成為被收購的對象。媒體通過報導內容和傳播廣度緩解了企業與外界的信息不對稱程度，改善了企業的信息環境，因此越受媒體關注的企業越有可能成為被收購的對象。同時，媒體報導通過信息仲介和議程設置功能，有助於股票流動性的提高（Bushee 等，2010；Engelberg & Parsons，2011），而股票流動性越高的企業往往越容易成為被收購的對象。凱利和維拉（Kyle & Vila, 1991）研究發現股票的流動性越大，則企業暴露的被收購的風險越大。有研究者（Fang 等，2014）研究發現股票的流動性阻礙了企業創新，原因就是流動性越高的股票被敵意收購的風險越大。

基於以上分析，本章提出以下假設：

假設 5-1b：媒體對企業的報導越多，企業研發投入越少（市場壓力效應假設）。

5.2.2 媒體報導語氣與企業研發投入

媒體對企業的正面報導向外界傳遞出企業好的一面，能夠吸引投資者廣泛關注，對股價產生向上的影響且有利於企業的價值的提升。紐侖和巴特勒（Gurun & Butler, 2012）研究發現地方媒體的正面報導傾向與地方企業的市場價值具有顯著的正相關關係。凱姆和梅施克（Kim & Meschke, 2013）考察企業 CEO 接受美國全國廣播公司財經頻道（CNBC）採訪後的市場反應，發現 CEO 採訪報導並未包含新的信息，然而由於傾向於傳播企業的正面信息，因此引起了投資者對企業的關注和投資熱情，造成了顯著的買入壓力，表現出正的超額收益。與之相反，媒體對企業的負面報導會

帶來股價的下行壓力。有研究者（Chan，2003）發現媒體的負面報導對股票收益率具有負向影響。特勞克等（Tetlock等，2008）發現媒體報導能夠提高股價有效性，具體表現為媒體負面報導提供的基本面信息預示企業盈利低，促使企業股票價格下降。蓋爾（Gaa，2009）研究發現負面報導更能夠引起投資者關注，因此負面新聞能更充分地反應到股價上。

根據媒體信息仲介效應假說，媒體報導通過披露和傳播企業信息，降低了企業與外界的信息不對稱程度，使得市場能夠甄別出企業研發活動的真正價值，促進市場定價效率，進而有效緩解管理者投資短視問題。媒體對企業的正面報導更多地傳遞出有利於企業價值的信息，管理者在媒體正面報導後會更有動力進行長期價值投資。因此，相對於媒體負面報導，媒體正面報導對企業研發活動的促進作用更顯著。

根據媒體市場壓力效應假說，媒體對企業的關注及報導通過資本市場加大了管理者的短期業績壓力和收購威脅，使管理者過度關注短期業績、減少長期價值創造的研發活動。媒體負面報導通常包含企業營業收入減少、盈利能力下降、股價下跌等信息，諸如此類的信息給管理者帶來的業績壓力更為嚴重。因此，相對於媒體正面報導，媒體負面報導對企業研發活動的抑製作用更顯著。

基於以上分析，本章提出以下假設：

假設 5-2a：相對於負面報導，媒體對企業的正面報導越多，企業研發投入越多（正面報導的信息仲介效應更強）。

假設 5-2b：相對於正面報導，媒體對企業的負面報導越多，企業研發投入越少（負面報導的市場壓力效應更強）。

5.2.3 媒體報導內容與企業研發投入

5.2.3.1 媒體對業績的報導與企業研發投入

關於企業業績的新聞報導包括對企業營業收入、成本、盈利能力、產銷能力等方面的信息，這些信息總結了企業過去的表現，而且有助於投資者分析企業未來的發展趨勢，具有較高的價值相關性（Beyer等，2010）。

根據媒體市場壓力效應假說，媒體對企業的關注報導主要是通過給管理者帶來短期業績壓力，致使管理者削減回收期長且收益不確定的創新投資。相對於其他內容新聞報導，媒體對企業業績的報導直接指向企業的經營狀況、盈利能力等，是投資者關注的焦點。因此，媒體對企業業績的報導使得本身就受市場持續監督的上市公司備受關注，給管理者帶來的業績壓力凸顯。由此可見，相對於其他報導內容，媒體對企業業績的報導產生的市場壓力效應更強。

基於以上分析，本章提出以下假設：

假設5-3：媒體對企業業績的報導越多，企業研發投入越少（報導企業業績的市場壓力效應更強）。

5.2.3.2 媒體對創新的報導與企業研發投入

媒體報導通過何種路徑發揮作用與媒體報導的內容密切相關，因此對報導內容進行區分有助於辨析媒體如何影響企業研發活動。顯而易見，關於企業創新的新聞報導向外界傳遞了企業研發、技術改革、專利等重要創新活動信息，直接緩解了企業研發方面的信息不對稱程度。媒體對企業創新的報導使得市場更能甄別出企業長期價值投資的真正價值，市場定價更有效。市場定價效率的提高能夠增加管理者進行長期價值投資的動機，緩解管理者的投資短視問題，最終促進企業研發活動。因此，媒體對企業創新的報導產生的信息仲介效應更強。於是，本章提出如下假設：

假設5-4：媒體對企業創新的報導越多，企業研發投入越多（報導企業創新的信息仲介效應更強）。

企業決策是經過綜合考量自身情況和外部環境後制定的。產品市場的競爭對手自然是企業格外關注的對象，因此企業會密切注意競爭對手的信息。這些信息可能來自企業的財務報告、企業公告和媒體報導等。媒體報導傳導和強化企業的信息，不僅能通過改變被報導企業的信息環境來影響其決策，而且會對其他信息受眾產生影響，被報導企業的競爭對手就是重要的信息受眾之一。已有研究發現競爭對手的行為和信息會影響企業的決策。例如，杜爾涅夫和曼根（Durnev & Mangen，2009）研究發現，企業財

務重述的信息含量能夠促使其競爭對手修正自己對項目價值的評估，進而影響了競爭對手的投資決策。研發活動與產品的市場佔有率息息相關，媒體對企業創新的報導會給競爭對手傳遞一個信號——競爭對手將面臨更大的產品市場競爭壓力，迫使其加大研發活動投入。

媒體報導企業創新影響競爭對手研發策略的一個可能路徑是「同群效應」。學術界已有越來越多的文獻開始關注在企業決策領域的「同群效應」。鮑曼（Bouwman，2011）發現具有交叉董事的企業表現出相似的公司治理特徵。蘇（Shue，2013）利用哈佛商學院工商管理碩士隨機分班的數據，研究發現 CEO 是同班同學的企業擁有非常相似的薪酬和收購決策。利瑞和羅伯茨（Leary & Roberts，2014）發現同行業的企業間的資本結構和財務決策具有「同群效應」。現有文獻中的企業關聯大多粗略定義為同行業（Leary & Roberts，2014）。也有部分文獻探尋其他更直接的關係，如交叉董事、高管關聯（Bouwman，2011；Shue，2013），甚至更加直接的競爭對手等。考斯蒂亞和蘭塔拉（Kaustia & Rantala，2015）用企業被同一分析師跟蹤來衡量企業間的直接競爭關係。實證研究發現，企業的股票分拆行為在競爭對手間具有「同群效應」。本書關注的正是競爭對手間的研發策略。針對產品市場的直接競爭對手，一方接收到另一方進行創新的訊息，往往會產生模仿效應，認為發展局勢是需要創新，從而增加其研發投入。因此，研發活動更易在競爭對手間形成「同群效應」。

基於以上分析，本章提出以下假設：

假設 5-5：媒體對企業創新的報導越多，其競爭對手的研發投入越多。

5.3 研究設計

5.3.1 主要變量的衡量

5.3.1.1 媒體報導

本書參照徐莉萍等（2011）的做法，手工搜集、整理紙上媒體對上市公司的報導數量來衡量企業的媒體報導。具體操作步驟如下：首先，本書

结合万得（WIND）数据库中股票更名数据和百度搜索引擎，搜集上市公司使用过的名称，包括公司的全称、简称、俗称以及更名前使用过的名称。其次，本书以搜集到的公司所有曾用名，在中国知网（CNKI）数据库中的中国重要报纸全文数据库，精确定义条件进行搜索并逐条下载新闻条目；通过阅读新闻报导内容，排除包含上市公司名称但并非对该公司的报导等歧义新闻条目，汇总上市公司的媒体报导数量。最后，本书用公司该年度的新闻报导数量加一取自然对数来衡量公司当年的整体媒体报导。

通过逐条阅读新闻报导内容，本书区分出媒体语气属性。具体做法是借鉴赖黎等（2016）的方法，逐条阅读上市公司的新闻报导内容，将每一年度的新闻分为正面、负面和中性三组。分组的标准是：如果从理论上说新闻有利于企业价值，则界定为正面报导；否则，界定为负面报导（如报导企业产品质量问题、高管违规、涉及诉讼等）；如果这则新闻对企业价值没有影响或无法判断新闻性质，则为中性。本书最终用企业该年度各组的新闻报导数量加一取自然对数作为该年度相应语气的媒体报导。

通过逐条阅读新闻报导内容，本书判断媒体报导内容是否关于企业业绩或企业创新。具体做法是逐条阅读上市公司的新闻报导内容，将关于企业业绩的新闻筛选出来，并构建两个变量来衡量媒体报导企业业绩：一是虚拟变量，媒体当年是否对企业业绩进行报导；二是报导频次，媒体当年对企业业绩的报导数量加一取自然对数。同理，本书构建两个变量来衡量媒体报导企业创新：一是虚拟变量，媒体当年是否对企业创新进行报导；二是报导频次，媒体当年对企业创新的报导数量加一取自然对数。

考虑到网络媒体的不断兴起和日益增强的舆论影响力，本章还使用网络媒体报导对本书的主要结论进行了稳健性测试，具体采用企业该年度的网络新闻报导数量加一取自然对数来衡量。网络媒体报导数据来源于国泰安（CSMAR）市场资讯系列新闻数据库。

5.3.1.2 企业研发投入

企业的研发活动投入包含资金和人员等方面，现有文献常采用公司年报披露的 R&D 支出作为企业研发投入的代理变量。R&D 支出反应了企业

針對研發的資金投入，是企業投資決策的具體體現。本書將企業研發活動置於委託代理理論視角下，側重探討管理者短視引起的創新動機不足問題。因此，本書採用 R&D 支出衡量企業研發投入更能釐清媒體報導對企業研發策略的影響機制。本書在實證檢驗時借鑑了默克利（Merkley，2014）等的做法，採用研發投入強度來衡量企業創新活動投入。由於研發信息披露的非強制性，加上企業產權保護的動機，企業詳細的創新投入信息很難獲得，因此現有的研發經費支出數據缺失較為嚴重，很多實際上進行研發創新的企業由於數據不可獲得被排除在本書的研究樣本之外。然而基於大樣本的分析，本書結果也具有一定的代表性。

本書的 R&D 支出數據來源於萬得（WIND）數據庫中「衍生財務報表數據庫」，該數據庫提供了上市公司年報及其附註中研發費用的詳細信息。

5.3.1.3 競爭對手的匹配

為考察企業的媒體報導對競爭對手研發活動的影響，本章將每家上市公司按照一定的規則匹配出對應的競爭對手。具體做法如下：從萬得（WIND）數據庫下載上市公司財務報表附註中按照產品分類的主營構成數據，按照產品收入占主營業務收入的比例由高至低進行排序，列出企業的主營產品。本書按照企業主營收入占比最高的產品相同這一規則進行匹配，並結合常識進行判斷，最終一個企業對應一個競爭對手。

5.3.2 樣本選擇與數據來源

本章以 2007—2013 年中國上海、深圳兩地 A 股上市公司為研究樣本，並進行了如下處理：一是剔除金融行業的上市公司；二是剔除了 ST 公司等特殊樣本；三是剔除相關數據缺失的公司；四是為了消除異常值的影響，對連續變量進行 1%～99% 水準的 Winsorize 處理，最終獲得 3,350 個公司/年度觀測值來考察媒體報導對企業研發投入的影響。

紙上媒體數據以手工搜集自中國知網重要報紙數據庫，網絡媒體數據來源於國泰安市場資訊系列新聞數據庫。R&D 支出數據和機構持股數據均來源於萬得數據庫。企業產權屬性是根據年報中披露的實際控制人信息確定的。市場化程度用樊綱等（2011）編製的中國各地區市場化指數中的地

區市場化進程總得分來衡量。其他財務數據均來源於國泰安中國上市公司財務報表數據庫。

5.3.3 模型設定與變量選擇

影響企業研發活動的因素很多，除已有研究發現的可觀測因素外，還有很多企業層面的不可觀測的個體異質性以及隨時間變化的趨勢性特質，為控制上市公司的個體效應和時間效應，本章選用雙向固定效應模型（Two-way FE）。模型設定如下：

$$R\&D_{it} = \alpha + \beta MEDIA_{it-1} + \rho \sum CONTROL_{it-1} + \gamma t + \mu_i + \varepsilon_{it} \quad (5-1)$$

其中，i 表示公司，t 表示年度；$R\&D$ 表示企業研發投入強度，用企業研發費用占總資產的比重來衡量，在穩健性檢驗部分還採用研發費用占營業收入的比重（$R\&D1$）和研發費用占營業成本的比重（$R\&D2$）來衡量企業研發投入強度；$MEIDA$ 代表企業的媒體報導，分別用全國紙上媒體報導（$PRESS$）、八大報紙[①]報導（$BIG8$）、正面報導（$POSITIVE$）、負面報導（$NEGATIVE$）、中性報導（$NEUTRAL$）、關於企業業績的報導（$DPERFPRESS$、$PERFPRESS$）、關於公司創新的報導（$DINNOPRESS$、$INNOPRESS$）和網絡報導（$NETMEDIA$）來衡量；$CONTROL$ 表示控制變量；已有研究發現企業的創新活動策略與企業規模大小、財務槓桿高低、盈利能力強弱、成立時間長短、所處的發展階段等自身因素密切相關，同時也受市場競爭狀況等外部因素的影響，另外企業不同產權屬性和所有者結構等因素也會對企業創新活動產生影響。本書參照已有研究（Fang 等，2014）的做法，選取的控制變量包括公司規模（$SIZE$）、資產負債率（LEV）、總資產淨利潤率（ROA）、存續時間（$LNAGE$）、公司 Tobin's Q 值（$TOBINQ$）、總資產中固定資產比率（$PPEASSETS$）、資本性支出占總資產比率（$CAPEXASSET$）、公司發展速度（$GROWTH$）、行業集中度（HHI）、機構持股比例（$INSTOWN$）、產權屬性（SOE）和市場化程度（$MARKET$）。

---

① 本書參考已有研究者（Fang & Peress，2009；李培功和沈藝峰，2010）的做法，選擇了八份最具影響力的全國性財經報紙作為報導的來源，分別是《中國證券報》《證券日報》《證券時報》《中國經營報》《上海證券報》《經濟觀察報》《21世紀經濟報導》和《第一財經日報》。

在考察媒體報導對競爭對手企業創新的影響時，被解釋變量為競爭對手企業的研發投入強度（COR&D），控制變量選取方法同上，為競爭對手企業的數據①。為避免內生性問題，本章的所有媒體數據和控制變量均採用滯後一期的數據。t 和 μ 分別代表公司的時期效應和個體效應。各變量的具體定義和計算方法詳見表 5-1 變量說明。

表 5-1　變量說明

1. 被解釋變量	
R&D	企業研發投入強度等於上市公司當期的研發費用占總資產平均餘額的比重，用百分數表示
R&D1	企業研發投入強度等於上市公司當期的研發費用占營業收入的比重，用百分數表示
R&D2	企業研發投入強度等於上市公司當期的研發費用占營業成本的比重，用百分數表示
COR&D	競爭對手企業研發投入強度等於競爭對手企業當期的研發費用占總資產平均餘額的比重，用百分數表示
2. 解釋變量	
PRESS	全國紙上媒體報導等於全國紙上媒體當年對上市公司的新聞報導總數加 1 取自然對數
BIG8	八大報紙報導等於八大報紙當年對上市公司的報導總數加 1 取自然對數
POSITIVE	媒體正面報導等於全國紙上媒體當年對上市公司的正面報導總數加 1 取自然對數
NEGATIVE	媒體負面報導等於全國紙上媒體當年對上市公司的負面報導總數加 1 取自然對數
NEUTRAL	媒體中性報導等於全國紙上媒體當年對上市公司的中性報導總數加 1 取自然對數
PPOSITIVE	媒體正面報導占比等於全國紙上媒體當年對上市公司的正面報導數占報導總數的比例
PNEGATIVE	媒體負面報導占比等於全國紙上媒體當年對上市公司的負面報導數占報導總數的比例

---

① 控制變量具體為 COSIZE、COLEV、COROA、COLNAGE、COTOBINQ、COPPEASSETS、COCAPEXASSET、COGROWTH、COHHI、COINSTOWN、COSOE 和 COMARKET。

表5-1(續)

PNEUTRAL	媒體中性報導占比等於全國紙上媒體當年對上市公司的中性報導數占報導總數的比例
DPERFPRESS	媒體是否報導上市公司業績的虛擬變量，如果上市公司當年有關於業績的媒體報導則等於1，否則等於0
PERFPRESS	媒體對上市公司業績的報導等於上市公司當年關於業績的報導數加1取自然對數
DINNOPRESS	媒體是否報導上市公司創新的虛擬變量，如果上市公司當年有關於創新的媒體報導則等於1，否則等於0
INNOPRESS	媒體對上市公司創新的報導等於上市公司當年關於創新的報導數加1取自然對數
PPERFPRESS	媒體對上市公司業績的報導占比等於上市公司當年關於業績的報導數占報導總數的比例
PINNOPRESS	媒體對上市公司創新的報導占比等於上市公司當年關於創新的報導數占報導總數的比例
NETMEDIA	網絡媒體報導等於上市公司當年網絡媒體報導數加1取自然對數
3. 控制變量	
SIZE	公司規模等於上市公司年末總資產的自然對數
LEV	資產負債率等於上市公司年末總負債除以總資產
ROA	總資產淨利潤率等於上市公司的淨利潤除以總資產平均餘額
LNAGE	公司存續時間等於上市公司成立時間加1取自然對數
TOBINQ	公司Tobin's Q值等於上市公司市值除以資產總計
PPEASSETS	總資產中固定資產的比例等於固定資產淨額加在建工程淨額加工程物資加固定資產清理的總和除以年末總資產
CAPEXASSET	資本性支出占總資產比率等於資本性支出除以年末總資產
GROWTH	公司發展速度等於上市公司本年營業收入減去上一年營業收入除以上一年營業收入
HHI	行業集中度等於行業內各公司營業總收入與該行業所有公司營業總收入之和的比值的平方和
INSTOWN	機構持股比例等於上市公司所有機構投資者持股占總流通股的比例
SOE	產權屬性，虛擬變量，如果上市公司的實際控制人為國有企業或各級政府則等於1，否則等於0
MARKET	市場化程度等於上市公司所在地市場化進程總得分

5.4 實證結果

5.4.1 描述性統計分析

5.4.1.1 公司媒體報導的年度分佈情況

表 5-2 為 2007—2013 年中國上市公司媒體報導的年度分佈情況。整體來看，中國上市公司平均每年被重要報紙報導 12.026 次，新聞媒體對上市公司比較關注。從新聞報導的語氣來看，2007—2013 年樣本公司的 40,288 條新聞報導中 22,868 條為正面報導，占 57%，負面新聞報導占 18%，其餘 25%的新聞為中性報導。可見，中國新聞媒體對上市公司的報導主要為非負面的報導。從時間趨勢來看，上市公司的負面新聞總條數呈逐年增加的趨勢，負面新聞報導占比從 2007 年的 9%逐年遞增至 2013 年的 24%；與之相反，正面新聞報導雖然一直都占大多數，但比重卻呈逐年遞減的趨勢，從 2007 年的 66%降至 2013 年 52%。這說明隨著媒體體制改革的深入以及媒體競爭的逐漸引入，尤其近年以網絡媒體為代表的各大媒體快速發展，媒體的自由度得到了一定的提升，新聞報導逐漸多樣化和客觀化，報導了更多的企業負面新聞。另外，八大財經報紙的新聞報導占新聞總數的 54%，作為全國專業財經媒體，八大財經報紙占上市公司媒體報導的大部分。

表 5-2 2007—2013 年中國上市公司媒體報導的年度分佈情況

年度	公司數量(個)	項目	紙上媒體	正面	負面	中性	八大財經
2007	105	總次數(次)	1,938	1,275	172	491	1,225
		平均次數(次)	18.457	12.143	1.638	4.676	11.667
		占比(%)	100	66	9	25	63
2008	179	總次數(次)	4,317	2,591	589	1,137	2,307
		平均次數(次)	24.118	14.475	3.291	6.352	12.888
		占比(%)	100	60	14	26	53

表5-2(續)

年度	公司數量(個)	項目	紙上媒體	正面	負面	中性	八大財經
2009	253	總次數(次)	3,535	2,262	420	853	1,783
		平均次數(次)	13.973	8.941	1.660	3.372	7.047
		占比(%)	100	64	12	24	50
2010	356	總次數(次)	4,874	3,062	610	1,202	2,043
		平均次數(次)	13.69	8.601	1.713	3.376	5.739
		占比(%)	100	63	13	24	42
2011	611	總次數(次)	8,534	4,883	1,381	2,270	4,666
		平均次數(次)	13.967	7.992	2.260	3.715	7.637
		占比(%)	100	57	16	27	55
2012	869	總次數(次)	8,249	4,165	1,915	2,169	4,836
		平均次數(次)	9.493	4.793	2.204	2.496	5.565
		占比(%)	100	51	23	26	59
2013	977	總次數(次)	8,841	4,630	2,101	2,110	4,798
		平均次數(次)	9.049	4.739	2.150	2.160	4.911
		占比(%)	100	52	24	24	54
2007—2013	3,350	總次數(次)	40,288	22,868	7,188	10,232	21,658
		平均次數(次)	12.026	6.826	2.146	3.054	6.465
		占比(%)	100	57	18	25	54

5.4.1.2 上市公司R&D支出情況

表5-3報告了樣本公司2007—2013年的R&D支出情況，並區分公司產權屬性，分別列示了國有和非國有上市公司的R&D支出。2007—2013年，樣本公司平均R&D支出為13,730萬元，可以看出上市公司創新投入的資金量比較大且呈逐年遞增趨勢。2013年的977家上市公司平均投入R&D達17,258萬元。從R&D最大值與最小值之間的差距來看，上市公司投入R&D的資金差距在擴大，投入資金多的上市公司有越投越多的趨勢。2007—2013年，國有上市公司的R&D支出均值和中位數分別為19,881萬元和3,733萬元，而非國有上市公司R&D支出均值和中位數分別為8,515

萬元和 3,260 萬元。從支出絕對量來看，國有上市公司的 R&D 支出較多。從各年數據來看，國有和非國有上市公司的 R&D 支出均逐年遞增，非國有上市公司中湧現出 R&D 支出量較大的公司，甚至最大值超過國有上市公司。

表 5-3 樣本公司 2007—2013 年的 R&D 支出情況

年度	性質	公司數量（個）	R&D 均值（萬元）	R&D 最小值（萬元）	R&D 中位數（萬元）	R&D 最大值（萬元）
2007	國有	78	3,363.737	7.006	848.429	63,950.000
	非國有	27	2,218.740	79.767	1,305.315	16,876.100
	合計	105	3,069.310	7.006	1,066.142	63,950.000
2008	國有	114	9,447.781	20.000	1,376.123	399,414.500
	非國有	65	3,084.940	33.990	1,654.530	23,990.190
	合計	179	7,137.252	20.000	1,440.000	399,414.500
2009	國有	133	11,659.560	1.976	2,244.427	516,230.000
	非國有	120	7,743.106	46.000	1,847.060	578,158.300
	合計	253	9,801.955	1.976	1,960.100	578,158.300
2010	國有	185	15,274.650	22.985	3,767.815	882,459.700
	非國有	171	8,959.177	6.798	2,979.319	709,197.100
	合計	356	12,241.100	6.798	3,156.633	882,459.700
2011	國有	301	15,796.730	0.300	3,113.366	572,595.000
	非國有	310	7,969.311	1.529	2,583.136	849,262.300
	合計	611	11,825.370	0.300	2,716.766	849,262.300
2012	國有	345	26,015.500	10.075	6,687.516	584,000.000
	非國有	524	8,581.451	5.772	3,627.850	882,919.400
	合計	869	15,502.910	5.771	4,234.548	882,919.400
2013	國有	381	29,162.720	6.877	6,657.661	851,575.300
	非國有	596	9,647.212	0.380	4,131.223	738,389.200
	合計	977	17,257.660	0.380	4,765.984	851,575.300
2007—2013	國有	1,537	19,881.010	0.300	3,733.399	882,459.700
	非國有	1,813	8,515.457	0.380	3,260.733	882,919.400
	合計	3,350	13,730.040	0.300	3,453.170	882,919.400

表 5-4 報告了分行業的公司 R&D 支出情況。本書按照證監會 2001 年的行業標準，將上市公司分為 22 個行業，刪除了金融行業的樣本，因此報告了 21 個行業的公司年度樣本的統計情況。可以看出，上市公司 R&D 支出行業間差異大，這與行業本身的特性相符。平均 R&D 支出最少的三個行業是「房地產業」「電力、煤氣及水的生產和供應業」「交通運輸、倉儲業」；最多的三個行業是「採掘業」「建築業」「信息技術業」。本書在後面的迴歸分析中對行業按照此分類方式進行了控制。

表 5-4　分行業的公司 R&D 支出情況

行業	公司數量（個）	R&D 均值（萬元）	R&D 最小值（萬元）	R&D 中位數（萬元）	R&D 最大值（萬元）
農、林、牧、漁業	41	2,127.050	52.983	1,209.102	9,568.000
採掘業	85	31,661.800	10.000	7,004.365	584,000.000
製造業–食品、飲料	149	4,443.071	1.529	1,888.782	49,297.220
製造業–紡織、服裝、皮毛	102	3,784.581	33.990	2,118.353	25,630.040
製造業–木材、家具	15	2,521.022	88.393	1,639.700	12,001.670
製造業–造紙、印刷	77	6,621.471	6.877	2,441.310	42,057.800
製造業–石油、化學、塑膠、塑料	422	5,131.954	5.578	2,489.728	76,864.400
製造業–電子	260	9,271.735	9.220	4,314.010	190,437.800
製造業–金屬、非金屬	331	18,376.680	21.883	3,764.740	380,700.000
製造業–機械、設備、儀表	812	18,989.790	39.661	4,505.552	575,641.800
製造業–醫藥、生物製品	363	6,243.803	0.300	3,186.500	56,312.940
製造業–其他	35	2,597.806	136.275	1,642.715	8,684.965
電力、煤氣及水的生產和供應業	42	1,556.077	14.134	779.977	11,066.250
建築業	71	66,260.510	66.765	10,395.230	882,459.700
交通運輸、倉儲業	19	1,641.760	266.591	1,466.990	6,865.040
信息技術業	337	23,088.080	1.976	5,725.940	882,919.400
批發和零售貿易	46	2,869.906	0.380	1,374.343	18,815.540
房地產業	22	1,073.768	5.772	436.721	6,267.870
社會服務業	56	4,719.696	32.583	1,385.937	125,645.000
傳播與文化產業	17	4,551.940	304.215	1,706.930	37,397.180
綜合類	48	2,213.724	7.104	1,343.479	12,392.000
合計	3,350	13,730.040	0.300	3,453.170	882,919.400

本書按照上市公司註冊地址將其劃入相應的區域①，並分區域統計了公司 R&D 支出情況，詳見表 5-5。從樣本分佈來看，最多的三個區域為華東、華南和華北地區，主要是上海、廣東、北京、天津等地的上市公司較多。從區域內公司 R&D 支出的均值和中位數來看，華北地區位列第一，華南和華東地區分列第二和第三，西北地區無論公司數量還是 R&D 支出都最少。從不同區域公司 R&D 支出的特點來看，地區發達程度高的區域相應的公司 R&D 支出較多，可見公司的創新投入和經濟發展密切相關。

表 5-5　分區域公司 R&D 支出情況

區域	公司數量（個）	R&D 均值（萬元）	R&D 最小值（萬元）	R&D 中位數（萬元）	R&D 最大值（萬元）
東北地區	123	10,648.530	0.380	2,385.816	286,783.000
華北地區	468	30,033.600	5.578	5,307.369	882,459.700
華中地區	364	10,148.590	0.300	3,276.058	254,685.800
華東地區	1,431	10,833.600	0.988	3,560.315	575,641.800
華南地區	540	15,064.280	1.529	3,670.437	882,919.400
西北地區	142	6,060.109	1.976	1,193.750	116,251.400
西南地區	282	8,645.130	5.772	2,190.476	169,400.000
合計	3,350	13,730.040	0.300	3,453.170	882,919.400

5.4.1.3　主要變量描述性統計

表 5-6 提供了主要變量的描述性統計。從表 5-6 中數據來看，中國上市公司研發投入強度（R&D、R&D1 和 R&D2）的均值分別為 1.952、3.244 和 3.652，說明中國上市公司研發支出占總資產的比重平均為 1.952%，研發支出占營業收入的比重平均為 3.244%，研發支出占營業成本的比重平均為 3.652%，企業研發投入強度整體不高，最小值、最大值和四分位數差異較大，標準差也較大，與前面對上市公司 R&D 支出絕對

---

① 本書按照地理、行政區和經濟區的結合，按照最常用的劃分規則，將中國（除港、澳、臺地區外，下同）分為以下七個區域：東北地區，包括黑龍江省、吉林省和遼寧省；華北地區，包括北京市、天津市、河北省、山西省和內蒙古自治區；華中地區，包括河南省、湖北省和湖南省；華東地區，包括山東省、江蘇省、安徽省、上海市、浙江省、江西省和福建省；華南地區，包括廣東省、廣西壯族自治區和海南省；西北地區，包括新疆維吾爾自治區、甘肅省、寧夏回族自治區、青海省和陝西省；西南地區，包括重慶市、四川省、貴州省、雲南省和西藏自治區。

量的分析結果類似，研發投入強度在企業間具有較大的差異性。從媒體報導的數據來看，全國紙上媒體報導（PRESS）和八大報紙報導（BIG8）的均值分別為 2.117 和 1.785，中位數分別為 2.079 和 1.792，媒體報導次數的數據經過對數化處理後分佈較均勻。從產權屬性的數據來看，樣本中 46% 的上市公司為國有屬性。本書所有控制變量的標準差均在正常範圍之內，說明進行 Winsorize 處理之後，其已不再受嚴重的極端值影響。

表 5-6　描述性統計結果

變量	觀測值	均值	標準差	MIN	P25	P50	P75	MAX
R&D	3,350	1.952	1.864	0.007	0.493	1.508	2.791	9.095
R&D1	3,350	3.244	3.692	0.010	0.660	2.550	4.080	21.959
R&D2	3,350	3.652	4.493	0.010	0.689	2.681	4.546	27.591
PRESS	3,350	2.117	0.871	0.693	1.386	2.079	2.639	4.635
BIG8	3,350	1.785	0.733	0.693	1.099	1.792	2.303	3.807
POSITIVE	3,350	1.578	0.926	0	1.099	1.609	2.079	4.111
NEGATIVE	3,350	0.727	0.754	0	0	0.693	1.099	2.944
NEUTRAL	3,350	1.026	0.800	0	0.693	1.099	1.609	3.332
DPERFPRESS	3,350	0.707	0.455	0	0	1	1	1
PERFPRESS	3,350	0.895	0.762	0	0	0.693	1.386	2.944
DINNOPRESS	3,350	0.213	0.409	0	0	0	0	1
INNOPRESS	3,350	0.209	0.443	0	0	0	0	1.946
SIZE	3,350	21.785	1.205	19.726	20.915	21.572	22.393	25.652
LEV	3,350	0.434	0.210	0.044	0.272	0.443	0.597	0.888
ROA	3,350	0.057	0.058	−0.139	0.021	0.049	0.087	0.242
LNAGE	3,350	2.493	0.415	1.387	2.283	2.547	2.798	3.243
TOBINQ	3,350	1.959	1.119	0.766	1.249	1.587	2.251	6.939
PPEASSETS	3,350	0.288	0.172	0.020	0.151	0.255	0.395	0.760
CAPEXASSET	3,350	0.072	0.057	0.002	0.030	0.057	0.099	0.263
GROWTH	3,350	0.219	0.343	−0.405	0.024	0.170	0.348	1.954
HHI	3,350	0.067	0.067	0.020	0.030	0.042	0.070	0.350
INSTOWN	3,350	0.372	0.236	0.002	0.168	0.358	0.561	0.882
SOE	3,350	0.459	0.498	0	0	0	1	1
MARKET	3,350	2.296	0.202	1.788	2.147	2.305	2.449	2.549

5.4.2 相關係數分析

表 5-7 報告了各變量的 Pearson 和 Spearman 相關性分析結果。從表 5-7 中的數據可以看出，企業研發投入強度與媒體報導的 Pearson 相關係數和 Spearman 相關係數分別為 -0.116 和 -0.165，且均在 1% 水準下顯著。相關係數分析的結果符合本章的假設 1b，即媒體報導越多的企業研發活動越少。本章的解釋變量和控制變量以及各控制變量間的相關係數都不高，說明不存在嚴重的多重共線性問題。

5.4.3 迴歸結果分析

5.4.3.1 媒體報導與企業研發投入：基於整體視角的分析

表 5-8 報告了媒體報導與企業研發投入強度（R&D）的單變量迴歸和多變量迴歸結果。在第（1）列和第（2）列中，主要解釋變量為全國紙上媒體報導（PRESS），PRESS 的系數分別在 10% 和 5% 水準下顯著為負，說明媒體報導越多，企業研發投入強度反而越小。多變量迴歸中 PRESS 的系數為 -0.099，表明在其他條件不變的情況下，上市公司的新聞報導數量增加 1%，則研發支出占總資產平均餘額的比重平均將降低 0.099%。在第（3）列和第（4）列迴歸中，主要解釋變量為八大報紙報導（BIG8），BIG8 的系數也分別在 5% 和 1% 水準下顯著為負，多變量迴歸中 BIG8 的系數為 -0.101，表明在其他條件不變的情況下，上市公司被八大財經報紙報導的次數每增加 1%，則研發支出占總資產平均餘額的比重平均將降低 0.101%，八大財經報紙的影響力較大。實證結果顯示，無論是考察全國紙上媒體報導，還是僅考慮八份最具影響力的全國性財經報紙的情況下，都是媒體報導越多企業研發投入強度越小，支持本書的假設 5-1b，即市場壓力效應假設。控制變量的迴歸系數與已有文獻的研究結論保持一致。例如，公司規模（SIZE）的系數顯著為負，表明規模越大的企業，研發投入強度越小；公司存續時間（LNAGE）的系數顯著為負，表明成立時間越久的企業，研發投入強度越小。

表 5-7 相關係數分析表

	R&D	PRESS	SIZE	LEV	ROA	LNAGE	TOBINQ	PPEASSETS	CAPEXASSET	GROWTH	HHI	INSTOWN	SOE	MARKET
R&D	1	-0.165***	-0.251***	-0.329***	0.263***	-0.235***	0.144***	-0.239***	0.118***	0.056***	0.102***	0.040**	-0.264***	0.246***
PRESS	-0.116***	1	0.435***	0.269***	0.085***	0.078***	-0.004	0.049***	0.002	0.106***	-0.031*	0.188***	0.225***	-0.145***
SIZE	-0.201***	0.512***	1	0.494***	-0.067***	0.263***	-0.370***	0.152***	-0.009	0.032*	-0.050***	0.348***	0.382***	-0.083***
LEV	-0.286***	0.281***	0.482***	1	-0.447***	0.270***	-0.250***	0.238***	-0.124***	0.001	-0.130***	0.116***	0.380***	-0.136***
ROA	0.218***	0.108***	-0.044**	-0.398***	1	-0.167***	0.388***	-0.249***	0.133***	0.369***	0.098***	0.223***	-0.202***	0.098***
LNAGE	-0.199***	0.077***	-0.208***	0.275***	-0.110***	1	-0.028	0.043**	-0.204***	-0.119***	-0.047***	0.093***	0.282***	-0.144***
TOBINQ	0.114***	0.033*	-0.304***	-0.193***	0.383***	0.038**	1	-0.138***	-0.040**	0.131***	0.060***	0.266***	-0.114***	-0.006
PPEASSETS	-0.262***	0.048***	0.204***	0.264***	-0.237***	0.070***	-0.141***	1	0.441***	-0.091***	-0.249***	0.014	0.188***	-0.132***
CAPEXASSET	0.050***	-0.012	-0.028	-0.105***	0.085***	-0.212***	-0.062***	0.411***	1	0.130***	-0.028	0.002	-0.139***	0.022
GROWTH	0.061***	0.103***	0.056***	0.041**	0.301***	-0.081***	0.058***	-0.059***	0.107***	1	0.060***	0.105***	-0.041**	-0.009
HHI	0.123***	0.028	0.053***	-0.070***	0.084***	-0.091***	0.037**	-0.157***	-0.010	0.064***	1	0.052***	-0.083***	0.064***
INSTOWN	0.058***	0.212***	0.354***	0.115***	0.245***	0.097***	0.272***	0.021	-0.004	0.080***	0.043**	1	0.195***	-0.038**
SOE	-0.207***	0.238***	0.394***	0.380***	-0.160***	0.278***	-0.053***	0.219***	-0.134***	-0.023	0.004	0.194***	1	-0.282***
MARKET	0.203***	-0.015	-0.080***	-0.150***	0.082***	-0.143***	-0.026	-0.147***	0.006	0.009	0.018	-0.030*	-0.270***	1

註：①「*」「**」和「***」分別表示10%，5%和1%顯著性水準；②左下三角部分為Pearson相關係數檢驗結果，右上三角部分為Spearman相關係數檢驗結果。

表 5-8　媒體報導與企業研發投入：基於整體視角

變量	R&D			
	（1）PRESS	（2）PRESS	（3）BIG8	（4）BIG8
MEDIA	-0.076* (-1.89)	-0.099** (-2.35)	-0.079** (-2.16)	-0.101*** (-2.63)
SIZE		-0.391*** (-2.84)		-0.388*** (-2.83)
LEV		0.376 (0.91)		0.375 (0.90)
ROA		1.507** (2.34)		1.509** (2.36)
LNAGE		-1.728*** (-2.84)		-1.733*** (-2.85)
TOBINQ		0.055 (1.37)		0.058 (1.45)
PPEASSETS		0.053 (0.11)		0.045 (0.09)
CAPEXASSET		1.084* (1.87)		1.073* (1.85)
GROWTH		0.116 (1.58)		0.115 (1.57)
HHI		1.287 (0.56)		1.330 (0.57)
INSTOWN		-0.126 (-0.81)		-0.133 (-0.85)
SOE		0.325 (1.09)		0.324 (1.08)
MARKET		1.840 (0.79)		1.864 (0.80)
CONSTANT	1.533*** (11.12)	8.765 (1.47)	1.518*** (11.79)	8.633 (1.44)
年度	控制	控制	控制	控制
行業	控制	控制	控制	控制
Adj.R²	0.103	0.129	0.103	0.129
樣本數	3,350	3,350	3,350	3,350

註：①括號中報告值是 T 統計量；②「*」「**」和「***」分別表示 10%、5% 和 1% 顯著性水準；③本書使用按公司聚類（cluster）穩健的標準差調整。①

---

①　本書所有實證迴歸表格的報告方式均與此表相同。

5.4.3.2 媒體報導語氣與企業研發投入

表 5-9 報告了不同語氣的媒體報導對企業研發投入強度影響的迴歸結果。從主要解釋變量的係數來看，三種語氣媒體報導的迴歸係數符號都為負，正面媒體報導（POSITIVE）和中性媒體報導（NEUTRAL）的係數分別為-0.053 和-0.037，但在統計上不顯著，負面媒體報導（NEGATIVE）的係數為-0.074 且在 5% 水準下顯著。實證結果顯示，媒體報導，尤其是負面報導，產生市場壓力效應更強，最終抑制了企業創新活動。具體表現為媒體對企業的負面報導越多，企業研發投入強度越小。實證結果支持本書的假設 5-2b。基於媒體語氣的分析進一步驗證了媒體報導對企業創新活動的影響路徑。媒體報導增加了企業曝光度，給管理者帶來了短期業績壓力，媒體負面報導帶來的市場壓力更明顯，誘發了管理者短視行為。管理者迫於這種市場壓力而過度關注短期業績，進而削減了長期價值投資的研發活動。

表 5-9 媒體報導語氣與企業研發投入

變量	R&D		
	(1) POSITIVE	(2) NEGATIVE	(3) NEUTRAL
MEDIA	-0.053 (-1.44)	-0.074** (-2.25)	-0.037 (-0.87)
SIZE	-0.386*** (-2.77)	-0.418*** (-3.04)	-0.403*** (-2.92)
LEV	0.340 (0.81)	0.399 (0.96)	0.356 (0.85)
ROA	1.473** (2.26)	1.380** (2.19)	1.416** (2.22)
LNAGE	-1.718*** (-2.80)	-1.712*** (-2.81)	-1.732*** (-2.83)
TOBINQ	0.049 (1.25)	0.049 (1.26)	0.047 (1.16)
PPEASSETS	0.061 (0.12)	0.080 (0.16)	0.070 (0.14)
CAPEXASSET	1.079* (1.86)	0.954* (1.65)	1.018* (1.75)
GROWTH	0.117 (1.58)	0.113 (1.54)	0.116 (1.57)

表5-9(續)

變量	R&D		
	(1) POSITIVE	(2) NEGATIVE	(3) NEUTRAL
HHI	1.345 (0.58)	1.323 (0.57)	1.327 (0.57)
INSTOWN	-0.124 (-0.79)	-0.132 (-0.84)	-0.129 (-0.82)
SOE	0.328 (1.09)	0.333 (1.11)	0.333 (1.12)
MARKET	1.816 (0.77)	1.881 (0.80)	1.823 (0.78)
CONSTANT	8.573 (1.42)	9.016 (1.51)	8.885 (1.49)
年度	控制	控制	控制
行業	控制	控制	控制
Adj.R^2	0.127	0.128	0.126
樣本數	3,350	3,350	3,350

5.4.3.3 媒體報導內容與企業研發投入

表5-10報告了媒體報導業績與企業研發投入強度的迴歸結果。第(1)列中解釋變量為媒體報導企業業績的虛擬變量（DPERFPRESS），其系數為負，在統計上不顯著，從符號來看與預期相符。第(2)列中解釋變量為媒體對企業業績的報導數（PERFPRESS），其系數為-0.088，且在5%水準下顯著，表明在其他條件不變的情況下，媒體對企業業績的報導數增加1%，企業研發投入強度平均將下降0.088%。實證結果支持本書的假設5-3，即媒體對企業業績的報導越多，企業研發投入強度越小。

表5-10 媒體報導業績與企業研發投入

變量	R&D	
	(1) DPERFPRESS	(2) PERFPRESS
MEDIA	-0.049 (-0.99)	-0.088** (-2.34)
SIZE	-0.403*** (-2.91)	-0.395*** (-2.85)
LEV	0.360 (0.86)	0.367 (0.88)

表5-10(續)

變量	(1) DPERFPRESS	(2) PERFPRESS
	R&D	R&D
ROA	1.419** (2.23)	1.513** (2.36)
LNAGE	−1.752*** (−2.86)	−1.757*** (−2.88)
TOBINQ	0.045 (1.14)	0.050 (1.28)
PPEASSETS	0.067 (0.13)	0.039 (0.08)
CAPEXASSET	1.009* (1.73)	1.039* (1.79)
GROWTH	0.114 (1.55)	0.116 (1.58)
HHI	1.316 (0.57)	1.263 (0.54)
INSTOWN	−0.126 (−0.80)	−0.117 (−0.75)
SOE	0.334 (1.12)	0.333 (1.10)
MARKET	1.830 (0.78)	1.868 (0.80)
CONSTANT	8.918 (1.49)	8.729 (1.46)
年度	控制	控制
行業	控制	控制
Adj.R^2	0.126	0.128
樣本數	3,350	3,350

表5-11報告了媒體報導創新與企業研發投入強度的迴歸結果。第(1)列和第(2)列的解釋變量媒體報導分別為媒體是否報導企業創新(DINNOPRESS)和關於企業創新的報導數量(INNOPRESS),系數分別為0.026和0.024,雖然在統計上都不顯著,但是符號都為正,與預期相符。從媒體報導內容這一視角,我們發現媒體對企業業績的報導與企業研發投入強度顯著負相關,而媒體對企業創新的報導與企業研發投入強度正相關但不顯著,進一步表明媒體報導影響企業研發活動的主要路徑是通過媒體

帶來的市場壓力，誘發了管理者過度關注短期業績、削減研發投資的短視行為。

表 5-11　媒體報導創新與企業研發投入

變量	R&D (1) DINNOPRESS	R&D (2) INNOPRESS
MEDIA	0.026 (0.49)	0.024 (0.35)
SIZE	−0.407*** (−2.95)	−0.407*** (−2.94)
LEV	0.351 (0.84)	0.353 (0.84)
ROA	1.389** (2.18)	1.387** (2.18)
LNAGE	−1.719*** (−2.80)	−1.721*** (−2.80)
TOBINQ	0.043 (1.10)	0.043 (1.11)
PPEASSETS	0.083 (0.17)	0.082 (0.16)
CAPEXASSET	0.997* (1.71)	0.992* (1.71)
GROWTH	0.116 (1.56)	0.116 (1.57)
HHI	1.345 (0.58)	1.361 (0.59)
INSTOWN	−0.130 (−0.83)	−0.130 (−0.83)
SOE	0.339 (1.14)	0.338 (1.14)
MARKET	1.821 (0.77)	1.823 (0.77)
CONSTANT	8.919 (1.49)	8.902 (1.49)
年度	控制	控制
行業	控制	控制
Adj.R^2	0.126	0.126
樣本數	3,350	3,350

表5-12報告了媒體報導創新與競爭對手研發投入強度的迴歸結果。兩組迴歸中媒體報導的系數均在5%水準下顯著為正，表明媒體對上市公司的創新進行報導，報導次數越多，其競爭對手的研發活動越多。第（1）列的媒體報導變量採用媒體是否報導企業創新的虛擬變量（DINNOPRESS），其系數為0.393，表明媒體如果報導上市公司的創新活動，則其競爭對手的研發支出占總資產平均餘額的比重平均將上升0.393%。第（2）列的媒體報導變量採用媒體對企業創新的報導頻次（INNOPRESS），其系數為0.512，表明媒體對上市公司創新活動的報導數量增加1個百分點，則其競爭對手的研發支出占總資產平均餘額的比重平均將上升0.512%。實證結果支持本書的假設5-5：媒體對企業創新的報導越多，其競爭對手的研發活動越多。

表5-12 媒體報導創新與競爭對手研發投入

變量	COR&D （1） DINNOPRESS	COR&D （2） INNOPRESS
MEDIA	0.393** (2.38)	0.512** (2.54)
COSIZE	−0.277*** (−3.33)	−0.315*** (−4.30)
COLEV	−0.279 (−0.72)	−0.290 (−0.75)
COROA	4.258*** (2.70)	4.402*** (2.86)
COLNAGE	−0.385** (−2.16)	−0.351* (−1.92)
COTOBINQ	−0.165** (−2.00)	−0.170** (−2.08)
COPPEASSETS	−1.756*** (−3.91)	−1.657*** (−3.92)
COCAPEXASSET	2.385** (2.10)	2.344** (2.07)
COGROWTH	0.176 (1.63)	0.163 (1.50)
COHHI	1.211 (0.99)	1.305 (1.08)

表5-12(續)

變量	COR&D	
	(1) DINNOPRESS	(2) INNOPRESS
COINSTOWN	0.649* (1.94)	0.661** (2.00)
COSOE	0.042 (0.22)	0.034 (0.18)
COMARKET	1.071*** (3.40)	1.098*** (3.49)
CONSTANT	5.877*** (2.90)	6.464*** (3.53)
年度	控制	控制
行業	控制	控制
Adj.R^2	0.191	0.198
樣本數	1,302	1,302

5.4.4 穩健性測試

本部分針對內生性問題、模型設定、變量衡量方式與數據選取等方面進行了如下穩健性測試。第一，為排除內生性問題，本部分採用了工具變量法進行穩健性檢驗。第二，在考察媒體報導對企業研發投入強度的影響時，前面採取解釋變量滯後一期的模型，本部分將考察當期媒體報導對企業研發投入強度的影響。第三，本部分採用媒體報導的不同衡量方式進行實證檢驗。一方面，由於近年來網絡媒體快速發展並已成為企業重要的信息環境之一，本部分考察了網絡媒體報導對企業研發投入的影響；另一方面，前面在衡量不同語氣和內容的媒體報導時，採用的是新聞報導絕對數，本部分將採用相對數來衡量。第四，前面用單位資產的研發投入來衡量企業研發投入強度，本部分將採用另外兩種常用的衡量方式進行穩健性測試。另外，本部分將考察控制了被報導企業研發投入強度後，媒體報導對競爭對手研發投入的增量影響。

5.4.4.1 內生性的排除

本章的實證分析表明，新聞媒體的關注報導給企業帶來了市場壓力，

使得管理者過度關注短期業績，進而減少研發活動。然而，也可能是其他不可觀測的因素同時影響企業的媒體報導和研發活動，從而導致兩者之間的負相關關係。為進一步排除內生性問題，本部分採用工具變量法進行了兩階段迴歸。皮奧特洛斯基等（Piotroski 等，2015）利用中國上市公司的數據研究發現，在黨代會召開前，企業的新聞尤其是負面消息顯著減少，而在黨代會召開後企業媒體報導數量明顯反彈。因此，本書選取召開黨代會當年（CONGRESS）和召開黨代會次年（POSTCONGRESS）兩個虛擬變量分別作為工具變量，進行兩階段迴歸。

在第一階段，本書考察了媒體報導的決定因素，將兩個工具變量分別作為解釋變量對媒體報導進行迴歸，所有控制變量均與模型 5-1 的相同。工具變量 CONGRESS，如果為黨代會當年則等於 1，否則等於 0；工具變量 POSTCONGRESS，如果為黨代會次年則等於 1，否則等於 0。表 5-13 報告了第一階段的迴歸結果，第（1）列和第（2）列的因變量為媒體關注度 PRESS，第（3）列和第（4）列的因變量為媒體關注度 BIG8。工具變量 CONGRESS 的系數分別為 -0.166 和 -0.099，且均在 1% 水準下顯著，工具變量 POSTCONGRESS 的系數分別為 0.599 和 0.528，且均在 1% 水準下顯著。這與皮奧特洛斯基等（Piotroski 等，2015）的研究結論相符。由於黨代會的召開吸引了公眾的注意力，加之當地政府出於政治目的會有意壓制所轄企業的消息，因此黨代會召開前及召開期間，上市公司的新聞報導較少，而召開後會出現反彈。

表 5-13 媒體報導與企業研發投入：2SLS 第一階段

變量	PRESS		BIG8	
	（1）	（2）	（3）	（4）
CONGRESS	-0.166*** (-6.95)	— —	-0.099*** (-4.32)	— —
POSTCONGRESS	— —	0.559*** (13.90)	— —	0.528*** (13.09)
SIZE	0.438*** (19.32)	0.460*** (20.48)	0.289*** (14.99)	0.312*** (16.48)

表5-13（續）

變量	PRESS (1)	PRESS (2)	BIG8 (3)	BIG8 (4)
LEV	0.448*** (4.11)	0.398*** (3.71)	0.414*** (4.57)	0.352*** (3.99)
ROA	1.177*** (3.41)	0.936*** (2.78)	1.032*** (3.31)	0.771** (2.53)
LNAGE	−0.133*** (−3.22)	−0.118*** (−2.93)	−0.126*** (−3.56)	−0.103*** (−3.00)
TOBINQ	0.147*** (8.80)	0.182*** (10.65)	0.131*** (8.86)	0.161*** (10.76)
PPEASSETS	−0.289** (−2.10)	−0.303** (−2.23)	−0.123 (−1.05)	−0.142 (−1.23)
CAPEXASSET	0.622** (2.20)	0.552** (1.99)	0.409 (1.60)	0.342 (1.35)
GROWTH	0.045 (1.09)	0.078* (1.93)	0.051 (1.32)	0.075** (1.98)
HHI	2.284* (1.94)	0.627 (0.56)	2.517** (2.52)	0.847 (0.90)
INSTOWN	−0.334*** (−4.35)	−0.337*** (−4.48)	−0.301*** (−4.61)	−0.302*** (−4.75)
SOE	0.061 (1.54)	0.043 (1.09)	−0.021 (−0.63)	−0.044 (−1.32)
MARKET	−0.273*** (−3.29)	−0.260*** (−3.18)	−0.101 (−1.39)	−0.089 (−1.26)
CONSTANT	−6.747*** (−12.67)	−7.264*** (−13.74)	−4.300*** (−9.44)	−4.804*** (−10.68)
行業	控制	控制	控制	控制
Adj.R^2	0.355	0.373	0.223	0.252
樣本數	3,350	3,350	3,350	3,350

在第二階段，本書將上述第一階段迴歸得到的媒體報導預測值 PREPRESS 和 PREBIG8 帶入模型 5-1 的迴歸中，考察了在控制媒體報導內生性後新聞報導對企業研發投入強度的影響，表 5-14 報告了迴歸結果。從表 5-14 中的數據可以看出，以 CONGRESS 為工具變量得到的 PREPRESS 和 PREBIG8 的係數均在 1%水準下顯著為負，以 POSTCONGRESS 為工具變量

得到的 PREPRESS 和 PREBIG8 的係數均在 5% 水準下顯著為負。以上結果說明，在控制了媒體報導的內生性後，仍能找到媒體報導越多企業研發投入強度越小的證據。

表 5-14　媒體報導與企業研發投入：2SLS 第二階段

變量	R&D (1)	(2)	(3)	(4)
PREPRESS	-1.661*** (-3.88)	-0.466** (-2.51)	—	—
PREBIG8	—	—	-2.784*** (-3.18)	-0.494** (-2.51)
SIZE	0.583*** (3.12)	0.067 (0.77)	0.659*** (2.62)	0.006 (0.10)
LEV	0.212 (0.69)	-0.374* (-1.83)	0.620 (1.30)	-0.385* (-1.92)
ROA	5.659*** (5.89)	4.142*** (6.38)	6.576*** (4.71)	4.087*** (6.42)
LNAGE	-0.549*** (-4.86)	-0.360*** (-4.55)	-0.679*** (-4.16)	-0.356*** (-4.56)
TOBINQ	0.204*** (2.65)	0.019 (0.43)	0.325** (2.55)	0.014 (0.33)
PPEASSETS	-1.545*** (-5.34)	-1.220*** (-5.70)	-1.407*** (-4.11)	-1.149*** (-5.49)
CAPEXASSET	3.623*** (4.89)	2.877*** (4.95)	3.730*** (4.08)	2.789*** (4.87)
GROWTH	0.156 (1.38)	0.078 (0.89)	0.224 (1.53)	0.079 (0.90)
HHI	2.411 (0.81)	-0.683 (-0.30)	5.624 (1.40)	-0.557 (-0.25)
INSTOWN	0.456** (2.07)	0.862*** (5.78)	0.174 (0.52)	0.870*** (5.93)
SOE	0.004 (0.04)	-0.088 (-1.26)	-0.157 (-1.57)	-0.129* (-1.90)
MARKET	0.559*** (2.82)	0.881*** (6.32)	0.732*** (3.32)	0.958*** (7.36)
CONSTANT	-8.900*** (-2.97)	-0.893 (-0.61)	-9.664** (-2.49)	0.121 (0.11)
行業	控制	控制	控制	控制
Adj.R²	0.306	0.299	0.312	0.305
樣本數	3,350	3,350	3,350	3,350

5.4.4.2 媒體報導與企業研發投入：當期效應

前面在考察媒體報導對企業研發投入的影響時，解釋變量採用企業上一期的媒體關注度。本書這樣設定模型主要有以下兩個原因：一方面是基於緩解內生性問題的考慮，另一方面是由於企業當期的研發預算通常在期初編製，根據企業長遠發展計劃以及上一期的經營情況來制定。因此，本書最終將所有解釋變量滯後一期。然而考慮到媒體報導的時效性，本書還考察了當期媒體報導對企業研發投入強度的影響。表 5-15 報告了主要迴歸結果。在解釋變量採用全部紙上媒體關注度的迴歸（1）中，媒體關注度 PRESS 的系數為 -0.070，在 10% 水準下顯著；而僅考慮八份最具影響力的全國性財經報紙的情況下，迴歸（2）中媒體關注度 BIG8 的系數也為負，但在統計上不顯著。從媒體的整體關注度來看，當期新聞報導越多的企業，研發投入強度越小，當期媒體關注度對企業研發投入的影響同樣支持市場壓力假說，與前面的結論保持一致，驗證了本書的假設 5-1b。

表 5-15 媒體報導與企業研發投入：當期媒體效應

變量	R&D (1) PRESS	R&D (2) BIG8
MEDIA	-0.070* (-1.77)	-0.053 (-1.34)
SIZE	-0.165 (-1.25)	-0.168 (-1.27)
LEV	-0.371 (-0.88)	-0.365 (-0.86)
ROA	2.148*** (3.09)	2.137*** (3.07)
LNAGE	-1.758*** (-2.79)	-1.782*** (-2.83)
TOBINQ	0.063 (1.50)	0.061 (1.45)
PPEASSETS	0.360 (0.75)	0.359 (0.75)
CAPEXASSET	1.789*** (3.22)	1.756*** (3.18)

表5-15（續）

變量	R&D (1) PRESS	R&D (2) BIG8
GROWTH	0.156** (2.05)	0.154** (2.01)
HHI	2.829 (1.31)	2.836 (1.31)
INSTOWN	0.391** (2.22)	0.387** (2.20)
SOE	−0.076 (−0.59)	−0.076 (−0.59)
MARKET	2.774 (1.01)	2.850 (1.03)
CONSTANT	1.754 (0.26)	1.646 (0.25)
年度	控制	控制
行業	控制	控制
Adj.R^2	0.137	0.136
樣本數	3,350	3,350

5.4.4.3 媒體報導的不同衡量方式

隨著近年來計算機信息技術的不斷發展和普及、移動互聯網技術的廣泛應用和更新，網絡媒體逐漸興起並飛速發展，網絡媒體報導的傳播途徑更多、受眾面更廣，使得網絡媒體成為信息使用者非常重要的信息來源。本書在整理網絡媒體的新聞報導時發現，網絡媒體報導與報紙新聞報導高度相關，多為相互轉載，甚至很多網絡媒體本身就是報紙的電子版。鑒於本書考察的重點是媒體報導對企業研發活動的影響，而非各媒體渠道間的作用差異，本書選取學者常用的報紙媒體對企業的報導數來衡量該企業的媒體報導情況。為確保研究結論穩健，本部分還將使用網絡媒體報導進行檢驗。表5-16報告了主要的實證結果，被解釋變量為企業研發投入強度（R&D），解釋變量為網絡媒體報導（NETMEDIA）。在單變量迴歸（1）和多變量迴歸（2）中，NETMEDIA的係數分別為−0.461和−0.295，且分別在1%和10%水準下顯著。結果顯示網絡媒體報導越多，企業研發投入強度越小，說明網絡媒體報導的市場壓力效應同樣佔優，顯著抑制了企業的

研發投入，與前面採用紙上媒體報導得出的結論保持一致。

表 5-16　網絡媒體報導與企業研發投入

變量	R&D (1)	R&D (2)
NETMEDIA	-0.461*** (-2.60)	-0.295* (-1.71)
SIZE		-0.231 (-0.99)
LEV		-1.125* (-1.75)
ROA		2.429** (2.37)
LNAGE		-1.558** (-2.09)
TOBINQ		-0.150* (-1.74)
PPEASSETS		-1.050 (-1.07)
CAPEXASSET		2.235*** (2.70)
GROWTH		-0.093 (-0.88)
HHI		-2.766 (-0.74)
INSTOWN		-0.048 (-0.21)
SOE		-0.561 (-1.05)
MARKET		1.013 (0.40)
CONSTANT	4.604*** (5.65)	11.513 (1.43)
年度	控制	控制
行業	控制	控制
Adj.R²	0.106	0.121
樣本數	4,918	4,918

前面在分語氣和分內容考察媒體報導對企業研發投入的影響時，採用的是新聞報導絕對數，本部分還將採用相對數來衡量。表 5-17 報告了不同語氣媒體報導與企業研發投入的迴歸結果，解釋變量為媒體語氣，採用各語氣新聞報導數量占報導總數的比例來衡量。除第（2）列媒體負面報導（PNEGATIVE）的系數在 10% 水準下顯著為負，其他兩列媒體報導的系數均不顯著，實證結果表明媒體負面報導越多，企業研發投入強度越小，仍支持本書假設 5-2b。表 5-18 報告了媒體報導內容與企業研發投入的迴歸結果。第（1）列中解釋變量為媒體對業績的報導占比（PPERFPRESS），其系數為 -0.265，在 10% 水準下顯著，表明媒體報導業績的新聞占比越高，企業研發投入強度越低。第（2）列中解釋變量為媒體對創新的報導占比（PINNOPRESS），其系數為 0.156，在統計上不顯著，表明媒體報導創新的新聞占比對企業研發投入強度沒有顯著影響。以上基於媒體語氣和報導內容視角的結論均與前面保持一致，說明本章的實證結果穩健。

表 5-17　媒體報導語氣與企業研發投入（語氣占比）

變量	R&D		
	（1）PPOSITIVE	（2）PNEGATIVE	（3）PNEUTRAL
MEDIA	0.075 (0.71)	-0.194* (-1.73)	0.084 (0.80)
SIZE	-0.416*** (-2.98)	-0.425*** (-3.06)	-0.403*** (-2.92)
LEV	0.368 (0.87)	0.386 (0.93)	0.349 (0.83)
ROA	1.369** (2.14)	1.354** (2.13)	1.405** (2.21)
LNAGE	-1.727*** (-2.81)	-1.709*** (-2.80)	-1.710*** (-2.78)
TOBINQ	0.043 (1.11)	0.042 (1.08)	0.043 (1.10)
PPEASSETS	0.082 (0.17)	0.093 (0.19)	0.080 (0.16)
CAPEXASSET	0.967* (1.66)	0.922 (1.60)	1.000* (1.72)

表5-17(續)

變量	R&D		
	(1) PPOSITIVE	(2) PNEGATIVE	(3) PNEUTRAL
GROWTH	0.115 (1.56)	0.113 (1.52)	0.114 (1.54)
HHI	1.327 (0.57)	1.316 (0.57)	1.335 (0.57)
INSTOWN	−0.129 (−0.82)	−0.128 (−0.82)	−0.125 (−0.80)
SOE	0.336 (1.13)	0.327 (1.09)	0.332 (1.11)
MARKET	1.845 (0.79)	1.899 (0.81)	1.839 (0.78)
CONSTANT	9.024 (1.50)	9.125 (1.53)	8.753 (1.45)
年度	控制	控制	控制
行業	控制	控制	控制
Adj.R^2	0.126	0.128	0.126
樣本數	3,350	3,350	335

表 5-18 媒體報導內容與企業研發投入（內容占比）

變量	R&D	
	(1) PPERFPRESS	(2) PINNOPRESS
MEDIA	−0.265* (−1.79)	0.156 (0.55)
SIZE	0.091 (0.38)	−0.406*** (−2.95)
LEV	−0.862 (−1.33)	0.349 (0.83)
ROA	0.830 (0.79)	1.388** (2.18)
LNAGE	−0.926 (−1.07)	−1.718*** (−2.79)
TOBINQ	−0.044 (−0.59)	0.043 (1.11)
PPEASSETS	0.443 (0.42)	0.079 (0.16)

表5-18(續)

變量	R&D (1) PPERFPRESS	(2) PINNOPRESS
CAPEXASSET	2.287** (2.24)	0.997* (1.71)
GROWTH	−0.105 (−0.88)	0.118 (1.59)
HHI	−1.619 (−0.37)	1.361 (0.59)
INSTOWN	−0.268 (−1.07)	−0.132 (−0.84)
SOE	0.131 (0.37)	0.339 (1.14)
MARKET	1.904 (0.59)	1.828 (0.78)
CONSTANT	−1.728 (−0.20)	8.877 (1.48)
年度	控制	控制
行業	控制	控制
Adj.R²	0.137	0.126
樣本數	3,350	3,350

5.4.4.4 研發投入強度的不同衡量方式

前面在衡量企業研發投入強度時，採用研發費用占總資產的比重來衡量，而已有文獻除了採用該方式衡量外，還有的採用單位營業收入的研發投入和單位營業成本的研發投入來衡量研發投入強度。因此，為排除本書的研究結論與數據處理方式有關，本書分別採用研發費用占營業收入的比重和研發費用占營業成本的比重來衡量研發投入強度，實證檢驗得到了類似的結論。表5-19報告了這兩種衡量方式的主要迴歸結果。迴歸（1）和迴歸（2）中，被解釋變量是研發費用占營業收入的比重衡量的研發投入強度（R&D1），媒體關注度 PRESS 和 BIG8 的系數分別是−0.156和−0.131，均在5%水準下顯著。迴歸（3）和迴歸（4）中，被解釋變量是研發費用占營業成本的比重衡量的研發投入強度（R&D2），媒體關注度 PRESS 和 BIG8 的系數分別為−0.161和−0.138，均在5%水準下顯著。以

上結果表明，媒體報導越多，企業研發投入強度越小。實證結果顯示，採用不同方式來衡量研發投入強度仍得到與前面一致的研究結論，因此可以排除本書研究結論是由研發數據處理導致的可能性。

表 5-19　媒體報導與企業研發投入：研發投入強度的不同衡量方式

變量	研發費用占營業收入的比重 R&D1		研發費用占營業成本的比重 R&D2	
	（1）PRESS	（2）BIG8	（3）PRESS	（4）BIG8
MEDIA	-0.156** (-2.30)	-0.131** (-2.11)	-0.161** (-2.13)	-0.138** (-2.01)
SIZE	0.071 (0.30)	0.072 (0.30)	0.097 (0.38)	0.098 (0.38)
LEV	-0.871 (-1.35)	-0.843 (-1.31)	-0.907 (-1.32)	-0.877 (-1.27)
ROA	0.817 (0.77)	0.796 (0.76)	1.741* (1.69)	1.720* (1.67)
LNAGE	-0.761 (-0.88)	-0.801 (-0.93)	-1.721* (-1.78)	-1.761* (-1.83)
TOBINQ	-0.036 (-0.48)	-0.036 (-0.49)	0.024 (0.29)	0.024 (0.28)
PPEASSETS	0.444 (0.42)	0.437 (0.41)	-0.121 (-0.10)	-0.129 (-0.10)
CAPEXASSET	2.451** (2.38)	2.408** (2.34)	2.682** (2.38)	2.640** (2.34)
GROWTH	-0.100 (-0.84)	-0.099 (-0.83)	-0.084 (-0.64)	-0.083 (-0.63)
HHI	-1.583 (-0.36)	-1.483 (-0.34)	-1.589 (-0.34)	-1.485 (-0.31)
INSTOWN	-0.267 (-1.07)	-0.267 (-1.07)	-0.043 (-0.15)	-0.043 (-0.15)
SOE	0.120 (0.34)	0.123 (0.34)	0.139 (0.40)	0.141 (0.41)
MARKET	1.700 (0.53)	1.638 (0.51)	2.283 (0.70)	2.215 (0.68)
CONSTANT	-1.206 (-0.15)	-1.118 (-0.14)	-0.560 (-0.07)	-0.447 (-0.05)
年度	控制	控制	控制	控制
行業	控制	控制	控制	控制
Adj.R^2	0.139	0.138	0.106	0.105
樣本數	3,350	3,350	3,350	3,350

5.4.4.5 媒體報導對競爭對手研發投入的增量影響

前面考察媒體報導對競爭對手研發投入的影響時，考慮到媒體報導企業創新與被報導企業研發活動高度相關，因此未控制被報導企業研發投入強度。在穩健性測試部分，本書增加控制了被報導企業研發投入強度 ($R\&D$)，以考察媒體報導對競爭對手研發投入的增量影響。表 5-20 報告了主要的迴歸結果。在第（1）列和第（2）列中，$R\&D$ 的系數分別為 0.231 和 0.230，且都在 1% 水準下顯著，表明被報導企業的創新活動對競爭對手的研發投入具有顯著的正向影響。第（1）列的媒體報導變量採用媒體是否報導企業創新的虛擬變量 DINNOPRESS，其系數為 0.226，符號與假設預期相符，但在統計上不顯著。第（2）列的媒體報導變量採用媒體對企業創新的報導頻次 INNOPRESS，其系數為 0.248，在 10% 水準下顯著，表明媒體對上市公司創新活動的報導數量增加 1 個百分點，則其競爭對手的研發支出占總資產平均餘額的比重平均將上升 0.248%。以上結果表明，在控制了被報導企業自身的研發投入後，媒體報導其創新對競爭對手研發投入仍具有增量影響。

表 5-20　媒體報導對競爭對手研發投入的增量影響

變量	COR&D	
	（1） DINNOPRESS	（2） INNOPRESS
MEDIA	0.226 (1.51)	0.248* (1.83)
R&D	0.231*** (4.93)	0.230*** (4.95)
COSIZE	−0.308*** (−4.16)	−0.325*** (−4.27)
COLEV	−0.018 (−0.04)	−0.012 (−0.03)
COROA	4.622*** (3.28)	4.690*** (3.33)
COLNAGE	−0.388** (−2.12)	−0.376** (−2.04)
COTOBINQ	−0.147 (−1.64)	−0.147 (−1.65)

表5-20(續)

變量	COR&D	
	(1) DINNOPRESS	(2) INNOPRESS
COPPEASSETS	-0.646 (-1.29)	-0.616 (-1.23)
COCAPEXASSET	1.581 (1.22)	1.534 (1.18)
COGROWTH	0.118 (0.93)	0.116 (0.91)
COHHI	1.163 (1.04)	1.234 (1.11)
COINSTOWN	0.401 (1.25)	0.406 (1.27)
COSOE	0.187 (1.01)	0.183 (0.99)
COMARKET	0.973*** (2.78)	0.996*** (2.86)
CONSTANT	6.376*** (3.65)	6.635*** (3.77)
年度	控制	控制
行業	控制	控制
Adj.R^2	0.209	0.211
樣本數	832	832

5.5 本章小結

本章從委託代理理論的視角分析了媒體報導對企業研發活動的兩種影響效應——信息仲介效應和市場壓力效應。實證結果發現，媒體對企業的新聞報導越多，企業研發投入強度越小；媒體負面報導越多，企業研發投入強度越小；媒體對企業業績的報導越多，企業研發投入強度越小；關於企業創新的報導對企業創新活動的促進作用不顯著。以上結果印證了市場壓力假設：媒體報導給管理者帶來了短期業績壓力，誘發了管理者的投資短視行為，具體表現為削減收益滯後、風險大的研發活動投入。本章採用工具變量法排除內生性問題後，仍得出以上結論。在穩健性檢驗中，本章

考察了媒體的當期效應和網絡媒體報導對企業研發活動的影響，選擇媒體報導和企業研發投入強度的不同衡量方式，主要結論仍然保持一致，表明實證結論穩健。

　　本章的研究結論對中國創新驅動發展戰略的實施具有重要借鑑意義。研究結論表明，媒體報導並非在所有領域都能發揮積極的公司治理作用，從企業研發活動的視角，媒體報導給管理者帶來的市場壓力反而會對企業造成負面影響，媒體的雙刃劍作用應該引起重視。如何制定合理的激勵約束機制，改變企業管理者面臨媒體壓力時的行為策略顯得尤其重要。中國政府在積極實施創新驅動的發展戰略過程中，不能完全相信媒體報導的外部治理作用，更應注重提升企業的內在創新動力，通過制定有效政策來引導企業自主研發創新，實現經濟的可持續增長。企業應積極探尋創新動機不足的解決之道，不斷完善內部監督激勵機制。例如，在設計管理者薪酬契約的過程中，企業應更注重創新活動的投入和長期價值的增長，以緩解管理層的短視行為。此外，本章的研究結論還表明，關於企業創新的媒體報導對其競爭對手的研發活動產生了積極的影響。媒體報導企業的創新活動會在競爭對手間產生「同群效應」，競爭對手迫於競爭壓力會進行更多的研發活動。創新是經濟發展的原動力，也是企業得以保持競爭優勢的法寶。企業在面臨競爭壓力時選擇加大研發投入，這恰恰印證了研發創新對於企業的重要性。

6
媒體報導影響企業研發投入的機制分析

6.1　引言

　　本書第五章已通過搜集國內紙質媒體對上市公司的新聞報導，實證檢驗了媒體報導對企業研發投入的具體影響，結果表明新聞媒體對企業的報導越多，企業研發投入強度越小。實證結果支持市場壓力假設，新聞媒體對上市公司的關注報導給管理者帶來了市場壓力，誘發了管理者削減收益滯後且風險較大的研發投資，進而阻礙了企業的創新活動。本章試圖實證檢驗媒體報導影響企業研發投入的中間機制，通過比較媒體報導對不同類型企業研發投入的影響差異，對媒體帶來的短期業績壓力和「收購威脅」壓力進行驗證。本章將樣本公司按照代理問題是否更嚴重進行分類，具體按照產權屬性和高管是否持股分組進行檢驗，以期識別媒體報導是否帶來短期業績壓力；將樣本公司按照是否存在管理防禦分組進行檢驗，考察媒體帶來的「收購威脅」壓力。

　　本章以2007—2013年中國上海、深圳兩地A股上市公司為研究樣本，在第五章研究結論的基礎上對媒體報導影響企業研發投入的邏輯路徑進行實證檢驗。

6.2　研究假設

　　本章考察了媒體報導對不同類型企業研發投入的影響差異，以此辨別媒體報導作用於企業研發投入的中間機制。一方面，本章通過考察媒體報導對企業研發投入的抑製作用是否在代理問題更嚴重的國有上市公司以及高管沒有持股的公司中更顯著，辨析出媒體報導是否給管理者帶來短期業績壓力；另一方面，本章通過考察媒體報導對企業研發投入的抑製作用是否在沒有管理防禦的公司中更顯著，辨析出媒體報導是否給管理者帶來收購威脅壓力。

6.2.1 基於產權屬性的視角

具有中國特色的國有產權制度為研究媒體報導如何影響企業研發投入提供了一個特有的視角。與非國有上市公司相比，國有上市公司的委託代理問題更為嚴重。國有企業存在嚴重的政府主體缺位問題，與民營企業不同，不存在一個具有強烈監督動機的私人所有者（Laffont & Tirole, 1993）。所有者缺位、內部人控制問題等天然缺陷導致國有上市公司的激勵、監督和約束機制失效（張維迎，1995；錢穎一，1999）。在中國特殊的制度背景下，國有上市公司高管由政府直接任命，管理者表面上是企業的職業經理人，實質上更像是政府官員。一些管理者關心自身的政治晉升勝過企業的長期價值，因此在有限的任期內，更傾向於較早地實現自己的政績，表現出對可即時測量的企業短期業績的過度追求，相比非國有上市公司的管理者更短視，在決策時背離企業利益的可能性更高，體現出更嚴重的代理問題。國有企業管理者具有更低的努力水準和適當經營的激勵，進行創新和削減成本的激勵程度也顯著較低（Shleifer，1998）。楊瑞龍等（2013）發現國有企業管理者的升遷與個人薪酬、企業長期價值之間沒有顯著關係，但與企業短期營業收入增長率顯著正相關。這也印證了其他文獻關於國有企業會計業績的激勵契約比非國有企業更有效的研究結論（Firth 等，2006；Conyon & He，2012）。姜付秀等（2014）直接考察了國有企業和非國有企業管理者的薪酬激勵和解職懲罰與企業會計績效的關係，結果發現國有企業管理者的薪酬和解職與會計績效的敏感性都比非國有企業高。他們認為這是由於國有企業提高業績的顯性要求更高，受到來自媒體公眾更強的社會監督。這充分說明國有企業管理者的激勵機制扭曲，更關注顯性的短期業績，導致了管理層更嚴重的短視行為。如果媒體報導是通過給管理者帶來短期業績壓力而阻礙企業研發活動的，那麼媒體報導與企業研發投入的負相關關係在國有上市公司中應該更為顯著。基於以上分析，本書認為按照企業產權屬性進行分組，檢驗媒體報導對企業研發投入的影響可以辨析出管理者的短期業績壓力機制，於是提出以下假設：

假設6-1：相對於非國有上市公司，媒體報導對企業研發投入的阻礙作用在國有上市公司中更顯著。

6.2.2 基於高管持股的視角

委託代理理論為管理者短視行為的動機提供了理論解釋，在兩權分離背景下，企業所有者作為投資人，享有資產的所有權和剩餘價值索取權，卻局限於有限的時間、精力和知識能力等，通常委任具有專業知識和管理能力的職業經理人進行經營管理。經理人按照薪酬契約履行自己的職責，獲取相應的報酬。代理人和委託人的效用函數並不一致，在實現各自利益最大化的目的時難免存在衝突。管理者作為代理人，他們擁有資產的使用支配權，在進行決策時會基於提升自己薪酬、增加在職消費或者降低自己風險的考量而選擇背離股東價值最大化的方案。管理者和所有者在投資決策上同樣存在衝突，所有者偏好企業價值最大化的最優投資組合，而管理者通常希望盡快實現自己的薪酬和良好業績帶來的對其能力的認可，因此他們會低估收益滯後的研發活動等長期投資的價值。此外，管理者常常是風險厭惡的，企業的研發創新活動不僅僅取決於管理者的經營管理能力，還受很多管理者不能控制的內外部因素的影響，未來收益的實現具有較大的風險，一旦投資失敗，管理者擔心所有者和經理人市場會將失敗的原因歸為管理者能力不足從而造成報酬和聲譽的損失，他們往往也會低估未來不確定的收益價值，最終造成對研發投入等長期投資項目的有意削減，造成投資短視行為。已有研究發現高管持股可以改變管理者的收益函數和風險偏好，緩解代理衝突，進而增加企業研發投入，緩解投資短視問題（Dechow & Sloan，1991；劉運國和劉雯，2007；馮根福和溫軍，2008）。如果媒體報導是通過給管理者帶來短期業績壓力而阻礙企業研發活動的，那麼媒體報導與企業研發投入的負相關關係在高管沒有持股的公司中應該更為顯著。基於以上分析，本書認為按照公司高管是否持股進行分組，檢驗媒體報導對企業研發投入的影響可以辨析出管理者的短期業績壓力機制，於是提出以下假設：

假設 6-2：相對於高管持股的公司，媒體報導對企業研發投入的阻礙作用在高管沒有持股的公司中更顯著。

6.2.3　基於管理防禦的視角

企業控制權市場的「收購威脅」理論假說認為，企業面臨被敵意收購和管理者被撤換的威脅導致了短視投資行為。斯特思（Stein，1988）認為收購方企業通常尋找那些研發費用高、價值被低估的企業作為收購對象，因此研發支出越大，越有可能成為收購對象，管理者為了避免這種情況發生，出於對職位風險的考慮，會傾向於削減研發支出。媒體對上市公司的新聞報導將企業相關信息傳遞給受眾，一方面有利於企業信息環境的改善，另一方面會通過增加投資者的關注而影響股票交易量，使股票流動性不足得到緩解。然而企業信息環境越好、股票流動性越高也使得企業越有可能成為敵意收購的對象（Amel-Zadeh & Zhang，2015；Kyle & Vila，1991；Fang 等，2014）。由於投資者不能正確識別管理者長期無形資產投資的價值，更高的敵意收購風險誘發管理者為避免職位不保的損失而進行更多的短視投資行為，減少價值被低估的創新活動項目（Stein，1988）。

科內貝爾（Knoeber，1986）認為企業的 CEO「黃金降落傘」計劃可以讓 CEO 不用擔心因被收購而丟失職位，進而使 CEO 能夠做出最優的長期投資決策。實證結果顯示企業研發支出與「黃金降落傘」計劃正相關，支持「收購威脅」假設。伯恩斯坦（Bernstein，2015）發現企業 IPO 行為阻礙了企業的創新活動，進一步的實證結果表明管理防禦（managerial entrenchment）對 IPO 與企業創新的關係具有調節作用，緩解了 IPO 對企業創新的阻礙，從而印證了「收購威脅」假說。本書採用同樣的思路，如果媒體報導是通過給管理者帶來「收購威脅」，引起管理者削減研發投入的，那麼媒體報導與企業研發投入的負相關關係在存在管理防禦的企業中應該得到緩解。基於以上分析，本書認為按照企業是否存在管理防禦進行分組，檢驗媒體報導對企業研發投入的影響可以辨析出管理者面臨的「收購威脅」壓力機制，於是提出以下假設：

假設6-3：相對於存在管理防禦的企業，媒體報導對企業研發投入的抑製作用在不存在管理防禦的企業中更顯著。

6.3 研究設計

6.3.1 主要變量的衡量

6.3.1.1 媒體報導

本章媒體報導的衡量與第五章保持一致，仍採用全國紙上媒體報導數加1取自然對數來衡量企業的媒體報導。第五章主要實證結果為媒體關注報導越多，企業研發活動越少。進一步分媒體語氣和報導內容視角得出的實證結論顯示，媒體的負面報導和對企業業績的報導顯著抑制了企業研發投入，而關於企業創新的報導對企業研發投入沒有顯著的影響，由此可見，媒體報導對企業研發投入的影響主要是由媒體關注度帶來的。因此，本章分組檢驗時採用反應媒體整體關注度的全國紙上媒體報導數來衡量媒體報導。

6.3.1.2 企業研發投入

本章關於企業研發投入的衡量與第五章保持一致，仍借鑑默克利（Merkley，2014）等的做法，用R&D投入強度來衡量企業研發活動投入。R&D支出數據來源於萬得數據庫中衍生財務報表數據庫，該數據庫提供了上市公司年報及其附註中研發費用的詳細信息。

6.3.2 樣本選擇與數據來源

本章以2007—2013年中國上海、深圳兩地A股上市公司為研究樣本，並進行了如下處理：一是剔除金融行業的上市公司；二是剔除了ST（退市風險警示）公司等特殊樣本；三是剔除相關數據缺失的公司；四是為了消除異常值的影響，對所有連續變量進行1%~99%水準的Winsorize處理，最終獲得3,350個公司（年度）觀測值來考察媒體報導對企業研發投入的影響。

本書的市場化程度用樊綱等（2011）編製的中國各地區的市場化指數中的地區市場化進程總得分來衡量。產權屬性數據系通過手工收集並分析上市公司年報中披露的實際控制人信息得到。其他財務數據均來源於國泰安中國上市公司財務報表數據庫。

6.3.3 模型設定與變量選擇

本章的模型與模型 5-1 相同，仍選用雙向固定效應模型（Two-way FE），設定如下：

$$R\&D_{it} = \alpha + \beta PRESS_{it-1} + \rho \sum CONTROL_{it-1} + \gamma_t + \mu_i + \varepsilon_{it} \quad (6-1)$$

被解釋變量為企業研發投入強度，解釋變量為上市公司的全國紙上媒體報導。CONTROL 表示控制變量，具體控制變量選取方式與第五章相同（參見 5.3.3）。分組變量為產權屬性（SOE）、高管持股（EXHOLD）和管理防禦（CEOCH）。各變量的具體定義和計算方法詳見表 6-1 變量說明。

表 6-1　變量說明

1. 被解釋變量	
R&D	企業研發投入強度等於上市公司當期的研發費用占總資產平均餘額的比重，用百分數表示
2. 解釋變量	
PRESS	全國紙上媒體報導等於全國紙上媒體當年對上市公司的新聞報導總數加 1 取自然對數
3. 控制變量	
SIZE	企業規模等於上市公司年末總資產的自然對數
LEV	資產負債率等於上市公司年末的總負債除以總資產
ROA	總資產淨利潤率等於上市公司的淨利潤除以總資產平均餘額
LNAGE	企業存續時間等於上市公司成立時間加 1 取自然對數
TOBINQ	企業 Tobin's Q 值等於上市公司市值除以資產總計
PPEASSETS	總資產中固定資產的比例等於固定資產淨額加在建工程淨額加工程物資加固定資產清理的總和除以年末總資產
CAPEXASSET	資本性支出占總資產比率等於資本性支出除以年末總資產

表6-1(續)

GROWTH	企業發展速度等於上市公司本年營業收入減去上一年營業收入除以上一年營業收入
HHI	行業集中度等於行業內各企業營業總收入與該行業所有企業營業總收入之和的比值的平方和
INSTOWN	機構持股比例等於上市公司所有機構投資者持股占總流通股的比例
SOE	產權屬性，虛擬變量，如果上市公司的實際控制人為國有企業或各級政府則等於1，否則等於0
MARKET	市場化程度等於上市公司所在地市場化進程總得分
4. 分組變量	
SOE	產權屬性，虛擬變量，如果上市公司的實際控制人為國有企業或各級政府則等於1，否則等於0
EXHOLD	高管持股，虛擬變量，如果上市公司的高管持有該公司的股份則等於1，否則等於0
CEOCH	管理防禦參照伯恩斯坦（Bernstein, 2015），採用CEO是否兼任董事長這一虛擬變量來衡量，如果上市公司的CEO和董事長是同一人則等於1，否則則等於0

6.4 實證結果

6.4.1 描述性統計分析

表6-2提供了主要變量的描述性統計。產權屬性（SOE）的均值為0.459，說明樣本企業中45.9%為國有上市公司，區分市場板塊後發現國有上市公司主要集中在主板，主板市場中70%為國有屬性。高管持股（EXHOLD）的均值為0.797，即79.7%的上市公司高管持有企業股份，中國上市公司管理層持股現象比較普遍。管理防禦（CEOCH）的均值為0.23，表示僅23%的上市公司的CEO和董事長是同一人。本書所有控制變量的標準差均在正常範圍之內，說明進行Winsorize處理之後，已不再受嚴重的極端值影響。

表 6-2 描述性統計結果

變量	觀測值	均值	標準差	MIN	P25	P50	P75	MAX
R&D	3,350	1.952	1.864	0.007	0.493	1.508	2.791	9.095
PRESS	3,350	2.117	0.871	0.693	1.386	2.079	2.639	4.635
SIZE	3,350	21.785	1.205	19.726	20.915	21.572	22.393	25.652
LEV	3,350	0.434	0.210	0.044	0.272	0.443	0.597	0.888
ROA	3,350	0.057	0.058	-0.139	0.021	0.049	0.087	0.242
LNAGE	3,350	2.493	0.415	1.387	2.283	2.547	2.798	3.243
TOBINQ	3,350	1.959	1.119	0.766	1.249	1.587	2.251	6.939
PPEASSETS	3,350	0.288	0.172	0.020	0.151	0.255	0.395	0.760
CAPEXASSET	3,350	0.072	0.057	0.002	0.030	0.057	0.099	0.263
GROWTH	3,350	0.219	0.343	-0.405	0.024	0.170	0.348	1.954
HHI	3,350	0.067	0.067	0.020	0.030	0.042	0.070	0.350
INSTOWN	3,350	0.372	0.236	0.002	0.168	0.358	0.561	0.882
SOE	3,350	0.459	0.498	0	0	0	1	1
MARKET	3,350	2.296	0.202	1.788	2.147	2.305	2.449	2.549
EXHOLD	3,350	0.797	0.403	0	1	1	1	1
CEOCH	3,350	0.230	0.421	0	0	0	0	1

6.4.2 迴歸結果分析

表 6-3 報告了分組檢驗的實證結果，被解釋變量均為企業研發投入強度（R&D）。第（1）列和第（2）列是按照產權屬性進行分組的迴歸結果，從媒體報導（PRESS）的系數可以發現，在國有組和非國有組中該系數都為負，但僅國有組在10%水準下顯著，非國有組並不顯著，說明媒體報導對企業創新投入的抑制作用在國有上市企業中更顯著，從而驗證了本書的假設6-1。第（3）列和第（4）列是按照高管是否持股進行分組的迴歸結果，媒體報導（PRESS）的系數分別為-0.086和-0.122，在高管持股的樣本企業中不顯著，而在高管沒有持股的樣本企業中在10%水準下顯

著。這說明媒體報導對企業創新投入的抑製作用在高管持股的企業中得到了緩解，從而驗證了本書的假設 6-2。第（5）列和第（6）列是按照企業是否存在管理防禦進行分組的迴歸結果，媒體報導（PRESS）的係數在兩組中都為負，但僅在沒有管理防禦的樣本企業中顯著。結果表明管理防禦緩解了媒體報導對企業創新投入的抑制，驗證了本書的假設 6-3，支持「收購威脅」理論假設。

表 6-3 媒體報導與企業研發投入：分組分析

變量	R&D					
	國有屬性		高管是否持股		管理防禦	
	（1）是	（2）否	（3）是	（4）否	（5）是	（6）否
PRESS	-0.128*	-0.070	-0.086	-0.122*	-0.156	-0.085*
	(-1.93)	(-1.29)	(-1.05)	(-1.68)	(-1.03)	(-1.83)
SIZE	-0.229	-0.630***	-0.421**	-0.268	-0.685**	-0.249
	(-1.16)	(-3.05)	(-2.45)	(-1.08)	(-2.36)	(-1.54)
LEV	0.380	0.218	0.180	1.254	0.124	0.663*
	(0.64)	(0.37)	(0.36)	(1.64)	(0.12)	(1.69)
ROA	0.687	2.256**	1.510**	2.713**	0.746	1.971***
	(0.89)	(2.22)	(2.10)	(2.08)	(0.71)	(2.81)
LNAGE	-1.221	-1.878**	-1.923***	0.494	-1.937	-1.481**
	(-1.24)	(-2.35)	(-2.75)	(0.44)	(-1.53)	(-2.18)
TOBINQ	0.101*	-0.016	0.039	0.099	0.105	0.030
	(1.75)	(-0.27)	(0.77)	(1.62)	(1.12)	(0.66)
PPEASSETS	-0.556	0.871	0.051	-0.215	1.454	-0.159
	(-0.75)	(1.47)	(0.08)	(-0.21)	(1.43)	(-0.28)
CAPEXASSET	2.166**	0.143	1.127*	-0.109	0.143	0.745
	(2.37)	(0.19)	(1.70)	(-0.10)	(0.12)	(1.10)
GROWTH	0.124	0.137	0.161**	0.025	0.389***	0.035
	(1.24)	(1.27)	(2.01)	(0.16)	(2.89)	(0.39)
HHI	2.764	0.115	0.485	3.401	-5.677	2.466
	(1.12)	(0.03)	(0.16)	(1.09)	(-1.10)	(0.98)
INSTOWN	-0.152	-0.009	-0.146	-0.070	0.165	-0.167
	(-0.66)	(-0.04)	(-0.77)	(-0.22)	(0.47)	(-0.95)
SOE	—	—	0.324	0.411	2.727***	0.316
	—	—	(0.96)	(1.18)	(6.71)	(1.57)

表6-3(續)

變量	R&D						
	國有屬性		高管是否持股		管理防禦	
	(1)是	(2)否	(3)是	(4)否	(5)是	(6)否
MARKET	−0.546	5.493*	3.534	−1.814	−0.186	3.129
	(−0.17)	(1.86)	(1.29)	(−0.36)	(−0.05)	(1.16)
CONSTANT	9.532	4.989	5.806	8.184	19.150*	2.084
	(1.16)	(0.69)	(0.85)	(0.72)	(1.65)	(0.30)
年度	控制	控制	控制	控制	控制	控制
行業	控制	控制	控制	控制	控制	控制
Adj.R^2	0.166	0.095	0.128	0.168	0.120	0.140
樣本數	1,537	1,813	2,669	681	769	2,581

6.4.3 穩健性測試

前面在衡量企業研發投入強度時，採用研發費用占總資產的比重來衡量，而已有文獻除了採用該方式衡量外，還有的採用單位營業收入的研發投入和單位營業成本的研發投入來衡量研發投入強度。因此，為排除研究結論與數據處理方式有關，本章分別採用研發費用占營業收入的比重和研發費用占營業成本的比重來衡量研發投入強度，實證檢驗得到了類似的結論。表6-4和表6-5報告了這兩種衡量方式的主要迴歸結果。在表6-4中，被解釋變量是研發費用占營業收入的比重衡量的研發投入強度（R&D1）。在表6-5中，被解釋變量是研發費用占營業成本的比重衡量的研發投入強度（R&D2）。分組結果均顯示，在國有產權屬性、高管沒有持股和不存在管理防禦的企業中，媒體報導對企業研發活動的抑製作用更顯著，與前面的研究結論保持一致。

表 6-4 媒體報導與企業研發投入（R&D1）：分組分析

變量	R&D1 國有屬性 (1) 是	(2) 否	高管是否持股 (3) 是	(4) 否	管理防禦 (5) 是	(6) 否
PRESS	-0.153* (-1.74)	-0.163 (-1.59)	-0.106 (-1.35)	-0.254* (-1.78)	0.086 (0.53)	-0.186** (-2.57)
SIZE	0.402 (1.47)	-0.346 (-0.89)	-0.032 (-0.12)	0.449 (0.86)	-0.486* (-1.93)	0.332 (1.26)
LEV	-0.212 (-0.25)	-1.739* (-1.80)	-1.051 (-1.40)	0.637 (0.50)	0.072 (0.05)	-0.808 (-1.27)
ROA	-0.446 (-0.47)	2.006 (1.13)	0.770 (0.61)	2.407 (1.30)	-0.502 (-0.37)	1.446 (1.35)
LNAGE	0.183 (0.15)	-1.946 (-1.45)	-0.564 (-0.59)	-2.082 (-0.69)	-0.753 (-0.51)	-0.764 (-0.69)
TOBINQ	0.028 (0.29)	-0.128 (-1.08)	-0.080 (-0.87)	0.113 (1.03)	0.088 (0.56)	-0.089 (-1.13)
PPEASSETS	-0.957 (-0.62)	2.478* (1.94)	0.316 (0.23)	-0.229 (-0.15)	0.110 (0.07)	0.307 (0.24)
CAPEXASSET	2.827** (2.29)	1.746 (1.13)	2.719** (2.16)	1.228 (0.61)	1.051 (0.56)	1.986 (1.64)
GROWTH	-0.117 (-0.75)	-0.044 (-0.25)	-0.096 (-0.75)	-0.142 (-0.50)	0.120 (0.63)	-0.124 (-0.88)
HHI	0.895 (0.25)	-4.329 (-0.48)	-3.258 (-0.62)	6.273 (0.70)	-18.815** (-2.12)	0.928 (0.20)
INSTOWN	-0.140 (-0.42)	-0.274 (-0.72)	-0.280 (-0.92)	-0.192 (-0.33)	0.507 (0.82)	-0.294 (-1.08)
SOE	— —	— —	0.139 (0.35)	-0.035 (-0.03)	2.373*** (3.86)	0.163 (0.63)
MARKET	-1.497 (-0.44)	5.867 (0.93)	4.344 (1.26)	-4.207 (-0.51)	2.453 (0.42)	2.473 (0.64)
CONSTANT	-4.292 (-0.44)	0.594 (0.04)	-4.888 (-0.63)	4.257 (0.16)	9.062 (0.59)	-8.566 (-0.84)
年度	控制	控制	控制	控制	控制	控制
行業	控制	控制	控制	控制	控制	控制
Adj.R^2	0.187	0.115	0.129	0.169	0.102	0.153
樣本數	1,537	1,813	2,669	681	769	2,581

表 6-5　媒體報導與企業研發投入（R&D2）：分組分析

變量	R&D2					
	國有屬性		高管是否持股		管理防禦	
	（1）是	（2）否	（3）是	（4）否	（5）是	（6）否
PRESS	-0.132	-0.175	-0.112	-0.270*	0.172	-0.210***
	(-1.41)	(-1.50)	(-1.26)	(-1.84)	(0.90)	(-2.65)
SIZE	0.475	-0.386	0.005	0.425	-0.568*	0.426
	(1.58)	(-0.91)	(0.02)	(0.75)	(-1.90)	(1.48)
LEV	-0.186	-1.843*	-1.117	0.882	-0.504	-0.800
	(-0.20)	(-1.80)	(-1.37)	(0.67)	(-0.32)	(-1.20)
ROA	0.124	3.345**	1.799	3.021	0.375	2.030**
	(0.12)	(1.98)	(1.48)	(1.53)	(0.26)	(2.08)
LNAGE	-0.075	-3.123**	-1.521	-3.100	-1.024	-1.649
	(-0.06)	(-2.05)	(-1.40)	(-0.92)	(-0.58)	(-1.33)
TOBINQ	0.058	-0.036	-0.016	0.159	0.187	-0.040
	(0.53)	(-0.28)	(-0.15)	(1.41)	(1.09)	(-0.45)
PPEASSETS	-1.652	1.985	-0.342	-0.384	0.538	-0.444
	(-0.88)	(1.44)	(-0.21)	(-0.25)	(0.32)	(-0.30)
CAPEXASSET	3.262**	1.859	3.076**	1.364	1.255	2.211*
	(2.51)	(1.07)	(2.22)	(0.63)	(0.57)	(1.69)
GROWTH	-0.052	-0.088	-0.100	-0.060	0.142	-0.105
	(-0.31)	(-0.46)	(-0.70)	(-0.19)	(0.57)	(-0.69)
HHI	1.281	-4.352	-3.658	7.565	-22.528**	1.440
	(0.35)	(-0.44)	(-0.64)	(0.77)	(-2.09)	(0.28)
INSTOWN	-0.045	0.040	-0.080	-0.025	0.884	-0.148
	(-0.13)	(0.09)	(-0.22)	(-0.04)	(1.20)	(-0.50)
SOE	—	—	0.167	0.048	1.530**	0.253
	—	—	(0.43)	(0.05)	(2.30)	(0.93)
MARKET	-0.716	6.042	4.659	-2.812	1.550	3.129
	(-0.22)	(0.91)	(1.29)	(-0.37)	(0.25)	(0.80)
CONSTANT	-6.778	4.005	-3.834	3.832	14.135	-9.814
	(-0.71)	(0.25)	(-0.46)	(0.15)	(0.84)	(-0.94)
年度	控制	控制	控制	控制	控制	控制
行業	控制	控制	控制	控制	控制	控制
Adj.R²	0.164	0.080	0.091	0.161	0.087	0.126
樣本數	1,537	1,813	2,669	681	769	2,581

6.5　本章小結

　　本章在上一章研究結論的基礎上，通過分組檢驗對媒體報導影響企業研發投入的中間機制進行實證考察。按照企業產權屬性和高管是否持股分組，結果發現媒體報導抑制了企業研發投入，且這種抑製作用在代理問題相對更嚴重的國有上市公司和高管沒有持股的上市公司中顯著，而在非國有上市公司和高管持股的上市公司中不顯著。實證結果驗證了媒體對企業的關注報導給管理者帶來了短期業績壓力，誘發了管理者過度關注短期業績的動機，削減了收益滯後、風險大的研發活動投入。按照企業是否存在管理防禦進行分組，結果發現媒體報導對企業研發投入的消極影響在不存在管理防禦的企業中顯著，而在具有管理防禦的企業中不顯著。實證結果說明管理防禦能夠有效緩解媒體報導對企業研發投入的抑製作用，驗證了媒體對企業的關注報導給管理者帶來了控制權市場的「收購威脅」壓力，使得管理者為避免職位丟失而做出短視的投資決策，減少了價值被低估的研發活動項目。

　　本章的研究發現有助於清晰認識媒體報導如何影響企業研發投入，同時也為如何完善管理者的監督激勵機制提供參考。首先，本章的研究結論為中國國有企業的有效治理提供思路。在面臨市場壓力時，國有企業的管理者更可能做出短視決策，國有企業的代理問題更為嚴重。中國國有企業佔很大比重，對資源的有效利用和經濟持續穩定發展起到非常重要的作用，因此加大國有企業治理力度，合理制定國有企業高管的考核任命機制和薪酬激勵機制顯得迫切緊要。其次，高管持股能夠改變管理者的收益函數，激勵管理者使其更可能按照股東利益最大化或企業價值最大化的目標進行決策，降低了企業的代理成本。此外，管理防禦常常由於容易引起管理者的「塹壕行為」，有損企業股東利益，因而被認為是不利於企業價值的設置，然而本書從企業研發活動的視角，發現了管理防禦對企業長期價值和長遠發展的貢獻。

7
媒體報導對企業研發投入經濟後果的影響

7.1 引言

前面就媒體報導如何影響企業研發投入進行理論和實證分析，驗證了媒體報導的市場壓力效應假設。本章進一步深入探討媒體報導對企業研發投入經濟後果的影響，考察了媒體報導對創新績效以及研發價值相關性的影響，從經濟後果來反觀媒體報導如何影響企業具體經濟行為。

創新的價值創造特性已得到實務界的廣泛認可，在經濟發展過程中發揮著重要作用，眾多學者在熊彼特技術創新理論基礎上對創新與企業價值的相關性進行研究。實證研究中，學者大多選用研發投入作為創新的替代變量，實際上是檢驗狹義的創新對價值的影響，基本得出研發投入與企業價值具有正相關關係的結論（Hershey & Weyg&，1955；Chauvin Hirschey，1993；Lev & Chung，2001；陳修德等，2011；任海雲，2014）。部分學者關注企業專利對企業價值的影響，大多認為企業專利能夠提升企業的價值（徐欣和唐清泉，2010；李詩等，2012；李仲飛和楊亭亭，2015）。此外，大量研究探討了企業規模、融資環境和公司治理特徵對企業創新價值相關性的影響，尤其關於公司治理對研發價值相關性的調節效應的研究取得了較大的進展。研究範圍涉及董事會結構和獨立性、所有權結構和性質、分析師跟蹤和兩職設置等，發現有效的公司治理機制能夠正向調節或增強研發的價值相關性（Chung等，2003；Le等，2006；Yeh等，2012；陳守明等，2012；孫維峰和黃祖輝，2013）。

本書理論分析部分就媒體報導對企業研發活動的影響機制已進行了深入的探討，發現媒體報導影響企業研發活動的兩種路徑——信息仲介效應和市場壓力效應。媒體作為信息仲介，可以緩解企業與外界的信息不對稱程度，使市場能夠甄別出企業研發的真正價值，促進市場定價效率，進而有效緩解管理者削減創新投資的短視動機。同時，媒體通過改變管理者的聲譽成本和引起行政介入可以發揮積極的公司治理功效，有效約束管理者並緩解代理衝突，使管理者更傾向於按照企業價值最大化目標來進行決

策，促進企業研發活動。總之，媒體信息仲介效應能夠有效約束管理者削減創新投資的短視行為，進而促進企業的研發活動。與之相反，媒體對企業的關注報導增加了企業的曝光度，增加短視投資者的持股，強化經理人市場的聲譽壓力，給管理者帶來了短期業績壓力。媒體通過改善企業信息環境、增強股票流動性，加大了企業被敵意收購的風險。媒體報導給管理者帶來的市場壓力，誘發管理者過度追求短期業績、削減創新投資的短視行為，進而阻礙企業的研發活動。媒體報導通過信息仲介效應和市場壓力效應對企業創新績效產生怎樣的影響？又是如何調節研發活動的價值相關性呢？最終能否提升企業創新的市場認同度？本章旨在解答上述問題。

本章在理論探討的基礎上，以 2007—2013 年中國上海、深圳兩地 A 股上市公司為研究樣本，實證檢驗了媒體報導對企業創新績效的影響及其對研發活動與企業價值之間關係的調節效應。

7.2 研究假設

根據信息仲介效應假說，媒體通過挖掘新信息或者整理、傳播已有信息，能夠改變上市公司的信息環境，降低企業與外界之間的信息不對稱程度（Bushee 等，2010）。即使媒體報導的內容不包括新的信息，也可以通過促進信息在投資者之間的傳播，有利於提高企業的透明度，降低了市場摩擦和交易成本最終促進交易的達成（Engelberg & Parsons，2011）。媒體的信息仲介作用使得資本市場的信息不對稱程度得到緩解，有利於提升金融資產的定價效率，進而提升股票市場效率（Fang & Peress，2009；Peress，2014）。有研究者（Liu & Zhang，2014）通過考察媒體在企業 IPO 情境下發揮的作用，發現企業在申請 IPO 期間的媒體報導越多，則初始收益率和長期價值均越高。在理性投資者假說下，媒體報導通過改變投資者的信息結構能夠影響其投資決策，進而影響資本市場的交易量和交易價格，有助於投資者和市場有效甄別企業創新活動的長期價值。此外，媒體作為獨立於立法、行政和司法之外的「第四權」，一方面會引起法律變革

或執法力度的加大，另一方面可以通過影響經理人在股東、社會公眾和潛在雇主心中的形象和聲譽對經理人的行為形成有效監督，發揮積極的公司治理功效（Dyck & Zingales, 2002）。在中國制度背景下，媒體通過引起相關行政機構的介入，能夠迫使上市公司採取積極的改進措施（李培功和沈藝峰，2010；楊德明和趙璨，2012）。媒體通過廣泛傳播信息對管理者行為形成有效監督，緩解管理者與股東之間的委託代理衝突，使得管理者減少機會主義行為，而更多地按照企業價值最大化目標進行決策。因此，媒體對企業的關注報導會對研發活動產生以下影響：第一，企業管理者進行的研發投資決策更接近企業價值最大化的最優組合；第二，企業管理者在監督約束下也較少產生道德風險問題，會按照契約要求認真履行自己的職責，在研發活動的執行過程中付出足夠的努力。基於以上兩點，企業的研發投資效率能夠得到提升，創新產出更高，更具有價值創造性。此外，一方面，從信息接收者的角度，市場及市場中的投資者更加容易甄別企業研發活動的價值，提升對研發價值的認同度；另一方面，從信息主體的角度，被報導企業管理者迫於輿論壓力和聲譽損失風險進行更有利於企業價值增值的研發創新活動。因此，媒體報導會對研發投入和企業價值之間的關係產生正向調節效應。本書提出如下假設：

假設7-1a：媒體報導越多，企業創新績效越高。

假設7-2a：媒體報導對企業研發投入的價值相關性具有正向調節效應。

媒體作為信息提供者和傳播者，有利於企業信息環境的改善和股票流動性不足的緩解，然而信息環境越好、股票流動性越強的企業往往越容易成為收購的對象（Amel-Zadeh & Zhang, 2010；Kyle & Vila, 1991；Fang等，2014）。媒體報導通過給管理者帶來控制權市場的「收購威脅」壓力，加大了管理者的職位損失風險，使其傾向於削減價值被低估的研發投資項目，轉而投資短期項目以提升短期業績（Stein, 1988；Fang等，2014）。由於媒體對企業的關注報導會引起投資者的持續關注，而行為金融學理論認為投資者注意力有限，沒有足夠的時間和經歷瞭解所有股票，因此其傾

向於購買媒體關注度高的股票。媒體的關注報導通過改變投資者的行為和情緒，進而引起股價和收益率的變化（Chan，2003；Vega，2006；Barber & Odean，2008；Gaa，2009），改變市場預期和分析師預期。媒體帶來的股市波動和流動性的增強，還會吸引更多基於短期投資為目的的個人投資者和機構投資者，其更關注短期業績同時缺乏有力監督的動機。媒體的聚焦放大鏡作用使管理者更多地曝光在公眾面前，強化了管理者基於經理人市場聲譽所致的短期業績壓力。管理者迫於媒體報導通過資本市場和經理人市場帶來的短期業績壓力，為了滿足市場投資者和分析師的預期，維持自己的薪酬水準或維護自己管理能力的聲譽，傾向於過度關注短期業績，削減收益滯後且風險較大的創新活動。

　　管理者如果以犧牲企業價值最大化為代價來滿足自己的私利，在決策時傾向於減少研發活動投入，則企業的創新投資不足不僅會引起增量研發的價值損失，而且還會導致前期創新投入的效率損失。企業研發活動不僅要求投入大量資金，而且由於研發活動具有相對高昂的調整成本，更要求資金投入的平穩持續（楊興權和曾義，2014），需要對研發資金進行長期安排，以保證企業創新的持續性，這也是保障創新績效的關鍵因素。如果管理者通過削減創新投資來達到短期業績目標，必然不能滿足企業研發活動的後續資金需求，使得前期的創新投入難以獲得期望的價值增值，創新效率大打折扣。另外，由於媒體報導吸引潛在短視個人或機構投資者的關注，其對短期利益的追求使其成為頻繁買賣的「交易者」，而非「持有者」。中國的資本市場尚不成熟，投資者專業化水準不高，往往更易受輿論引導，表現出更加明顯的「羊群」效應，股票市場上的投機氛圍濃厚。因此，這類投資者往往更容易低估企業創新活動的價值。無論從企業研發活動本身的價值含量，還是從市場投資者對其價值的認可程度來看，媒體報導都會對企業研發活動和企業價值之間關係產生負向的調節作用。

　　基於以上分析，本書提出如下假設：

假設 7-1b：媒體報導越多，企業創新績效越低。

假設 7-2b：媒體報導對企業研發投入的價值相關性具有負向調節效應。

7.3 研究設計

7.3.1 主要變量的衡量

7.3.1.1 媒體報導和企業研發投入

本章媒體報導和企業研發投入的衡量均與前面保持一致，詳細衡量方式見5.3.1和6.3.1。

7.3.1.2 創新績效

已有文獻對創新績效的衡量通常採用新產品信息和專利產出來衡量（姜濱濱和匡海波，2015）。新產品信息主要體現企業的產品創新，通常用來表徵企業的經濟創新績效，具體包括企業的新產品數量、新產品銷售收入占銷售總額的比重、新產品數量增長程度等。由於專利集中體現了企業的新技術、新工藝流程以及新產品，多數學者視專利為企業較合理的創新產出形式，能夠很好地衡量企業創新績效。本書參照哈格多恩和克洛特（Hagedoorn & Cloodt，2003）、陳勁等（2007）的做法，選用企業專利申請量作為創新績效的代理變量。

本書的專利數量數據來源於國泰安（CSMAR）數據庫中公司專利與研發創新，包含了國家知識產權局公布的上市公司歷年的專利申請數量等。

7.3.1.3 企業價值

已有文獻對企業價值的評價方式通常有兩種：一種是以淨資產收益率（ROE）、總資產收益率（ROA）、營業收入增長率等為代表的會計指標，另一種則是以Tobin's Q值、股價等為代表的市場價值指標。會計指標容易獲得但也容易被操縱，雖然一定程度上反應了企業的盈利能力和發展能力，但始終還是基於歷史數據的分析，無法囊括未來價值信息。市場指標不易測度但是不容易被操縱，而且能夠捕捉貨幣的時間價值，包含對未來盈利的預期等信息。相對於會計指標，市場指標更能夠反應企業價值的內涵。本書在考察媒體報導如何調節企業創新活動與企業價值之間的關係時，參照國內外文獻（Connolly & Mark，2005；夏立軍和方軼強，2005；

李詩等，2012；王鳳彬和楊陽，2013；任海雲，2014；等等）的常用衡量方式，選取了市場指標 Tobin's Q 值作為企業市場價值的代理變量。Tobin's Q 值數據及其他財務數據均來源於國泰安（CSMAR）數據庫。

7.3.2　樣本選擇與數據來源

本章以 2007—2013 年中國上海、深圳兩地 A 股上市公司為研究樣本，並進行了如下處理：一是剔除金融行業的上市公司；二是剔除了 ST 等特殊樣本；三是剔除相關數據缺失的樣本公司；四是為了消除異常值的影響，對所有連續變量進行 1%～99%水準的 Winsorize 處理，最終獲得 3,350 個公司（年度）觀測值來考察媒體報導對創新績效以及研發投入的價值相關性的影響。

本書的媒體報導數據為手工搜集整理得到的，原始數據來源於中國知網數據庫中的中國重要報紙全文數據庫。企業研發支出數據來源於萬得數據庫，其他財務數據來源於國泰安中國上市公司財務報表數據庫。

7.3.3　模型設定與變量選擇

7.3.3.1　媒體報導對創新績效的影響

本章採用專利申請量來衡量企業創新績效，為控制企業層面的不可觀測的個體異質性和時間趨勢性，本章選用雙向固定效應模型（Two-way FE）。模型設定如下：

$$PATENT_{it} = \alpha + \beta MEDIA_{it-1} + \rho \sum CONTROL_{it-1} + \gamma_t + \mu_i + \varepsilon_{it}$$

(7-1)

其中，i 表示企業，t 表示年度；PATENT 為企業創新績效，用企業的專利申請量來衡量；MEIDA 代表企業的媒體報導，分別用全國紙上媒體報導（PRESS）和八大報紙報導（BIG8）來衡量；CONTROL 表示控制變量，選取方式與模型（5-1）相同，並增加控制企業的研發投入強度（R&D）

及其平方項①。為避免內生性問題，本章所有媒體數據和控制變量均採用滯後一期的數據。t 和 μ 分別代表企業的時期效應和個體效應。各變量的具體定義和計算方法詳見表 7-1 變量說明 1。

表 7-1　變量說明 1

1. 被解釋變量	
PATENT	企業創新績效用企業專利申請數量加 1 取自然對數來衡量，包括專利申請總量（ALLP）、發明專利申請量（INVENTION）、實用新型專利申請量（UTILITYMODEL）和外觀設計專利申請量（DESIGN）
ALLP	專利申請總量等於上市公司當年申請的發明、實用新型和外觀設計三種專利的總數量加 1 取自然對數
INVENTION	發明專利申請量等於上市公司當年申請的發明專利數量加 1 取自然對數
UTILITYMODEL	實用新型專利申請量等於上市公司當年申請的實用新型專利數量加 1 取自然對數
DESIGN	外觀設計專利申請量等於上市公司當年申請的外觀設計專利數量加 1 取自然對數
2. 解釋變量	
MEDIA	上市公司媒體報導分別用全國紙上媒體報導（PRESS）和八大財經報紙媒體報導（BIG8）來衡量
PRESS	全國紙上媒體報導等於企業當年全國紙上媒體報導數加 1 取自然對數
BIG8	八大財經報紙媒體報導等於上市公司當年八大報紙報導數加 1 取自然對數
3. 控制變量	
R&D	企業研發投入強度等於上市公司當期的研發費用佔總資產平均餘額的比重，用百分數表示
R&D²	企業研發投入強度的平方
SIZE	企業規模等於上市公司年末總資產的自然對數
LEV	資產負債率等於上市公司年末的總負債除以總資產

---

① 參考康志勇（2013）的研究結論，研發投入強度與創新績效之間呈現倒 U 形關係。

表7-1(續)

ROA	總資產淨利潤率等於上市公司的淨利潤除以總資產平均餘額
LNAGE	企業存續時間等於上市公司成立時間加1取自然對數
TOBINQ	企業Tobin's Q值等於上市公司市值除以資產總計
PPEASSETS	總資產中固定資產的比例等於固定資產淨額加在建工程淨額加工程物資加固定資產清理的總和除以年末總資產
CAPEXASSET	資本性支出占總資產比率等於資本性支出除以年末總資產
GROWTH	企業發展速度等於上市公司本年營業收入減去上一年營業收入除以上一年營業收入
HHI	行業集中度等於行業內各企業營業總收入與該行業所有企業營業總收入之和的比值的平方和
INSTOWN	機構持股比例等於上市公司所有機構投資者持股占總流通股的比例
SOE	產權屬性，虛擬變量，如果上市公司的實際控制人為國有企業或各級政府則等於1，否則等於0
MARKET	市場化程度等於上市公司所在地市場化進程總得分

7.3.3.2 媒體報導對研發投入價值相關性的影響

為實證檢驗媒體報導對研發投入和企業價值之間關係的調節效應，並控制上市公司的個體效應和時間效應，本章選擇雙向固定效應模型（Two-way FE）。模型設定如下：

$$TOBINQ_{it} = \alpha + \beta_1 R\&D_{it} \times MEDIA_{it-1} + \beta_2 R\&D_{it} + \beta_3 MEDIA_{it-1} + \rho \sum CONTROL_{it} + \gamma_t + \mu_i + \varepsilon_{it} \qquad (7-2)$$

其中，i表示企業，t表示年度，TOBINQ為企業Tobin's Q值，是上市公司的市場價值與資本重置成本之比，代表企業價值；R&D為企業研發投入強度；MEIDA代表企業的媒體報導，分別用全國紙上媒體報導（PRESS）和八大報紙報導（BIG8）來衡量；R&D×MEDIA表示研發投入與各媒體報導變量的交乘；CONTROL表示控制變量，具體包括企業規模（SIZE）、企業財務槓桿（LEV）、企業年齡（LNAGE）、企業發展速度（GROWTH）和企業盈利能力（ROA）。本章旨在考察媒體報導作用於企業研發投入後對其價值相關性的影響，因此所有媒體數據均採用滯後一期的

數據。t 和 μ 分別代表企業的時期效應和個體效應。各變量的具體定義詳見表 7-2 變量說明 2。

表 7-2　變量說明 2

1. 被解釋變量	
TOBINQ	企業價值的代理變量，企業 Tobin's Q 值，是衡量企業價值的市場指標，等於上市公司市值除以重置成本，其中上市公司市值等於年末流通股市值+非流通股份占淨資產的金額+負債帳面價值，重置成本等於上市公司總資產
2. 解釋變量	
R&D×MEDIA	上市公司研發投入強度與媒體報導的交乘
3. 控制變量	
R&D	企業研發投入強度等於上市公司當期的研發費用占總資產平均餘額的比重，用百分數表示
MEDIA	上市公司媒體報導分別用全國紙上媒體報導（PRESS）和八大財經報紙媒體報導（BIG8）來衡量
PRESS	全國紙上媒體報導等於企業當年全國紙上媒體報導數加 1 取自然對數
BIG8	八大財經報紙媒體報導等於上市公司當年八大報紙報導數加 1 取自然對數
SIZE	企業規模等於上市公司年末總資產的自然對數
LEV	財務槓桿，即上市公司的資產負債率，等於上市公司年末的總負債除以總資產
LNAGE	企業年齡，即上市公司的存續時間，等於上市公司成立時間加 1 取自然對數
GROWTH	企業發展速度等於上市公司本年營業收入減去上一年營業收入除以上一年營業收入
ROA	企業盈利能力，即總資產淨利潤率，等於上市公司的淨利潤除以總資產平均餘額

7.4 實證結果

7.4.1 描述性統計分析

7.4.1.1 上市公司專利申請數量

表 7-3 報告了樣本公司 2007—2013 年的專利申請情況，並區分了發明、實用新型和外觀設計三種專利。表 7-3 中列示了樣本公司各年度各類專利的申請數量及占比。2007—2013 年，樣本公司專利申請總量為 125,615 個，其中發明專利申請量為 67,816 個，占總申請量的 54%；實用新型專利申請量為 43,166 個，占總申請量的 34%；外觀設計專利申請量為 14,633 個，占總申請量的 12%。創新性最高的發明專利申請量占了一半以上，可見上市公司的創新性較高。

表 7-3 分年度公司專利申請數量

年度	公司數量(個)	項目	專利總數	發明專利	實用新型	外觀設計
2007	105	總數量(個)	1,259	394	377	488
		均值	11.990	3.752	3.590	4.648
		占比(%)	100	31	30	39
2008	179	總數量(個)	8,032	5,960	1,409	663
		均值	44.872	33.296	7.872	3.704
		占比(%)	100	74	18	8
2009	253	總數量(個)	11,451	7,852	2,322	1,277
		均值	45.261	31.036	9.178	5.047
		占比(%)	100	69	20	11
2010	356	總數量(個)	13,845	8,314	3,946	1,585
		均值	38.890	23.354	11.084	4.452
		占比(%)	100	60	29	11

表7-3(續)

年度	公司數量(個)	項目	專利總數	發明專利	實用新型	外觀設計
2011	611	總數量(個)	25,904	13,983	9,185	2,736
		均值	42.396	22.885	15.033	4.478
		占比(%)	100	54	35	11
2012	869	總數量(個)	32,164	15,968	12,780	3,416
		均值	37.013	18.375	14.707	3.931
		占比(%)	100	50	40	10
2013	977	總數量(個)	32,960	15,345	13,147	4,468
		均值	33.736	15.706	13.456	4.573
		占比(%)	100	46	40	14
2007—2013	3,350	總數量(個)	125,615	67,816	43,166	14,633
		均值	37.497	20.244	12.885	4.368
		占比(%)	100	54	34	12

　　表7-4報告了分行業的企業專利申請數量，本書按照證監會2001年的行業標準，將上市公司分為22個行業，刪除了金融行業的樣本，因此報告了21個行業的公司年度樣本的統計情況。平均專利申請量最少的三個行業分別是「綜合類」「房地產業」「傳播與文化產業」，最多的三個行業是「採掘業」「信息技術業」「製造業－電子」。雖然R&D支出較多的行業擁有的專利數量也相應較多，但是並不完全成正比。例如，「信息技術業」的專利申請量就表現為異常多，說明信息技術行業的專利產出率較高。總之，與企業R&D支出類似，行業間的專利分佈情況也表現出差異，本書在後面的迴歸分析中也對行業按照此分類方式進行了控制。

表 7-4　分行業公司專利申請數量

行業	公司數量（個）	專利數均值	專利數最小值	專利數中位數	專利數最大值
農、林、牧、漁業	41	2.951	0	0	28
採掘業	85	116.200	0	2	4,374
製造業-食品、飲料	149	14.993	0	4	101
製造業-紡織、服裝、皮毛	102	11.422	0	2	95
製造業-木材、家具	15	7.667	0	2	27
製造業-造紙、印刷	77	15.429	0	5	207
製造業-石油、化學、塑膠、塑料	422	9.405	0	4	236
製造業-電子	260	55.565	0	11.5	2,067
製造業-金屬、非金屬	331	31.834	0	7	882
製造業-機械、設備、儀表	812	50.462	0	12	1,642
製造業-醫藥、生物製品	363	8.857	0	3	444
製造業-其他	35	12.714	0	8	52
電力、煤氣及水的生產和供應業	42	3.857	0	0	70
建築業	71	14.592	0	6	196
交通運輸、倉儲業	19	2.842	0	0	29
信息技術業	337	105.620	0	7	6,311
批發和零售貿易	46	1.109	0	0	33
房地產業	22	0.545	0	0	6
社會服務業	56	6.893	0	0.5	61
傳播與文化產業	17	1.059	0	0	7
綜合類	48	0.292	0	0	5
合計	3,350	37.497	0	5	6,311

同前面對企業 R&D 支出情況的描述類似，本書按照上市公司的註冊地址分區域[①]統計了上市公司專利數量，詳見表 7-5。從樣本分佈來看，

---

① 區域的劃分規則與 5.4.1 一致。

專利申請總數最多的區域為華南地區和華東地區。從公司平均專利數量來看，最多的是華南地區和華北地區，與區域內企業 R&D 支出較多一致。企業數量和平均專利數量較少的是東北地區和西北地區。與 R&D 支出的情況一樣，地區發達程度高的區域相應的企業申請的專利數量也較多，可見企業的創新產出和經濟發展密切相關。

表 7-5　分區域公司專利申請數量

區域	公司數量（個）	專利總數（個）	專利數均值	專利數最小值	專利數中位數	專利數最大值
東北地區	123	1,058	8.602	0	1	98
華北地區	468	24,001	51.284	0	3	4,374
華中地區	364	12,693	34.871	0	7	1,218
華東地區	1,431	35,551	24.843	0	6	1,642
華南地區	540	41,437	76.735	0	6	6,311
西北地區	142	1,631	11.486	0	2	246
西南地區	282	9,244	32.780	0	4	776
合計	3,350	125,615	37.497	0	5	6,311

7.4.1.2　主要變量描述性統計

表 7-6 和表 7-7 提供了主要變量的描述性統計。專利申請總數和三種專利申請數的最小值和 25% 分位數均為 0，有一小部分公司（年度）是沒有申請專利的。從表中數據來看，樣本上市公司 Tobin's Q 值（TOBINQ）的均值和中位數分別為 1.968 和 1.604，且普遍大於 1，表明上市公司創造的價值大於投入的資產成本，是財富的創造者；企業研發投入強度（R&D）的最小值和最大值差距較大，說明樣本公司間的研發投入強度差異大，分佈不均衡。企業財務槓桿（LEV）的均值和中位數分別為 0.444 和 0.447，樣本公司平均資產負債率為 44.4%，屬於正常水準；企業發展速度（GROWTH）的均值和中位數分別為 0.19 和 0.139，說明上市公司平均營業收入增長率為 19%，普遍具有較快的發展速度，但從四分位數來看，最小值為 -0.405，營業收入呈現負增長，而最大值為 1.954，營業收入增長

率高達 195.4%，上市公司間的差距比較大，發展不均衡；企業盈利能力（ROA）的均值為 0.05，中位數為 0.044，樣本公司平均總資產報酬率為 5%，基本符合中國上市公司的實情。本書所有控制變量的標準差均在正常範圍之內，說明進行 Winsorize 處理之後，已不再受嚴重的極端值影響。

表 7-6 描述性統計結果 1

變量	觀測值	均值	標準差	MIN	P25	P50	P75	MAX
ALLP	3,350	1.835	1.619	0	0	1.792	2.996	5.981
INVENTION	3,350	1.263	1.316	0	0	1.099	2.197	5.069
UTILITYMODEL	3,350	1.155	1.414	0	0	0.693	2.197	5.231
DESIGN	3,350	0.44	1.015	0	0	0	0	4.543
PRESS	3,350	2.117	0.871	0.693	1.386	2.079	2.639	4.635
BIG8	3,350	1.785	0.733	0.693	1.099	1.792	2.303	3.807
R&D	3,350	1.952	1.864	0.007	0.493	1.508	2.791	9.095
R&D1	3,350	3.244	3.692	0.010	0.660	2.550	4.080	21.959
R&D2	3,350	3.652	4.493	0.010	0.689	2.681	4.546	27.591
SIZE	3,350	21.785	1.205	19.726	20.915	21.572	22.393	25.652
LEV	3,350	0.434	0.210	0.044	0.272	0.443	0.597	0.888
ROA	3,350	0.057	0.058	-0.139	0.021	0.049	0.087	0.242
LNAGE	3,350	2.493	0.415	1.387	2.283	2.547	2.798	3.243
TOBINQ	3,350	1.959	1.119	0.766	1.249	1.587	2.251	6.939
PPEASSETS	3,350	0.288	0.172	0.020	0.151	0.255	0.395	0.760
CAPEXASSET	3,350	0.072	0.057	0.002	0.030	0.057	0.099	0.263
GROWTH	3,350	0.219	0.343	-0.405	0.024	0.170	0.348	1.954
HHI	3,350	0.067	0.067	0.020	0.030	0.042	0.070	0.350
INSTOWN	3,350	0.372	0.236	0.002	0.168	0.358	0.561	0.882
SOE	3,350	0.459	0.498	0	0	0	1	1
MARKET	3,350	2.296	0.202	1.788	2.147	2.305	2.449	2.549

表7-7 描述性統計結果2

變量	觀測值	均值	標準差	*MIN*	*P*25	*P*50	*P*75	*MAX*
TOBINQ	3,350	1.968	1.121	0.766	1.249	1.604	2.260	6.939
R&D	3,350	1.952	1.864	0.007	0.493	1.508	2.791	9.095
R&D1	3,350	3.244	3.692	0.010	0.660	2.550	4.080	21.959
R&D2	3,350	3.652	4.493	0.010	0.689	2.681	4.546	27.591
PRESS	3,350	2.117	0.871	0.693	1.386	2.079	2.639	4.635
BIG8	3,350	1.785	0.733	0.693	1.099	1.792	2.303	3.807
SIZE	3,350	21.936	1.211	19.726	21.066	21.741	22.586	25.652
LEV	3,350	0.444	0.207	0.044	0.286	0.447	0.605	0.888
LNAGE	3,350	2.577	0.380	1.387	2.380	2.622	2.857	3.243
GROWTH	3,350	0.190	0.335	−0.405	0.005	0.139	0.302	1.954
ROA	3,350	0.050	0.060	−0.139	0.016	0.044	0.080	0.242

7.4.2 相關係數分析

本章對各變量做了Pearson和Spearman相關性檢驗，表7-8和表7-9分別報告了模型7-1和模型7-2各變量之間的相關係數。從表7-8中數據可見，媒體報導、企業研發投入強度與企業專利申請量的相關係數均顯著為正。從表7-9中數據可以看出，企業創新（*R&D*）與企業價值（*TOBINQ*）的Pearson相關係數和Spearman相關係數分別為0.184和0.207，且都在1%水準下顯著，說明企業研發投入強度越大，企業價值越高，與現有研究結論相符。無論是Pearson相關係數還是Spearman相關係數，企業規模（*SIZE*）、企業財務槓桿（*LEV*）和企業年齡（*LNAGE*）與企業價值（*TOBINQ*）的相關係數都顯著為負，而企業發展速度（*GROWTH*）、企業盈利能力（*ROA*）與企業價值（*TOBINQ*）的相關係數都在1%水準下顯著為正，表明從統計意義上看，控制變量都是與企業價值顯著相關的。此外，本章各個變量之間的Pearson相關性和Spearman相關性都屬於正常範圍，沒有表現出較高的相關性，說明模型中各變量間不存在嚴重的多重共線性問題。

表 7-8　模型 7-1 相關係數分析表

變量	ALLP	PRESS	R&D	R&D²	SIZE	LEV	ROA	LNAGE	TOBINQ	PPEASSETS	CAPEXASSET	GROWTH	HHI	INSTOWN	SOE	MARKET
ALLP	1	0.073 ***	0.306 ***	0.306 ***	0.150 ***	−0.011	0.136 ***	−0.178 ***	−0.029 **	−0.032 *	0.095 ***	0.065 ***	−0.021	0.099 ***	−0.033 *	0.118 ***
PRESS	0.122 ***	1	−0.150 ***	−0.150 ***	0.407 ***	0.228 ***	0.086 ***	0.064 ***	−0.008	−0.009	0.001	0.107 ***	−0.015	0.175 ***	0.206 ***	−0.130 ***
R&D	0.269 ***	−0.098 ***	1	1	−0.234 ***	−0.32 ***	0.267 ***	−0.235 ***	0.207 ***	−0.222 ***	0.102 ***	0.095 ***	0.121 ***	0.034 **	−0.269 ***	0.241 ***
R&D²	0.196 ***	−0.037 ***	0.924 ***	1	−0.234 ***	−0.312 ***	0.267 ***	−0.235 ***	0.207 ***	−0.222 ***	0.102 ***	0.095 ***	0.121 ***	0.034 **	−0.269 ***	0.241 ***
SIZE	0.190 ***	0.485 ***	−0.187 ***	−0.125 8 ***	1	0.501 ***	−0.060 ***	0.248 ***	−0.451 ***	0.122 ***	−0.017	0.022	−0.049 ***	0.359 ***	0.380 ***	−0.092 ***
LEV	0.006	0.241 ***	−0.274 ***	−0.199 ***	0.490 ***	1	−0.450 ***	0.245 ***	−0.352 ***	0.185 ***	−0.114 ***	−0.019	−0.127 ***	0.112 ***	0.354 ***	−0.127 ***
ROA	0.119 ***	0.107 ***	0.226 ***	0.187 ***	−0.035 **	−0.413 ***	1	−0.147 ***	0.410 ***	−0.259 ***	0.120 ***	0.365 ***	0.097 ***	0.232 ***	−0.176 ***	0.112 ***
LNAGE	−0.149 ***	0.068 ***	−0.199 ***	−0.145 ***	0.196 ***	0.244 ***	−0.096 ***	1	−0.097 ***	0.012	−0.188 ***	−0.119 ***	−0.043 ***	0.066 ***	0.278 ***	−0.155 ***
TOBINQ	−0.055 ***	0.026	0.184 ***	0.179 ***	−0.365 ***	−0.300 ***	0.407 ***	−0.031 *	1	−0.187 ***	−0.003	0.149 ***	0.124 ***	0.205 ***	−0.171 ***	0.028
PPEASSETS	−0.049 ***	−0.006	−0.254 ***	−0.219 ***	0.178 ***	0.218 ***	−0.250 ***	0.036 **	−0.189 ***	1	0.461 ***	−0.125 ***	−0.271 ***	0.009	0.142 ***	−0.114 ***
CAPEXASSET	0.056 ***	−0.014	0.044 ***	0.023	−0.033 **	−0.094 ***	0.074 ***	−0.196 ***	−0.032 **	0.419 ***	1	0.104 ***	−0.058 ***	−0.012	−0.122 ***	0.029 *
GROWTH	0.023	0.096 ***	0.079 ***	0.083 ***	0.044 **	0.020	0.275 ***	−0.075 ***	0.082 ***	−0.087 ***	0.074 ***	1	0.065 ***	0.081 ***	−0.078 ***	0.005
HHI	−0.010	0.043 **	0.139 ***	0.178 ***	0.054 ***	−0.071 ***	0.063 ***	−0.089 ***	0.056 ***	−0.174 ***	−0.016	0.052 ***	1	0.051 ***	−0.089 ***	0.062 ***
INSTOWN	0.121 ***	0.195 ***	0.061 ***	0.071 ***	0.362 ***	0.110 ***	0.255 ***	0.075 ***	0.229 ***	0.014	−0.016	0.057 ***	0.029 *	1	0.231 ***	−0.042 **
SOE	−0.014	0.222 ***	−0.210 ***	−0.134 ***	0.391 ***	0.355 ***	−0.137 ***	0.272 ***	−0.112 ***	0.179 ***	−0.117 ***	−0.045 ***	0.003	0.229 ***	1	−0.277 ***
MARKET	0.114 ***	−0.101 ***	0.198 ***	0.125 ***	−0.086 ***	−0.139 ***	0.085 ***	−0.148 ***	0.008	−0.137 ***	0.020	0.004	0.011	−0.034 **	−0.264 ***	1

註：①「*」「**」和「***」分別表示 10%，5% 和 1% 顯著性水準；②左下三角部分為 Pearson 相關係數檢驗結果，右上三角部分為 Spearman 相關係數檢驗結果。

表 7-9 模型 7-2 相關係數分析表

變量	TOBINQ	R&D	PRESS	SIZE	LEV	LNAGE	GROWTH	ROA
TOBINQ	1	0.207***	-0.097***	-0.451***	-0.352***	-0.097***	0.149***	0.410***
R&D	0.184***	1	-0.165***	-0.234***	-0.312***	-0.235***	0.095***	0.267***
PRESS	-0.054***	-0.116***	1	0.449***	0.254***	0.078***	0.027	0.046***
SIZE	-0.365***	-0.187***	0.523***	1	0.501***	0.248***	0.022	-0.060***
LEV	-0.300***	-0.274***	0.266***	0.490***	1	0.245***	-0.019	-0.450***
LNAGE	-0.031*	-0.199***	0.074***	0.196***	0.244***	1	-0.119***	-0.147***
GROWTH	0.082***	0.079***	0.038**	0.044**	0.02	-0.075***	1	0.365***
ROA	0.407***	0.226***	0.073***	-0.035**	-0.413***	-0.096***	0.275***	1

註：①「*」「**」和「***」分別表示 10%、5% 和 1% 顯著性水準；②左下三角部分為 Pearson 相關係數檢驗結果，右上三角部分為 Spearman 相關係數檢驗結果。

7.4.3 迴歸結果分析

7.4.3.1 媒體報導與公司創新績效

表 7-10 報告了模型 7-1 媒體報導與企業專利申請量的迴歸結果。在單變量迴歸（1）和多變量迴歸（2）中，解釋變量為全國紙上媒體報導（PRESS）。單變量迴歸中媒體報導 PRESS 的系數為-0.063，在10%水準下顯著。多變量迴歸中媒體報導 PRESS 的系數為-0.076，在5%水準下顯著，表明在其他條件不變的情況下，上市公司被報紙報導的新聞數量增加1個百分點，則企業的專利申請數量平均將降低0.076%，即企業的媒體報導越多，專利產出反而越少。表 7-8 相關係數分析表則顯示，媒體報導與企業專利申請量的相關係數顯著為正。這是由於相關係數分析沒有考慮其他因素的影響，而迴歸分析反應的是控制了其他可能影響企業專利申請量的因素之後，媒體報導與企業專利申請量之間的關係，因此迴歸系數更能說明媒體報導對企業專利申請量的影響。在迴歸（3）和迴歸（4）中，解釋變量為八大報紙報導（BIG8），BIG8 的系數分別為-0.054 和-0.063，其中迴歸（4）中 BIG8 的系數在10%水準下顯著，從符號來看與全國紙上媒體報導的結論一致。研發投入強度（R&D）的系數顯著為正，其平方項

表 7-10　媒體報導與專利申請總量

變量	ALLP (1) PRESS	(2) PRESS	(3) BIG8	(4) BIG8
MEDIA	−0.063* (−1.72)	−0.076** (−2.08)	−0.054 (−1.61)	−0.063* (−1.85)
R&D		0.107** (2.36)		0.106** (2.33)
$R\&D^2$		−0.015** (−2.53)		−0.015** (−2.48)
SIZE		0.165* (1.71)		0.163* (1.67)
LEV		−0.192 (−0.64)		−0.186 (−0.62)
ROA		0.731 (1.39)		0.722 (1.38)
LNAGE		0.269 (0.49)		0.244 (0.44)
TOBINQ		0.006 (0.20)		0.005 (0.17)
PPEASSETS		−0.085 (−0.20)		−0.087 (−0.21)
CAPEXASSET		−0.129 (−0.24)		−0.163 (−0.30)
GROWTH		0.010 (0.17)		0.008 (0.14)
HHI		−2.979* (−1.80)		−2.974* (−1.78)
INSTOWN		0.003 (0.02)		−0.002 (−0.01)
SOE		0.084 (0.50)		0.083 (0.50)
MARKET		−3.093 (−1.53)		−3.012 (−1.50)
CONSTANT	1.595*** (12.01)	4.704 (0.94)	1.557*** (12.83)	4.569 (0.91)
年度	控制	控制	控制	控制
行業	控制	控制	控制	控制
$Adj.R^2$	0.036	0.044	0.035	0.043
樣本數	3,350	3,350	3,350	3,350

($R\&D^2$)的係數顯著為負,與康志勇(2013)的研究結論相符,即研發投入強度與創新績效之間呈現倒 U 形關係。採用企業專利申請量來衡量創新績效得出的結論為媒體報導越多,企業創新績效越低。這驗證了本書的假設 7-1b。

中國專利具體包括發明專利、實用新型專利和外觀設計專利,各類專利的技術含量和價值含量存在差異,因此簡單用專利總數量不能區分創新程度的高低。本章考慮到這點,分別採用三種專利的申請量作為創新績效的代理變量,進行實證檢驗。表 7-11 至表 7-13 報告了主要的迴歸結果。從媒體報導 PRESS 和 BIG8 的係數來看,僅在被解釋變量為發明專利申請量(INVENTION)的迴歸中顯著為負,表明媒體報導對專利產出的負向影響主要體現在創新程度較高的發明專利上。媒體報導影響企業研發投入後對創新績效也產生了消極的影響,從經濟後果視角也驗證了媒體報導對研發投入的市場壓力效應。

表 7-11 媒體報導與發明專利申請量

變量	INVENTION			
	(1) PRESS	(2) PRESS	(3) BIG8	(4) BIG8
MEDIA	-0.040 (-1.32)	-0.054* (-1.77)	-0.057* (-1.87)	-0.069** (-2.21)
R&D		0.129*** (2.77)		0.128*** (2.75)
$R\&D^2$		-0.017*** (-2.59)		-0.017** (-2.56)
SIZE		0.168* (1.94)		0.173** (1.98)
LEV		0.118 (0.44)		0.121 (0.45)
ROA		1.164*** (2.58)		1.173*** (2.61)
LNAGE		-0.005 (-0.01)		-0.019 (-0.04)
TOBINQ		-0.001 (-0.03)		0.004 (0.14)

表7-11（續）

變量	INVENTION			
	(1) PRESS	(2) PRESS	(3) BIG8	(4) BIG8
PPEASSETS		-0.199 (-0.50)		-0.204 (-0.51)
CAPEXASSET		0.045 (0.09)		0.033 (0.07)
GROWTH		-0.027 (-0.52)		-0.027 (-0.52)
HHI		-0.809 (-0.46)		-0.804 (-0.46)
INSTOWN		0.030 (0.25)		0.023 (0.19)
SOE		-0.097 (-0.62)		-0.102 (-0.65)
MARKET		-0.813 (-0.38)		-0.761 (-0.35)
CONSTANT	0.891*** (6.98)	-0.850 (-0.17)	0.918*** (7.61)	-1.011 (-0.20)
年度	控制	控制	控制	控制
行業	控制	控制	控制	控制
Adj.R²	0.051	0.062	0.053	0.064
樣本數	3,350	3,350	3,350	3,350

表7-12　媒體報導與實用新型專利申請量

變量	UTILITYMODEL			
	(1) PRESS	(2) PRESS	(3) BIG8	(4) BIG8
MEDIA	-0.039 (-1.22)	-0.049 (-1.46)	-0.024 (-0.82)	-0.029 (-0.97)
R&D		0.086** (2.06)		0.086** (2.04)
R&D²		-0.010** (-1.96)		-0.010* (-1.93)
SIZE		0.129 (1.57)		0.125 (1.51)
LEV		-0.092 (-0.35)		-0.087 (-0.33)

表7-12(續)

變量	UTILITYMODEL			
	(1) PRESS	(2) PRESS	(3) BIG8	(4) BIG8
ROA		0.795*		0.782*
		(1.79)		(1.76)
LNAGE		0.680		0.662
		(1.47)		(1.44)
TOBINQ		−0.005		−0.008
		(−0.19)		(−0.30)
PPEASSETS		−0.224		−0.223
		(−0.62)		(−0.62)
CAPEXASSET		−0.158		−0.186
		(−0.38)		(−0.45)
GROWTH		−0.017		−0.019
		(−0.37)		(−0.41)
HHI		−0.883		−0.880
		(−0.54)		(−0.53)
INSTOWN		0.039		0.037
		(0.34)		(0.32)
SOE		0.192*		0.193*
		(1.91)		(1.89)
MARKET		−0.884		−0.829
		(−0.63)		(−0.59)
CONSTANT	0.963***	−1.294	0.916***	−1.350
	(8.77)	(−0.37)	(9.28)	(−0.38)
年度	控制	控制	控制	控制
行業	控制	控制	控制	控制
Adj.R²	0.042	0.049	0.042	0.048
樣本數	3,350	3,350	3,350	3,350

表7-13 媒體報導與外觀設計專利申請量

變量	DESIGN			
	(1) PRESS	(2) PRESS	(3) BIG8	(4) BIG8
MEDIA	−0.005	−0.013	−0.002	−0.008
	(−0.28)	(−0.69)	(−0.13)	(−0.41)
R&D		−0.008		−0.008
		(−0.27)		(−0.27)

表7-13(續)

變量	DESIGN			
	(1) PRESS	(2) PRESS	(3) BIG8	(4) BIG8
R&D^2		0.001		0.001
		(0.34)		(0.34)
SIZE		0.092		0.091
		(1.62)		(1.61)
LEV		−0.363*		−0.362*
		(−1.67)		(−1.66)
ROA		−0.152		−0.155
		(−0.42)		(−0.43)
LNAGE		0.163		0.158
		(0.43)		(0.42)
TOBINQ		0.006		0.005
		(0.24)		(0.21)
PPEASSETS		−0.055		−0.055
		(−0.25)		(−0.25)
CAPEXASSET		0.227		0.220
		(0.71)		(0.69)
GROWTH		0.015		0.015
		(0.40)		(0.39)
HHI		1.100		1.101
		(1.02)		(1.02)
INSTOWN		0.124		0.124
		(1.24)		(1.24)
SOE		0.034		0.034
		(0.80)		(0.81)
MARKET		−1.892		−1.877
		(−1.61)		(−1.60)
CONSTANT	0.402***	2.430	0.394***	2.416
	(5.31)	(0.79)	(5.38)	(0.78)
年度	控制	控制	控制	控制
行業	控制	控制	控制	控制
Adj.R^2	0.002	0.004	0.002	0.004
樣本數	3,350	3,350	3,350	3,350

7.4.3.2 媒體報導、R&D 投入與企業價值

表 7-14 報告了媒體報導對研發價值相關性影響的實證結果。被解釋變量為企業價值的市場指標 Tobin's Q 值（TOBINQ），解釋變量為研發投入強度與媒體報導的交乘項。由實證結果可知，研發投入強度（R&D）的系數分別為 0.094 和 0.079，且都在 1%水準下顯著，表明研發投入具有價值貢獻性，研發投入強度越大的企業，成長性越高。在迴歸（1）中研發投入強度與全國紙上媒體報導（PRESS）的交乘項（R&D×MEDIA）的系數為-0.027 且在 5%水準下顯著，說明全國重要報紙對企業的關注報導負向調節了研發活動的價值相關性，支持本書的假設 7-2b。迴歸（2）中研發投入強度與八大全國性財經報紙媒體關注度（BIG8）的交乘項（R&D×MEDIA）的系數為-0.024 且在 10%水準下顯著，說明在僅考慮八大全國性財經報紙的情況下，媒體報導同樣對研發活動的價值相關性產生了負向的調節作用。從控制變量的迴歸係數來看，企業規模（SIZE）的迴歸係數在 1%水準下顯著為負，表明企業規模與企業價值負相關，體現出規模大的企業平均來看成長性較差的特徵。企業槓桿（LEV）和企業盈利能力（ROA）的迴歸係數都在 1%水準下顯著為正，表明財務槓桿越高、盈利能力越強的企業的市場價值越大，成長性也越高。上述結果驗證了本章的假設 7-2b，也從經濟後果角度證明了媒體報導是通過市場壓力效應作用於企業研發活動的。

表 7-14 媒體報導、R&D 投入與企業價值

變量	企業價值（TOBINQ）	
	（1）PRESS	（2）BIG8
R&D×MEDIA	-0.027** (-2.33)	-0.024* (-1.95)
R&D	0.094*** (3.09)	0.079*** (2.88)
MEDIA	0.050 (1.48)	0.058* (1.76)
SIZE	-0.654*** (-5.08)	-0.659*** (-5.14)

表7-14(續)

變量	企業價值（TOBINQ）	
	（1）PRESS	（2）BIG8
LEV	1.179***	1.180***
	（3.86）	（3.87）
LNAGE	1.104***	1.110***
	（2.75）	（2.76）
GROWTH	−0.085*	−0.085*
	（−1.76）	（−1.76）
ROA	3.569***	3.558***
	（5.11）	（5.09）
CONSTANT	12.659***	12.757***
	（4.75）	（4.80）
年度	控制	控制
行業	控制	控制
Adj.R^2	0.348	0.347
樣本數	3,350	3,350

7.4.4 穩健性測試

前面採用研發費用占總資產的比重來衡量企業研發投入強度。已有文獻除了採用該方式衡量外，還有的採用單位營業收入的研發投入和單位營業成本的研發投入來衡量研發投入強度。因此，為排除本書的研究結論與數據處理方式有關，本書分別採用研發費用占營業收入的比重和研發費用占營業成本的比重來衡量研發投入強度，進行穩健性檢驗。

表7-15中企業研發投入強度用研發費用占營業收入的比重來衡量，表7-16中用研發費用占營業成本的比重來衡量。實證結果顯示，企業的媒體報導越多，專利申請量越少，尤其是發明專利申請量越少。以上結論與前面保持一致，表明文章結論穩健。

表 7-15 媒體報導與專利申請量（研發投入強度 R&D1）

變量	ALLP (1) PRESS	ALLP (2) BIG8	INVENTION (3) PRESS	INVENTION (4) BIG8	UTILITYMODEL (5) PRESS	UTILITYMODEL (6) BIG8	DESIGN (7) PRESS	DESIGN (8) BIG8
MEDIA	-0.076** (-2.07)	-0.064* (-1.88)	-0.053* (-1.73)	-0.070** (-2.23)	-0.049 (-1.47)	-0.030 (-1.01)	-0.013 (-0.70)	-0.008 (-0.42)
R&D1	0.025 (1.09)	0.025 (1.10)	0.034 (1.61)	0.034 (1.61)	0.030 (1.40)	0.030 (1.41)	-0.001 (-0.09)	-0.001 (-0.08)
R&D1²	-0.002 (-1.63)	-0.002 (-1.62)	-0.002* (-1.69)	-0.002* (-1.69)	-0.002* (-1.84)	-0.002* (-1.85)	0.000 (0.04)	0.000 (0.04)
SIZE	0.158 (1.63)	0.156 (1.60)	0.159* (1.82)	0.164* (1.87)	0.121 (1.48)	0.118 (1.43)	0.093 (1.62)	0.092 (1.61)
LEV	-0.187 (-0.63)	-0.180 (-0.60)	0.139 (0.52)	0.142 (0.53)	-0.085 (-0.32)	-0.080 (-0.30)	-0.366* (-1.67)	-0.365* (-1.66)
ROA	0.743 (1.42)	0.736 (1.41)	1.236*** (2.70)	1.245*** (2.72)	0.830* (1.89)	0.818* (1.86)	-0.158 (-0.44)	-0.162 (-0.45)
LNAGE	0.226 (0.41)	0.202 (0.37)	-0.060 (-0.14)	-0.073 (-0.17)	0.651 (1.41)	0.634 (1.37)	0.167 (0.44)	0.162 (0.43)
TOBINQ	0.004 (0.14)	0.004 (0.13)	-0.003 (-0.10)	0.002 (0.08)	-0.005 (-0.19)	-0.008 (-0.30)	0.006 (0.26)	0.005 (0.23)
PPEASSETS	-0.088 (-0.21)	-0.090 (-0.21)	-0.197 (-0.49)	-0.203 (-0.50)	-0.236 (-0.66)	-0.236 (-0.66)	-0.057 (-0.26)	-0.057 (-0.26)
CAPEXASSET	-0.122 (-0.23)	-0.155 (-0.29)	0.045 (0.09)	0.034 (0.07)	-0.133 (-0.32)	-0.160 (-0.38)	0.233 (0.72)	0.225 (0.70)
GROWTH	0.013 (0.22)	0.011 (0.20)	-0.021 (-0.40)	-0.020 (-0.39)	-0.010 (-0.21)	-0.011 (-0.24)	0.015 (0.41)	0.015 (0.40)
HHI	-3.078* (-1.85)	-3.071* (-1.84)	-0.919 (-0.52)	-0.914 (-0.52)	-0.945 (-0.58)	-0.941 (-0.58)	1.112 (1.03)	1.113 (1.03)
INSTOWN	0.006 (0.04)	0.001 (0.00)	0.035 (0.29)	0.028 (0.23)	0.043 (0.38)	0.041 (0.36)	0.124 (1.24)	0.124 (1.24)
SOE	0.080 (0.47)	0.079 (0.47)	-0.101 (-0.63)	-0.106 (-0.67)	0.189* (1.90)	0.190* (1.88)	0.034 (0.80)	0.034 (0.81)
MARKET	-3.071 (-1.51)	-2.991 (-1.48)	-0.772 (-0.35)	-0.724 (-0.33)	-0.882 (-0.62)	-0.827 (-0.59)	-1.896 (-1.63)	-1.881 (-1.61)
CONSTANT	4.948 (0.98)	4.811 (0.96)	-0.602 (-0.12)	-0.765 (-0.15)	-1.048 (-0.30)	-1.106 (-0.31)	2.428 (0.79)	2.413 (0.79)
年度	控制	控制	控制	控制	控制	控制	控制	控制
行業	控制	控制	控制	控制	控制	控制	控制	控制
Adj.R²	0.041	0.041	0.058	0.060	0.048	0.047	0.004	0.004
樣本數	3,350	3,350	3,350	3,350	3,350	3,350	3,350	3,350

表 7-16　媒體報導與專利申請量（研發投入強度 R&D2）

變量	ALLP (1) PRESS	ALLP (2) BIG8	INVENTION (3) PRESS	INVENTION (4) BIG8	UTILITYMODEL (5) PRESS	UTILITYMODEL (6) BIG8	DESIGN (7) PRESS	DESIGN (8) BIG8
MEDIA	-0.076** (-2.06)	-0.064* (-1.87)	-0.053* (-1.73)	-0.070** (-2.22)	-0.048 (-1.45)	-0.030 (-0.99)	-0.013 (-0.69)	-0.008 (-0.41)
R&D2	0.017 (0.81)	0.017 (0.82)	0.026 (1.38)	0.026 (1.37)	0.019 (1.02)	0.019 (1.03)	0.000 (0.01)	0.000 (0.01)
R&D2²	-0.001 (-1.15)	-0.001 (-1.14)	-0.001 (-1.43)	-0.001 (-1.42)	-0.001 (-1.15)	-0.001 (-1.15)	0.000 (0.07)	0.000 (0.07)
SIZE	0.159 (1.64)	0.157 (1.61)	0.159* (1.81)	0.163* (1.85)	0.122 (1.49)	0.118 (1.43)	0.093 (1.62)	0.091 (1.61)
LEV	-0.182 (-0.61)	-0.175 (-0.58)	0.143 (0.53)	0.146 (0.54)	-0.075 (-0.28)	-0.070 (-0.26)	-0.363* (-1.65)	-0.362* (-1.65)
ROA	0.784 (1.50)	0.776 (1.49)	1.230*** (2.71)	1.240*** (2.73)	0.850* (1.92)	0.837* (1.89)	-0.156 (-0.43)	-0.159 (-0.44)
LNAGE	0.207 (0.37)	0.183 (0.33)	-0.072 (-0.16)	-0.085 (-0.19)	0.631 (1.36)	0.614 (1.33)	0.169 (0.45)	0.164 (0.44)
TOBINQ	0.003 (0.10)	0.002 (0.08)	-0.004 (-0.16)	0.001 (0.02)	-0.007 (-0.25)	-0.009 (-0.35)	0.006 (0.26)	0.005 (0.23)
PPEASSETS	-0.073 (-0.17)	-0.075 (-0.18)	-0.186 (-0.46)	-0.192 (-0.47)	-0.216 (-0.60)	-0.215 (-0.60)	-0.057 (-0.26)	-0.057 (-0.26)
CAPEXASSET	-0.134 (-0.25)	-0.167 (-0.31)	0.036 (0.07)	0.026 (0.05)	-0.151 (-0.36)	-0.178 (-0.43)	0.230 (0.71)	0.222 (0.69)
GROWTH	0.011 (0.19)	0.010 (0.17)	-0.023 (-0.43)	-0.022 (-0.43)	-0.012 (-0.26)	-0.014 (-0.29)	0.016 (0.43)	0.015 (0.41)
HHI	-3.076* (-1.85)	-3.069* (-1.83)	-0.917 (-0.52)	-0.911 (-0.52)	-0.928 (-0.57)	-0.924 (-0.56)	1.110 (1.03)	1.111 (1.03)
INSTOWN	0.009 (0.07)	0.004 (0.03)	0.038 (0.31)	0.031 (0.25)	0.046 (0.41)	0.045 (0.39)	0.124 (1.24)	0.123 (1.23)
SOE	0.082 (0.48)	0.081 (0.48)	-0.099 (-0.61)	-0.104 (-0.65)	0.192* (1.93)	0.193* (1.91)	0.034 (0.81)	0.034 (0.81)
MARKET	-3.027 (-1.49)	-2.948 (-1.45)	-0.744 (-0.34)	-0.694 (-0.32)	-0.830 (-0.59)	-0.776 (-0.55)	-1.899 (-1.63)	-1.885 (-1.61)
CONSTANT	4.870 (0.97)	4.733 (0.94)	-0.627 (-0.12)	-0.792 (-0.16)	-1.131 (-0.32)	-1.187 (-0.33)	2.427 (0.79)	2.413 (0.79)
年度	控制	控制	控制	控制	控制	控制	控制	控制
行業	控制	控制	控制	控制	控制	控制	控制	控制
Adj.R²	0.041	0.040	0.058	0.059	0.047	0.046	0.004	0.004
樣本數	3,350	3,350	3,350	3,350	3,350	3,350	3,350	3,350

表 7-17 中企業研發投入強度用研發費用占營業收入的比重來衡量，表 7-18 中企業研發投入強度用研發費用占營業成本的比重來衡量，企業研發投入強度與媒體報導（PRESS 和 BIG8）的交乘項系數均顯著為負，與前面保持一致，結論穩健。

表 7-17　媒體報導、R&D 投入與企業價值（研發投入強度 R&D1）

變量	企業價值（TOBINQ）	
	（1）PRESS	（2）BIG8
R&D1×MEDIA	-0.021***	-0.021***
	(-3.06)	(-3.06)
R&D1	0.041**	0.035**
	(2.21)	(2.04)
MEDIA	0.062*	0.074**
	(1.77)	(2.30)
SIZE	-0.657***	-0.664***
	(-5.17)	(-5.23)
LEV	1.171***	1.172***
	(3.87)	(3.88)
LNAGE	0.994**	1.006**
	(2.45)	(2.48)
GROWTH	-0.083*	-0.084*
	(-1.70)	(-1.71)
ROA	3.664***	3.649***
	(5.09)	(5.06)
CONSTANT	13.071***	13.195***
	(4.99)	(5.04)
年度	控制	控制
行業	控制	控制
Adj.R^2	0.348	0.347
樣本數	3,350	3,350

表 7-18　媒體報導、R&D 投入與企業價值（研發投入強度 R&D2）

變量	企業價值（TOBINQ）	
	（1）PRESS	（2）BIG8
R&D2×MEDIA	-0.016***	-0.016***
	(-2.84)	(-2.75)
R&D2	0.035**	0.030*
	(2.10)	(1.86)
MEDIA	0.055	0.065**
	(1.61)	(2.08)
SIZE	-0.661***	-0.667***
	(-5.18)	(-5.23)
LEV	1.183***	1.186***
	(3.90)	(3.91)
LNAGE	1.012**	1.022**
	(2.50)	(2.53)
GROWTH	-0.080	-0.081*
	(-1.64)	(-1.66)
ROA	3.669***	3.660***
	(5.18)	(5.16)
CONSTANT	13.110***	13.228***
	(5.00)	(5.04)
年度	控制	控制
行業	控制	控制
Adj.R^2	0.347	0.347
樣本數	3,350	3,350

7.5　本章小結

本章探討了媒體報導對企業研發投入經濟後果的影響，包括對創新績效的影響以及對研發投入價值相關性的影響。通過理論分析，本書提出媒體報導能夠影響企業創新績效及研發投入的價值相關性，並利用上市公司

數據實證檢驗了相關假說。結果發現，媒體報導越多，企業的創新績效越差，表現為產出越少，即專利申請總量和發明專利申請量越少。另外，針對研發投入強度與企業價值之間的關係，媒體報導產生了負向的調節效應，即降低了研發活動的價值相關性。從經濟後果角度也證明了媒體對企業研發活動的影響路徑：主要通過媒體關注報導給管理者帶來了市場壓力，誘發了管理者短視傾向，最終阻礙了企業的研發投入。

　　本章的實證結果表明，在中國情境下，新聞媒體對上市公司的關注報導不僅阻礙了企業的研發投入，減少了創新產出，還使得企業研發投入的價值相關性程度降低，進一步引起企業自主創新動力不足。因此，媒體報導對管理者在創新投資策略上的壓力效應不僅損害了企業的長期價值，而且對資本市場資源配置的效率也產生了消極的影響。

8
研究結論與啟示

8.1 研究結論

創新是經濟增長的動力之源，尤其是隨著知識經濟時代的到來和全球經濟一體化進程的不斷推進，更凸顯出舉足輕重的地位。企業作為研發的主要場所和技術轉化應用於價值創造的仲介，自然是創新的主體。因此，微觀企業的創新活動關係到國民經濟能否持續增長，國家綜合國力能否保持競爭優勢。本書從管理者投資決策的視角，將企業研發活動置於委託代理理論框架下，分析了企業創新動機不足的管理者短視行為。考慮到媒體輿論力量的不斷崛起，本書試圖考察媒體報導對企業研發活動的影響，並梳理出媒體報導影響企業研發投入的兩種路徑——信息仲介效應和市場壓力效應。首先，本書考察了媒體報導對企業研發投入的影響，不僅探討了媒體整體關注報導如何影響管理者策略進而影響企業研發投入，還進一步區分了媒體語氣和報導內容，考察了正面、負面和中性報導對研發活動的不同影響，檢驗了關於企業業績的報導和關於企業創新的報導如何影響企業研發投入。其次，本書按照產權屬性、高管是否持股和企業是否存在管理防禦進行分組，試圖辨析媒體報導影響企業研發投入的中間路徑。最後，本書進一步考察了媒體報導對企業創新績效的影響以及媒體報導對研發投入價值相關性的調節效應，試圖從經濟後果的視角驗證媒體報導對企業研發活動的影響機制。針對以上內容，本書以 2007—2013 年中國上海、深圳兩地 A 股上市公司為研究樣本，手工搜集了國內紙質媒體對上市公司的新聞報導並進行了實證分析。主要研究結果如下：

第一，媒體對企業的新聞報導越多，企業研發投入強度越小，印證了市場壓力假設，即媒體報導通過資本市場和控制權市場給管理者帶來了短期業績壓力，誘發了管理者削減收益滯後且風險較大的研發投資。本書採用工具變量法排除內生性問題後，仍得出以上結論。本書進一步區分媒體報導的語氣後發現，媒體對企業的負面報導顯著抑制了企業研發活動，而正面報導和中性報導對企業研發投入沒有顯著影響。本書進一步區分媒體

報導內容後發現，關於企業業績的媒體報導顯著抑制了企業研發投入，而關於企業創新的媒體報導則對企業研發投入沒有顯著影響。在穩健性檢驗中，本書考察了媒體的當期效應和網絡媒體報導對研發投入的影響，選擇企業研發投入強度的不同衡量方式，主要結果仍然保持一致，表明實證結論穩健。

　　第二，相對於非國有上市公司和高管持股的上市公司，媒體報導對企業研發投入的負向影響在國有上市公司和高管沒有持股的上市公司中更顯著。分組結果驗證了媒體作用於研發投入的途徑是由於關注報導給管理者帶來了短期業績壓力，誘發了管理者過度關注短期業績的動機，削減了收益滯後、風險大的研發活動。相對於沒有管理防禦的企業，媒體報導對企業研發投入的負向影響在存在管理防禦的企業中更顯著。分組結果驗證了媒體對企業的關注報導給管理者帶來了控制權市場的「收購威脅」壓力，使得管理者為避免職位丟失而做出短視的投資決策，減少了價值被低估的研發活動項目。

　　第三，媒體報導對企業創新績效產生了消極的影響，表現為媒體關注報導越多，企業專利申請總數和發明專利申請數越少。不僅如此，媒體報導還對研發投入與企業價值之間關係產生了負向調節效應，即降低了研發投入的價值相關性。實證結果從經濟後果角度再次證明媒體報導是通過市場壓力效應作用於企業研發活動的。

8.2　研究啟示

　　本書系統研究了媒體報導對企業研發投入的影響機理。實證結果發現媒體報導通過市場壓力效應給管理者造成了短期業績壓力和「收購威脅」壓力，誘發了管理者削減研發投資的短視行為。本書進一步考察媒體報導對企業創新績效及研發投入價值相關性的影響，發現媒體報導不僅對企業創新績效產生了消極影響，而且負向調節了研發投入與企業價值之間的關係。本書的研究具有以下幾點啟示：

首先，在中國情境下，與其他代理問題不同，媒體對企業創新投入不足的管理者短視問題並未發揮積極的治理作用，反而通過資本市場和控制權市場壓力引發了管理者的短視動機，阻礙了公司創新投入。不僅如此，媒體報導還對創新績效產生不利影響，使得研發投入的價值相關性程度降低，進一步引起企業自主創新動力不足。因此，媒體報導對管理者在研發投資策略上的壓力效應不僅損害了公司的長期價值，而且對資本市場資源配置的效率也產生了消極的影響。媒體的雙刃劍作用應該引起重視，這同時也促使我們反思中國資本市場的發展。由於中國資本市場起步較晚，發展尚不成熟，信息環境不完善且投資者專業化水準低，投機情緒重，使得本應發揮的優化資源配置、促進企業發展的功能受到制約，反而引起了嚴重的委託代理問題，造成管理者的短視傾向和企業創新動力不足的嚴重後果。因此，規範資本市場、引導資本市場健康有序發展、提升資本市場資源配置效率是亟須解決的問題，關係到企業的長遠發展和國民經濟的持續增長。

其次，在當下「大眾創業，萬眾創新」的背景下，企業創新驅動已提到戰略高度，然而在委託代理和信息不對稱雙重問題下，管理者短視傾向阻礙了企業創新。我們不能盲目依賴媒體報導的外部治理作用，至少在企業研發策略層面，媒體報導表現出消極的一面，不僅沒能發揮有效監督作用，反而阻礙了企業研發活動。政府在積極實施創新驅動的發展戰略過程中，應從企業內部尋求創新動力，制定有效政策來引導企業自主創新，實現經濟的可持續增長。企業也應積極探尋創新動機不足的解決之道，不斷完善內部監督激勵機制，如在設計管理者薪酬契約時，更注重企業長期價值的增長，提高對短期失敗的容忍度，以緩解管理層的短視行為，培養「企業家精神」，進而促進企業自主創新。

最後，本書在考慮上市公司的產權屬性後，發現媒體報導主要阻礙了國有上市公司的研發活動，說明在面對市場壓力時，國有企業管理者的短視問題更為嚴重。中國上市公司多數由國有企業構成，如何降低國有企業的委託代理成本，合理制定國有企業管理者的考核任命機制，從內部尋找創新的原動力，激勵國有企業加大創新投入顯得尤為重要。

8.3 研究局限及未來的研究方向

8.3.1 研究局限與不足

本書從管理者投資決策的視角，將企業研發活動置於委託代理理論框架下，分析在信息不對稱情況下產生的管理者研發投入不足的短視行為動機，並引入媒體理論探尋企業創新的驅動因素。結果出人意料，媒體阻礙了被報導企業研發投入。本書的研究視角新穎，研究結論具有一定的理論和實踐意義，能夠為後續學者提供有價值的參考，但仍存在諸多局限和不足。

第一，本書在選擇企業研發投入的代理變量時，主要選用研發投入強度，具體採用企業當年的研發費用與總資產的比值來衡量，穩健性檢驗中還分別用研發費用與銷售收入的比值和研發費用與營業成本的比值來衡量，但始終僅能反應企業在資金層面上的研發投入強度，未能涵蓋企業的研發人員投入等決定創新活動成效的其他重要因素。採用專利申請數量來衡量企業創新績效也存在缺陷。專利戰略只是企業創新戰略的一種，由於中國企業對知識產權保護缺乏信心，為創新申請專利的動機不足，而是選擇以加快技術開發、分散零部件加工渠道、與研究人員簽訂保密合同等軟性方式保護創新，因此專利申請數量也不能全面反應企業創新活動產出。目前的創新績效衡量指標也各有利弊，因此本書選擇相對能綜合反應研發產出的專利指標，並區分發明專利、實用新型專利和外觀設計專利，以期捕捉到不同價值含量的企業創新績效。

第二，本書的媒體定義應包括電視、廣播、報紙、雜誌、網絡等傳播信息的所有媒介，然而實證分析中採用現有文獻常用的做法，使用受眾廣、數據易搜集的報紙媒體作為替代。在當下這個信息社會時代，網絡媒體、博客等新媒體形式發揮了越來越重要的輿論作用，受到人們的廣泛關注。雖然本書在第五章穩健性檢驗中也採用網絡媒體報導數量對主要結論進行驗證，但由於網絡媒體報導量太大，未能對其進行語氣區分與報導內

容的區分，造成實證分析不夠深入透澈。未來對媒體的研究可以拓展到網絡媒體報導、微博等新媒體形式的研究，運用計算機技術和文本分析技術對大數據進行深度挖掘分析，豐富媒體領域的研究。

第三，本書還存在一些數據局限。由於數據的限制，本書部分研究設想未能實施。例如，書中實證檢驗媒體報導阻礙企業研發的傳導機制時，因為無法直接衡量管理者的策略，本書並未直接驗證媒體報導引起了管理者對短期業績過度關注的短視行為動機，而是通過管理者的行為結果來推測其策略，並通過分組檢驗及區分媒體語氣，間接反應出媒體報導抑制企業研發的傳導機制是通過市場壓力效應引發管理者的短視動機。此外，本書的研究樣本時間區間為2007—2013年，主要是由於媒體報導數據手工搜集整理的工作量大，筆者在較早時已下載截至2013年年底的數據，而後期逐條閱讀新聞報導內容，對語氣和內容性質進行判斷需要花費大量時間和精力，因此未能補充2014年之後的數據。在後續研究中，筆者會對數據進行更新，對研究結果進行穩健性檢驗，確保結論可靠。

8.3.2　未來研究的方向

本書僅僅研究了媒體報導對企業研發策略的影響，而對其經濟後果的考察也僅局限於專利產出績效和企業價值領域，尚需繼續深入和拓展，以下是對未來研究方向的思索和建議：

第一，考慮到研發資金投入和專利產出僅僅反應企業創新活動的部分內容，而創新活動的效率高低更是企業能否占據有利的市場地位和競爭優勢高低的關鍵。因此，未來的研究可以將企業創新的效率指標納入考察範圍，包括研發資金投入和研發人員投入的效率等，尋找促進企業創新效率提升的因素。

第二，隨著中國新會計準則的實施，研發支出的會計處理方式多樣化也為研究提供了素材。研發支出可以有條件地資本化，企業可以在企業會計準則指導下酌情處理，那麼將研發支出區分為資本化支出和費用化支出，可以考察媒體報導如何影響企業會計處理策略，又有何後果，以期對

企業會計準則的實施效果進行檢驗，並提出可能的完善建議。

　　第三，本書研究的重點是從整體上考察媒體報導對上市公司研發投入的影響。其他學者針對公司治理如何影響企業創新活動已進行了廣泛探討，包括所有權結構、高管激勵約束機制、董事會結構和獨立性等領域，並取得了豐碩的研究成果（Cheng，2004；劉運國和劉雯，2007；魯桐和黨印，2014等）。媒體報導與公司治理其他機制之間是否存在交互效應，未來可以針對企業創新活動問題進行考察。

參考文獻

[1] 安同良，周紹東，皮建才. R&D 補貼對中國企業自主創新的激勵效應 [J]. 經濟研究, 2009（10）：87-98.

[2] 白重恩，杜穎娟，陶志剛，等. 地方保護主義及產業地區集中度的決定因素和變動趨勢 [J]. 經濟研究, 2004（4）：29-40.

[3] 陳闖，劉天宇. 創始經理人、管理層股權分散度與研發決策 [J]. 金融研究, 2012（7）：196-206.

[4] 陳海聲，盧丹. 研發投入與企業價值的相關性研究 [J]. 軟科學, 2011（2）：20-23.

[5] 陳勁，邱嘉銘，沈海華. 技術學習對企業創新績效的影響因素分析 [J]. 科學學研究, 2007（6）：1223-1232.

[6] 陳守明，冉毅，陶興慧. R&D 強度與企業價值——股權性質和兩職合一的調節作用 [J]. 科學學研究, 2012（3）：441-448.

[7] 陳修德，梁彤纓，雷鵬，等. 高管薪酬激勵對企業研發效率的影響效應研究 [J]. 科研管理, 2015（9）：26-35.

[8] 陳修德，彭玉蓮，盧春源. 中國上市公司技術創新與企業價值關係的實證研究 [J]. 科學學研究, 2011（1）：138-146.

[9] 陳冬華，章鐵生，李翔. 法律環境、政府管制與隱性契約 [J]. 經濟研究, 2008（3）：60-72.

［10］陳澤藝，李常青，魏志華. 媒體負面報導影響併購成敗嗎——來自上市公司重大資產重組的經驗證據［J］. 南開管理評論，2017（1）：96-107.

［11］程宏偉，張永海，常勇. 公司R&D投入與業績相關性的實證研究［J］. 科學管理研究，2006（3）：110-113.

［12］成力為，戴小勇. 研發投入分佈特徵與研發投資強度影響因素的分析——基於中國30萬個工業企業面板數據［J］. 中國軟科學，2012（8）：152-165.

［13］醋衛華，李培功. 媒體監督公司治理的實證研究［J］. 南開管理評論，2012（1）：33-42.

［14］戴亦一，潘越，陳芬. 媒體監督、政府質量與審計師變更［J］. 會計研究，2013（10）：89-95.

［15］戴亦一，潘越，劉思超. 媒體監督、政府干預與公司治理：來自中國上市公司財務重述視角的證據［J］. 世界經濟，2011（11）：121-144.

［16］鄧進. 中國高新技術產業研發資本存量和研發產出效率［J］. 南方經濟，2007（8）：56-64.

［17］杜勇，鄢波，陳建英. 研發投入對高新技術企業經營績效的影響研究［J］. 科技進步與對策，2014（2）：87-92.

［18］樊綱，王小魯，朱恒鵬. 中國市場化指數——各地區市場化相對進程報告［M］. 北京：經濟科學出版社，2011.

［19］範海峰，胡玉明. R&D支出、機構投資者與公司盈餘管理［J］. 科研管理，2013（7）：24-30.

［20］馮根福，溫軍．中國上市公司治理與企業技術創新關係的實證分析［J］．中國工業經濟，2008（7）：91-101．

［21］龔志文，陳金龍．R&D投入與公司價值相關性的實證分析——以中國生物製藥和電子信息技術行業上市公司為例［J］．科技進步與對策，2011（22）：10-13．

［22］何丹．融資約束、R&D投入與企業績效的相關性研究——基於中國製造業上市公司2009—2013年的經驗證據［J］．科技與管理，2015（5）：76-82．

［23］賀建剛，魏明海，劉峰．利益輸送、媒體監督與公司治理：五糧液案例研究［J］．管理世界，2008（10）：141-150．

［24］何瑋．中國大中型工業企業研究與開發費用支出對產出的影響——1990—2000年大中型工業企業數據的實證分析［J］．經濟科學，2003（3）：5-11．

［25］何玉潤，林慧婷，王茂林．產品市場競爭、高管激勵與企業創新——基於中國上市公司的經驗證據［J］．財貿經濟，2015（2）：125-135．

［26］胡元木．技術獨立董事可以提高R&D產出效率嗎——來自中國證券市場的研究［J］．南開管理評論，2012（2）：136-142．

［27］姜濱濱，匡海波．基於「效率-產出」的企業創新績效評價——文獻評述與概念框架［J］．科研管理，2015（3）：71-78．

［28］頡茂華，王晶，王瑾．公司特質、R&D投入與公司價值［J］．研究與發展管理，2015（3）：34-44．

［29］全智，賴黎．媒體在銀行風險治理中的角色：中國的邏輯［J］．金融研究，2014（10）：111-124．

［30］康志勇. 技術選擇、投入強度與企業創新績效研究［J］. 科研管理, 2013（6）：42-49.

［31］孔東民, 劉莎莎, 應千偉. 公司行為中的媒體角色：激濁揚清還是推波助瀾？［J］. 管理世界, 2013（7）：145-162.

［32］賴黎, 馬永強, 夏曉蘭. 媒體報導與信貸獲取［J］. 世界經濟, 2016（9）：124-148.

［33］李春濤, 宋敏. 中國製造業企業的創新活動：所有制和CEO激勵的作用［J］. 經濟研究, 2010（5）：55-67.

［34］李匯東, 唐躍軍, 左晶晶. 用自己的錢還是用別人的錢創新——基於中國上市公司融資結構與公司創新的研究［J］. 金融研究, 2013（2）：170-183.

［35］李培功, 沈藝峰. 媒體的公司治理作用：中國的經驗證據［J］. 經濟研究, 2010（4）：14-27.

［36］李培功, 沈藝峰. 經理薪酬、轟動報導與媒體的公司治理作用［J］. 管理科學學報, 2013（10）：63-80.

［37］李培功, 徐淑美. 媒體的公司治理作用：共識與分歧［J］. 金融研究, 2013（4）：196-206.

［38］李詩, 洪濤, 吳超鵬. 上市公司專利對公司價值的影響——基於知識產權保護視角［J］. 南開管理評論, 2012（6）：4-13.

［39］李仲飛, 楊亭亭. 專利質量對公司投資價值的作用及影響機制［J］. 管理學報, 2015（8）：1230-1239.

［40］林毅夫, 李志贇. 政策性負擔、道德風險與預算軟約束［J］. 經濟研究, 2004（2）：17-27.

[41] 劉鋒，葉強，李一軍. 媒體關注與投資者關注對股票收益的交互作用：基於中國金融股的實證研究［J］. 管理科學學報，2014（1）：72-85.

[42] 劉啓亮，李祎，張建平. 媒體負面報導、訴訟風險與審計契約穩定性——基於外部治理視角的研究［J］. 管理世界，2013（11）：144-154.

[43] 劉鑫，薛有志. CEO繼任、業績偏離度和公司研發投入——基於戰略變革方向的視角［J］. 南開管理評論，2015（3）：34-47.

[44] 劉運國，劉雯. 中國上市公司的高管任期與R&D支出［J］. 管理世界，2007（1）：128-136.

[45] 逯東，付鵬，楊丹. 媒體類型、媒體關注與上市公司內部控制質量［J］. 會計研究，2015（4）：78-85.

[46] 羅進輝. 媒體報導的公司治理作用——雙重代理成本視角［J］. 金融研究，2012（10）：153-166.

[47] 羅婷，朱青，李丹. 解析R&D投入和公司價值之間的關係［J］. 金融研究，2009（6）：100-110.

[48] 莫冬燕. 媒體關注：市場監督還是市場壓力——基於企業盈餘管理行為的研究［J］. 宏觀經濟研究，2015（11）：106-118.

[49] 魯桐，黨印. 公司治理與技術創新：分行業比較［J］. 經濟研究，2014（6）：115-128.

[50] 錢穎一. 激勵與約束［J］. 經濟社會體制比較，1999（5）：7-12.

[51] 任海雲. 廣告支出與研發支出的價值相關性研究［J］. 科研管理，2014（8）：153-160.

[52] 沈洪濤, 馮杰. 輿論監督、政府監管與企業環境信息披露 [J]. 會計研究, 2012 (2): 72-78.

[53] 孫世攀. 資本特徵、支付方式與價值效應——基於上市公司併購數據 [D]. 天津: 天津大學, 2014.

[54] 孫維峰, 黃祖輝. 廣告支出、研發支出與企業績效 [J]. 科研管理, 2013 (2): 44-51.

[55] 唐清泉, 甄麗明. 管理層風險偏愛、薪酬激勵與企業 R&D 投入——基於中國上市公司的經驗研究 [J]. 經濟管理, 2009 (5): 56-64.

[56] 王鳳彬, 楊陽. 跨國企業對外直接投資行為的分化與整合——基於上市公司市場價值的實證研究 [J]. 管理世界, 2013 (3): 148-171.

[57] 王俊. 需求規模、市場競爭與自主創新的實證研究 [J]. 科研管理, 2009 (6): 9-15.

[58] 王君彩, 王淑芳. 企業研發投入與業績的相關性——基於電子信息行業的實證分析 [J]. 中央財經大學學報, 2008 (12): 57-62.

[59] 文芳. R&D 投資對公司盈利能力的影響研究 [J]. 證券市場導報, 2009 (6): 42-44.

[60] 溫軍, 馮根福. 異質機構、企業性質與自主創新 [J]. 經濟研究, 2012 (3): 53-64.

[61] 吳聯生. 國有股權、稅收優惠與公司稅負 [J]. 經濟研究, 2009 (10): 109-120.

[62] 吳延兵. R&D 與生產率——基於中國製造業的實證研究 [J]. 經濟研究, 2006 (11): 60-71.

[63] 夏立軍, 方軼強. 政府控制、治理環境與公司價值——來自中國證券市場的經驗證據 [J]. 經濟研究, 2005 (5): 40-51.

［64］解維敏，唐清泉，陸姍姍. 政府R&D資助，企業R&D支出與自主創新——來自中國上市公司的經驗證據［J］. 金融研究，2009（6）：86-99.

［65］解維敏，方紅星. 金融發展、融資約束與企業研發投入［J］. 金融研究，2011（5）：171-183.

［66］謝小芳，李懿東，唐清泉. 市場認同企業的研發投入價值嗎？來自滬深A股市場的經驗證據［J］. 中國會計評論，2009（3）：299-314.

［67］熊彼特. 經濟發展理論：對於利潤、資本、信貸、利息和經濟週期的考察［M］. 何畏，譯. 北京：商務印書館，2011.

［68］熊豔，李常青，魏志華. 媒體「轟動效應」：傳導機制、經濟後果與聲譽懲戒——基於「霸王事件」的案例研究［J］. 管理世界，2011（10）：125-140.

［69］徐莉萍，辛宇. 媒體治理與中小投資者保護［J］. 南開管理評論，2011（6）：36-47.

［70］徐莉萍，辛宇，祝繼高. 媒體關注與上市公司社會責任之履行——基於汶川地震捐款的實證研究［J］. 管理世界，2011（3）：135-188.

［71］徐欣，唐清泉. 財務分析師跟蹤與企業R&D活動——來自中國證券市場的研究［J］. 金融研究，2010（12）：173-189.

［72］徐欣，唐清泉. R&D活動、創新專利對企業價值的影響——來自中國上市公司的研究［J］. 研究與發展管理，2010（4）：20-29.

［73］陽丹，夏曉蘭. 媒體報導促進了公司創新嗎［J］. 經濟學家，2015（10）：68-77.

[74] 楊道廣, 陳漢文, 劉啓亮. 媒體壓力與企業創新 [J]. 經濟研究, 2017 (8): 125-139.

[75] 楊德明, 趙璨. 媒體監督、媒體治理與高管薪酬 [J]. 經濟研究, 2012 (6): 116-126.

[76] 楊繼東. 媒體影響了投資者行為嗎——基於文獻的一個思考 [J]. 金融研究, 2007 (11): 93-102.

[77] 楊瑞龍, 王元, 聶輝華.「準官員」的晉升機制：來自中國央企的證據 [J]. 管理世界, 2013 (3): 23-33.

[78] 楊興全, 曾義. 現金持有能夠平滑企業的研發投入嗎——基於融資約束與金融發展視角的實證研究 [J]. 科研管理, 2014 (7): 107-115.

[79] 楊治, 路江湧, 陶志剛. 政治庇護與改制：中國集體企業改制研究 [J]. 經濟研究, 2007 (5): 104-114.

[80] 餘峰燕, 郝項超, 梁琪. 媒體重複信息行為影響了資產價格麼 [J]. 金融研究, 2012 (10): 139-152.

[81] 於忠泊, 田高良, 齊保壘, 等. 媒體關注的公司治理機制——基於盈餘管理視角的考察 [J]. 管理世界, 2011 (9): 127-140.

[82] 於忠泊, 田高良, 張詠梅. 媒體關注、制度環境與盈餘信息市場反應——對市場壓力假設的再檢驗 [J]. 會計研究, 2012 (9): 40-51.

[83] 翟勝寶, 徐亞琴, 楊德明. 媒體能監督國有企業高管在職消費麼 [J]. 會計研究, 2015 (5): 57-63.

[84] 張海珊. 戰略併購雙方的匹配性研究 [D]. 北京：北京交通大學, 2007.

[85] 張建君, 張志學. 中國民營企業家的政治戰略 [J]. 管理世界, 2005（7）: 94-105.

[86] 張杰, 劉志彪, 鄭江淮. 中國製造業企業創新活動的關鍵影響因素研究 [J]. 管理世界, 2007（6）: 64-74.

[87] 張杰, 鄭文平, 翟福昕. 競爭如何影響創新: 中國情景的新檢驗 [J]. 中國工業經濟, 2014（11）: 56-68.

[88] 張杰, 周曉豔, 李勇. 要素市場扭曲抑制了中國企業 R&D? [J]. 經濟研究, 2011（8）: 78-91.

[89] 張維迎. 企業的企業家——契約理論 [M]. 上海: 上海人民出版社, 1995.

[90] 張雅慧, 萬迪昉, 付雷鳴. 股票收益的媒體效應: 風險補償還是過度關注弱勢 [J]. 金融研究, 2011（8）: 143-156.

[91] 鄭志剛, 丁冬, 汪昌雲. 媒體的負面報導、經理人聲譽與企業業績改善——來自中國上市公司的證據 [J]. 金融研究, 2011（12）: 163-176.

[92] 周杰, 薛有志. 公司內部治理機制對 R&D 投入的影響——基於總經理持股與董事會結構的實證研究 [J]. 研究與發展管理, 2008（3）: 1-9.

[93] 周開國, 楊海生, 伍穎華. 食品安全監督機制研究——媒體、資本市場與政府協同治理 [J]. 經濟研究, 2016（9）: 58-72.

[94] 周開國, 應千偉, 鐘暢. 媒體監督能夠起到外部治理的作用嗎——來自中國上市公司違規的證據 [J]. 金融研究, 2016（6）: 193-206.

[95] 周蘭, 耀友福. 媒體負面報導、審計師變更與審計質量 [J]. 審計研究, 2015 (3): 73-81.

[96] 周豔, 曾靜. 企業 R&D 投入與企業價值相關關係實證研究——基於滬深兩市上市公司的數據挖掘 [J]. 科學學與科學技術管理, 2011 (1): 146-151.

[97] 朱有為, 徐康寧. 中國高技術產業研發效率的實證研究 [J]. 中國工業經濟, 2006 (11): 38-45.

[98] ABOODY D, B LEV. Information Asymmetry, R&D, and Insider Gains [J]. The Journal of Finance, 2000, 55 (6): 2747-2766.

[99] ACHARYA V V, R P BAGHAI, K V SUBRAMANIAN. Wrongful Discharge Laws and Innovation [J]. Review of Financial Studies, 2014, 27 (1): 301-346.

[100] AGHION P, N BLOOM, R BLUNDELL, et al. Competition and Innovation: An Inverted-U Relationship [J]. Quarterly Journal of Economics, 2005, 120 (2): 701-728.

[101] AHERN K R, D SOSYURA. Who Writes the News? Corporate Press Releases during Merger Negotiations [J]. The Journal of Finance, 2014, 69 (1): 241-291.

[102] AKERLOF G A. The Market for Lemons: Quality, Uncertainty and Market Mechanism [J]. Quarterly Journal of Economics, 1970, 84(3): 488-500.

[103] AMEL-ZADEH A, Y ZHANG. The Economic Consequences of Financial Restatements: Evidence from the Market for Corporate Control [J]. The Accounting Review, 2015, 90 (1): 1-29.

[104] ANDERSON S P, J MCLAREN. Media Mergers and Media Bias [J]. Journal of the European Economic Association, 2012, 10 (4): 831-859.

[105] ARROW K J. Uncertainty of the Welfare Economics of Medical Care [J]. American Economic Review, 1963, 53 (5): 941-973.

[106] BABER W R, P M FAIRFIELD, J A HAGGARD. The Effect of Concern about Reported Income on Discretionary Spending Decisions: The Case of Research and Development [J]. The Accounting Review, 1991, 66 (4): 818-829.

[107] BARBER B M, T ODEAN. All that Glitters: The Effect of Attention and News on the Buying Behavior of Individual and Institutional Investors [J]. Review of Financial Studies, 2008, 21 (2): 785-818.

[108] BARON D P. Persistent Media Bias [J]. Journal of Public Economics, 2006, 90 (1-2): 1-36.

[109] BENA J, K LI. Corporate Innovations and Mergers and Acquisitions [J]. The Journal of Finance, 2014, 69 (5): 1923-1960.

[110] BERNSTEIN S. Does Going Public Affect Innovation? [J]. The Journal of Finance, 2015, 70 (4): 1365-1403.

[111] BESLEY T, A PRAT. Handcuffs for the Grabbing Hand? Media Capture and Government Accountability [J]. American Economic Review, 2006, 96 (3): 720-736.

[112] BEYER A, D A COHEN, T Z LYS, et al. The Financial Reporting Environment: Review of the Recent Literature [J]. Journal of Accounting and Economics, 2010, 50: 296-343.

[113] BHATTACHARYA S, J RITTER. Innovation and Communication: Signaling with Partial Disclosure [J]. Review of Economic Studies, 1983, 50 (2): 331-346.

[114] BHIDE A. The Hidden Costs of Stock Market Liquidity [J]. Journal of Financial Economics, 1993, 34 (1): 31-51.

[115] BOUWMAN C H S. Corporate Governance Propagation through Overlapping Directors [J]. Review of Financial Studies, 2011, 24 (7): 2358-2394.

[116] BRADLEY D, I KIM, X TIAN. Do Unions Affect Innovation? [J]. Management Science, Forthcoming, 2015, 63 (7).

[117] BRENNAN M J, A SUBRAHMANYAM. Investment Analysis and Price Formation in Securities Markets [J]. Journal of Financial Economics, 1995, 38 (3): 361-381.

[118] BRENNAN M J, C TAMAROWSKI. Investor Relations and Stock Prices [J]. Journal of Applied Corporate Finance, 2000, 12 (4): 26-37.

[119] BROWN J R, G MARTINSSON, B C PETERSEN. Law, Stock Markets, and Innovation [J]. The Journal of Finance, 2012, 68 (4): 1517-1549.

[120] BUSHEE B J. The Influence of Institutional Investors on Myopic R&D Investment Behavior [J]. The Accounting Review, 1998, 73 (3): 305-333.

[121] BUSHEE B J, J E CORE, W GUAY, et al. The Role of the Business Press as an Information Intermediary [J]. Journal of Accounting Research, 2010, 48 (1): 1-19.

[122] CAO Y, S KESKEK, L A MYERS, et al. The Effect of Media Competition on Analyst Forecast Properties: Cross-Country Evidence [Z]. Working Paper, 2015.

[123] CHAN L K C, J LAKONISHOK, T SOUGIANNIS. The Stock Market Valuation of Research and Development Expenditures [J]. The Journal of Finance, 2001, 56 (6): 2431-2456.

[124] CHAN S H, J D MARTIN, J W KENSINGER. Corporate Research and Development Expenditures and Share Value [J]. Journal of Financial Economics, 1990, 26 (2): 255-276.

[125] CHAN W S. Stock Price Reaction to News and No-News: Drift and Reversal after Headlines [J]. Journal of Financial Economics, 2003, 70 (2): 223-260.

[126] CHAUVIN K W, M HIRSCHEY. Advertising, R&D Expenditures and the Market Value of the Firm [J]. Financial Management, 1993, 22 (4): 128-140.

[127] CHEMMANUR T J, E LOUTSKINA, X TIAN. Corporate Venture Capital, Value Creation, and Innovation [J]. Review of Financial Studies, 2013, 27 (8): 2434-2473.

[128] CHEN Y F, F L LIN, S Y YANG. Does Institutional Short-termism Matter with Managerial Myopia? [J]. Journal of Business Research, 2015, 68 (4): 845-850.

[129] CHENG S. R&D Expenditures and CEO Compensation [J]. The Accounting Review, 2004, 79 (2): 305-328.

[130] CHUNG K H, P WRIGHT, B KEDIA. Corporate Governance and Market Valuation of Capital and R&D Investments [J]. Review of Financial Economics, 2003, 12 (2): 161-172.

[131] CONNOLLY R A, M HIRSCHEY. Firm Size and the Effect of R&D on Tobin's Q [J]. R&D Management, 2005, 35 (2): 217-223.

[132] COOK D O, R KIESCHNICK, R A V NESS. On the Marketing of IPOs [J]. Journal of Financial Economics, 2006, 82 (1): 35-61.

[133] CORE J E, W GUAY, D F LARCKER. The Power of the Pen and Executive Compensation [J]. Journal of Financial Economics, 2008, 88 (1): 1-25.

[134] DAI L, J T PARWADA, B ZHANG. The Governance Effect of the Media's News Dissemination Role: Evidence from Insider Trading [J]. Journal of Accounting Research, 2015, 53 (2): 331-366.

[135] DECHOW P M, R G SLOAN. Executive Incentives and the Horizon Problem: An Empirical Investigation [J]. Journal of Accounting & Economics, 1991, 14 (1): 51-89.

[136] DELLA VIGNA S, E KAPLAN. The Fox News Effect: Media Bias and Voting [J]. The Quarterly Journal of Economics, 2007, 122 (3): 1187-1234.

[137] DYCK A, A MORSE, L ZINGALES. Who Blows the Whistle on Corporate Fraud? [J]. The Journal of Finance, 2010, 65 (6): 2213-2253.

[138] DYCK A, L ZINGALES. The Corporate Governance Role of the Media [C] // ISLAM R. The Right to Tell: The Role of Mass Media in Economic Development. Washington: The World Bank, 2002.

[139] DYCK A, L ZINGALES. Private Benefits of Control: An International Comparison [J]. The Journal of Finance, 2004, 59 (2): 537-600.

[140] DYCK A, N VOLCHKOVA, L ZINGALES. The Corporate Governance Role of the Media: Evidence from Russia [J]. The Journal of Finance, 2008, 63 (3): 1093-1135.

[141] DURNEV A, C MANGEN. Corporate Investments: Learning from Restatements [J]. Journal of Accounting Research, 2009, 47 (3): 679-720.

[142] ENGELBERG J E, C A PARSONS. The Causal Impact of Media in Financial Markets [J]. The Journal of Finance, 2011, 66 (1): 67-97.

[143] FACCIO M, R W MASULIS, J J MCCONNELL. Political Connections and Corporate Bailouts [J]. The Journal of Finance, 2006, 61 (6): 2597-2635.

[144] FAMA E F. The Behavior of Stock Market Prices [J]. Journal of Business, 1965, 38 (1): 34-105.

[145] FANG L, J PERESS. Media Coverage and the Cross-section of Stock Returns [J]. The Journal of Finance, 2009, 64 (5): 2023-2052.

[146] FANG V W, X TIAN, S TICE. Does Stock Liquidity Enhance or Impede Firm Innovation? [J]. The Journal of Finance, 2014, 69 (5): 2085-2125.

[147] FONG E A. Relative CEO Underpayment and CEO Behavior towards R&D Spending [J]. Journal of Management Studies, 2010, 47 (6): 1095-1122.

[148] GAA C. Asymmetric Attention to Good and Bad News and the Neglected Firm Effect in Stock Returns [Z]. SSRN Working Paper, 2009.

[149] GAA C, R C GUTIERREZ. Media Coverage of Earnings and Time Variation in Investors' Attention to Stocks [Z]. SSRN Working Paper, 2013.

[150] GERBER A S, D KARLAN, D BERGAN. Does the Media Matter? A Field Experiment Measuring the Effect of Newspapers on Voting Behavior and Political Opinions [J]. American Economic Journal Applied Economics, 2009, 1 (2): 35-52.

[151] GRAHAM J, C HARVEY, S RAJGOPAL. The Economic Implications of Corporate Financial Reporting [J]. Journal of Accounting and Economics, 2005, 40: 3-73.

[152] GRAVES S B, S A WADDOCK. Institutional Ownership and Control: Implications for Long-Term Corporate Strategy [J]. Academy of Management Executive, 1990, 4 (1): 75-83.

[153] GRILICHES Z. Issues in Assessing the Contribution of R&D to Productivity Growth [J]. Bell Journal of Economics, 1979, 10 (1): 92-116.

[154] GRILICHES Z. Market Value, R&D and Patents [J]. Economic Letters, 1981, 7 (2): 183-187.

[155] GRILICHES Z. Productivity, R&D and Basic Research at the Firm Level during the 1970s [J]. American Economic Review, 1986, 76 (1): 141-154.

[156] GRILICHES Z, J MAIRESSE. R&D and Productivity Growth: Comparing Japanese and U.S. Manufacturing Firms [Z]. NBER Working Paper, 1985.

[157] GURUN U G, A W BUTLER. Don't Believe the Hype: Local Media Slant, Local Advertising and Firm Value [J]. The Journal of Finance, 2012, 67 (2): 561-598.

[158] HAGEDOORN J, M CLOODT. Measuring Innovative Performance: Is There an Advantage in Using Multiple Indicators? [J]. Research Policy, 2003, 32 (8): 1365-1379.

[159] HAN B H, D MANRY. The Value-relevance of R&D and Advertising Expenditures: Evidence from Korea [J]. The International Journal of Accounting, 2004, 39 (2): 155-173.

[160] HAYAKAWA S I. Language in Thought and Action [M]. San Diego: Harcourt Brace Jovanovich, 1940.

[161] HE J, X TIAN. The Dark Side of Analyst Coverage: The Case of Innovation [J]. Journal of Financial Economics, 2013, 109 (3): 856-878.

[162] HEALY P M, K G PALEPU, R S RUBACK. Does Corporate Performance Improve after Mergers? [J]. Journal of Financial Economics, 1992, 4 (2): 135-175.

[163] HIRSCHEY M. Intangible Capital Aspects of Advertising and R&D Expenditures [J]. Journal of Industrial Economics, 1982, 30 (4): 375-390.

[164] HIRSHLEIFER D, A LOW, S H TEOH. Are Overconfident CEOs Better Innovators? [J]. The Journal of Finance, 2012, 67 (4): 1457-1498.

[165] HOLDEN C W, L L LUNDSTRUM. Costly Trading, Managerial Myopia, and Long-Term Investment [J]. Journal of Empirical Finance, 2009, 16 (1): 126-135.

[166] HOLMSTROM B. Agency Costs and Innovation [J]. Journal of Economic Behavior and Organization, 1989, 12 (3): 305-327.

[167] HUBERMAN G, T REGEV. Contagious Speculation and a Cure for Cancer: A Nonevent that Made Stock Prices Soar [J]. The Journal of Finance, 2001, 56 (1): 387-396.

[168] IRVINE P J. The Incremental Impact of Analyst Initiation of Coverage [J]. Journal of Corporate Finance, 2003, 9 (4): 431-451.

[169] JACOBS M T. Short-Term America: The Causes and Cures of Our Business Myopia [M]. Boston: Harvard Business School Press, 1991.

[170] JENSEN M. Toward a Theory of the Press [J]. Rochester Studies in Economics and Policy Issues, 1979 (1): 267-287.

[171] JOE J R. Why Press Coverage of a Client Influences the Audit Opinion [J]. Journal of Accounting Research, 2003, 41 (1): 109-133.

[172] JOE J R, H LOUIS, D ROBINSON. Managers' and Investors' Responses to Media Exposure of Board Ineffectiveness [J]. Journal of Financial and Quantitative Analysis, 2009, 44 (3): 579-605.

[173] JOHNSON L D, B PAZDERKA. Firm Value and Investment in R&D [J]. Managerial and Decision Economics, 1993, 14 (1): 15-24.

[174] KAUSTIA M, V RANTALA. Social Learning and Corporate Peer Effects [J]. Journal of Financial Economics, 2015, 117 (3): 653-669.

[175] KELLY B, A LJUNGQVIST. Testing Asymmetric-Information Asset Pricing Models [J]. Review of Financial Studies, 2012, 25 (5): 1366-1413.

[176] KIM Y H, F MESCHKE. CEO Interviews on CNBC [Z]. SSRN Working Paper, 2013.

[177] KNOEBER C R. Golden Parachutes, Shark Repellents, and Hostile Tender Offers [J]. American Economic Review, 1986, 76 (1): 155-167.

[178] KORNAI J, E MASKIN, G ROLAND. Understanding the Soft Budget Constraint [J]. Journal of Economic Literature, 2003, 41 (4): 1095-1136.

[179] KYLE A S, J L VILA. Noise Trading and Takeovers [J]. RAND Journal of Economics, 1991, 22 (1): 54-71.

[180] LAFFONT J, J TIROLE. A Theory of Incentives in Procurement and Regulation [M]. Cambridge: MIT Press, 1993.

[181] LE S A, B WALTERS, M KROLL. The Moderating Effects of External Monitors on the Relationship Between R&D Spending and Firm Performance [J]. Journal of Business Research, 2006, 59 (2): 278-287.

[182] LEARY M T, M R ROBERTS. Do Peer Firms Affect Corporate Financial Policy? [J]. The Journal of Finance, 2014, 69 (1): 139-178.

[183] LERNER J, M SORENSEN, P STROMBERG. Private Equity and Long-Run Investment: The Case of Innovation [J]. The Journal of Finance, 2011, 66 (2): 445-477.

[184] LEV B, T SOUGIANNIS. The Capitalization, Amortization and Value Relevance of R&D [J]. Journal of Accounting and Economics, 1996, 21 (1): 107-138.

[185] LEVINE R. Financial Development and Economic Growth: Views and Agenda [J]. Journal of Economic Literature, 1997, 35 (2): 688-726.

[186] LEVIT T. Marketing Myopia [J]. Harvard Business Review, 1960, 38 (4): 24-43.

[187] LI D. Financial Constraints, R&D Investment, and Stock Returns [J]. Review of Financial Studies, 2011, 24 (9): 2974-3007.

[188] LIPPMANN W. Public Opinion [M]. New York: Free Press, 1922.

[189] LIU B, J J MCCONNELL. The Role of the Media in Corporate Governance: Do the Media Influence Managers' Capital Allocation Decisions? [J]. Journal of Financial Economics, 2013, 110 (1): 1-17.

[190] LIU L X, Y ZHANG. The Long-Run Role of the Media: Evidence from Initial Public Offerings [J]. Management Science, 2014, 60 (8): 1945-1964.

[191] LUNDSTRUM L L. Corporate Investment Myopia: a Horserace of the Theories [J]. Journal of Corporate Finance, 2002, 8 (4): 353-371.

[192] MANDE V, R G FILE, W KWAK. Income Smoothing and Discretionary R&D Expenditures of Japanese Firms [J]. Contemporary Accounting Research, 2000, 17 (2): 263-302.

[193] MANSO G. Motivating Innovation [J]. The Journal of Finance, 2011, 66 (5): 1823-1860.

[194] MATSUMOTO D A. Management's Incentives to Avoid Negative Earnings Surprises [J]. The Accounting Review, 2002, 77 (3): 483-514.

[195] MCCOMBS M E, D L SHAW. The Agenda Setting Function of the Press [J]. Public Opinion Quarterly, 1972, 36: 176-187.

[196] MERKLEY K J. Narrative Disclosure and Earnings Performance:

Evidence from R&D Disclosures [J]. The Accounting Review, 2014, 89 (2): 725-757.

[197] MERTON R C. A Simple Model of Capital Market Equilibrium with Incomplete Information [J]. The Journal of Finance, 1987, 42 (3): 483-510.

[198] MESCHKE F. CEO Interviews on CNBC [Z]. Working Paper, 2004.

[199] MILLER G S. The Press as a Watchdog for Accounting Fraud [J]. Journal of Accounting Research, 2006, 44 (5): 1001-1033.

[200] MONKS R, N MINOW. Corporate Governance [M]. Cambridge: Blackwell Publishing, 1995.

[201] MULLAINATHAN S, A SHLEIFER. The Market for News [J]. American Economic Review, 2005, 95 (4): 1031-1053.

[202] NARAYANAN M P. Managerial Incentives for Short-term Results [J]. The Journal of Finance, 1985, 40 (5): 1469-1484.

[203] NGUYEN B D. Is More News Good News? Media Coverage of CEOs, Firm Value, and Rent Extraction [J]. Quarterly Journal of Finance, 2015, 5 (4): 1550020.

[204] NOE T H, M J REBELLO. Renegotiation, Investment Horizons, and Managerial Discretion [J]. Journal of Business, 1997, 70 (3): 385-407.

[205] OSMA B G. Board Independence and Real Earnings Management: The Case of R&D Expenditure [J]. Corporate Governance: An International Review, 2008, 16 (2): 116-131.

[206] PAKES A. On Patents, R&D, and the Stock Market Rate of Return [J]. Journal of Political Economy, 1985, 93 (2): 390-409.

［207］PERESS J. The Media and the Diffusion of Information in Financial Markets: Evidence from Newspaper Strikes ［J］. The Journal of Finance, 2014, 69 (5): 2007-2043.

［208］PERRY S, R GRINAKER. Earnings Expectations and Discretionary Research and Development Spending ［J］. Accounting Horizons, 1994, 8 (4): 43-51.

［209］PIOTROSKI J D, T J WONG, T ZHANG. Political Incentives to Suppress Negative Information: Evidence from Chinese Listed Firms ［J］. Journal of Accounting Research, 2015, 53 (2): 405-459.

［210］PORTER M E. The Competitive Advantage of Nations ［M］. New York: Free Press, 1990.

［211］PORTER M E. Capital Disadvantage: America's Failing Capital Investment System ［J］. Harvard Business Review, 1992, 70 (5): 65-82.

［212］RINALLO D, S BASUROY. Does Advertising Spending Influence Media Coverage of the Advertiser? ［J］. Journal of Marketing, 2009, 73(6): 33-46.

［213］SAMUEL C. Does Shareholder Myopia Lead to Managerial Myopia? A First Look ［J］. Applied Financial Economics, 2000, 10 (5): 493-505.

［214］SCHUMPETER J A. The Theory of Economic Development ［M］. Cambridge: Harvard University Press, 1934.

［215］SCHUMPETER J A. Capitalism, Socialism, and Democracy ［M］. 3rd edition. New York: Harper, 1950.

[216] SHLEIFER A. State versus Private Ownership [J]. Journal of Economic Perspectives, 1998, 12 (4): 133-150.

[217] SHLEIFER A, R W VISHNY. Equilibrium Short Horizons of Investors and Firms [J]. American Economic Review, 1990, 80 (2): 148-153.

[218] SHLEIFER A, R W VISHNY. Politicians and Firms [J]. Quarterly Journal of Economics, 1994, 109 (4): 995-1025.

[219] SHUE K. Executive Networks and Firm Policies: Evidence from the Random Assignment of MBA Peers [J]. Review of Financial Studies, 2013, 26 (6): 1401-1442.

[220] SOLOMON D H, E SOLTES, D SOSYURA. Winners in the Spotlight: Media Coverage of Fund Holdings as a Driver of Flows [J]. Journal of Financial Economics, 2014, 113 (1): 53-72.

[221] SOLOW R. Technological Change and the Aggregate Production Function [J]. Review of Economics and Statistics, 1957, 39 (3): 312-320.

[222] SOUGIANNIS T. The Accounting Based Valuation of Corporate R&D [J]. The Accounting Review, 1994, 69 (1): 44-68.

[223] STEIN J C. Takeover Threats and Managerial Myopia [J]. Journal of Political Economy, 1988, 96 (1): 61-80.

[224] TETLOCK P C, M SAAR-TSECHANSKY, S MACSKASSY. More than Words: Quantifying Language to Measure Firms' Fundamentals [J]. The Journal of Finance, 2008, 63 (3): 1437-1467.

[225] WAHAL S, J J MCCONNELL. Do Institutional Investors Exacerbate Managerial Myopia? [J]. Journal of Corporate Finance, 2000 (6): 307-329.

[226] WAKELIN K. Productivity Growth and R&D Expenditure in UK Manufacturing Firms [J]. Research Policy, 2001, 30 (7): 1079-1090.

[227] VEGA C. Stock Price Reaction to Public and Private Information [J]. Journal of Financial Economics, 2006, 82 (1): 103-133.

[228] YEH Y H, P G SHU, F S HO, et al. Board Structure, Intra-Industry Competition, and the R&D Announcement Effect [J]. Review of Pacific Basin Financial Markets & Policies, 2012, 15 (2): 1250011.

[229] ZHAO Y, K H CHEN, Y ZHANG, et al. Takeover Protection and Managerial Myopia: Evidence from Real Earnings Management [J]. Journal of Accounting and Public Policy, 2012, 31 (1): 109-135.

國家圖書館出版品預行編目（CIP）資料

媒體報導對企業研發投入的影響：理論、機制與經濟效果 / 夏曉蘭 編著.
-- 第一版. -- 臺北市：財經錢線文化, 2020.05
　　面；　公分
POD版

ISBN 978-957-680-434-2(平裝)

1.新聞報導 2.媒體經濟學 3.中國

895　　109006857

書　　名：媒體報導對企業研發投入的影響：理論、機制與經濟效果
作　　者：夏曉蘭 編著
發 行 人：黃振庭
出 版 者：財經錢線文化事業有限公司
發 行 者：財經錢線文化事業有限公司
E - m a i l：sonbookservice@gmail.com
粉 絲 頁：　　　　網　址：
地　　址：台北市中正區重慶南路一段六十一號八樓 815 室
8F.-815, No.61, Sec. 1, Chongqing S. Rd., Zhongzheng
Dist., Taipei City 100, Taiwan (R.O.C.)
電　　話：(02)2370-3310　傳　真：(02) 2388-1990
總 經 銷：紅螞蟻圖書有限公司
地　　址：台北市內湖區舊宗路二段 121 巷 19 號
電　　話：02-2795-3656 傳真：02-2795-4100　網址：
印　　刷：京峯彩色印刷有限公司（京峰數位）

　　本書版權為西南財經大學出版社所有授權崧博出版事業股份有限公司獨家發行電子
　書及繁體書繁體字版。若有其他相關權利及授權需求請與本公司聯繫。

定　　價：430 元
發行日期：2020 年 05 月第一版
◎ 本書以 POD 印製發行